E. K. JOHNSTON

STAR WARS™

A SOMBRA DA RAINHA

São Paulo
2023

Disney · Lucasfilm

Grupo Editorial
UNIVERSO DOS LIVROS

Star Wars: A sombra da rainha é uma obra de ficção. Todos os nomes, lugares e situações são resultantes da imaginação dos autores ou empregados em prol da ficção. Qualquer semelhança com eventos, locais e pessoas, vivas ou mortas, é mera coincidência.

Diretor editorial
Luis Matos

Gerente editorial
Marcia Batista

Assistentes editoriais
Letícia Nakamura
Raquel F. Abranches

Tradução
Felipe CF Vieira

Preparação
Jonathan Busato

Revisão
Guilherme Summa
Tássia Carvalho

Arte
Renato Klisman

Ilustração de Capa
Tara Phillips

Design de Capa
Leigh Zieske

Dados Internacionais de Catalogação na Publicação (CIP)
Angélica Ilacqua CRB-8/7057

J65s

Johnston, E. K.
Star Wars : a sombra da rainha / E. K. Johnston ;
tradução de Felipe CF Vieira. -- São Paulo : Universo dos Livros, 2023.
304 p. (Trilogia Padmé Amidala, vol. 1)

ISBN 978-65-5609-336-9
Título original: *Star Wars – Queen's shadow*

1. Ficção norte-americana 2. Ficção científica
I. Título II. Vieira, Felipe CF

23-3634 CDD 813.6

Universo dos Livros Editora Ltda.
Avenida Ordem e Progresso, 157 — 8º andar — Conj. 803
CEP 01141-030 — Barra Funda — São Paulo/SP
Telefone: (11) 3392-3336
www.universodoslivros.com.br
e-mail: editor@universodoslivros.com.br

Para as garotas de coração profundo
e múltiplos planos reserva...
E principalmente para Emma,
que é minha guia para essas duas coisas.

*S*ABÉ MANTEVE OS OLHOS *fechados e tentou não se mexer cada vez que o pincel tocava seu nariz. O pó de acabamento precisava ser aplicado de leve, o que fazia cócegas, e agora não era hora de rir. As mãos de Rabé aplicavam firmemente a última camada de maquiagem da rainha e Sabé também manteve sua respiração firme. Ela sabia, por experiência própria, que inalar o pó causava uma crise de espirros e agora também não era hora disso.*

Ao seu redor, ela podia sentir as outras damas de companhia fazendo suas tarefas. Ninguém corria ou deixava as emoções transparecerem em suas fachadas profissionais, mas Sabé tinha certeza de que todas estavam com os nervos à flor da pele. Saché terminou seu cabelo e Sabé enrijeceu o pescoço para receber o peso do ornamento que Yané posicionou sobre sua cabeça. Rabé puxou o tecido no pescoço de Sabé, aquele que impedia que a maquiagem borrasse o elaborado vestido preto que ela usava, e Sabé abriu os olhos.

Ela olhou para o rosto da rainha. Não era a primeira vez que fazia aquilo, é claro, mas agora parecia a mais desesperada. A calma calculada na sala de vestir da rainha não se estendia para fora do aposento. Sabé podia ouvir naves aterrissando nos pátios do palácio e o inconfundível som metálico do marchar de droides sobre o chão de pedra. Uma raiva brotou dentro dela. A Federação de Comércio podia ao menos usar as áreas de aterrissagem oficiais. Não era como se Naboo as defendesse mais rigorosamente do que o palácio em si.

Um movimento no espelho chamou sua atenção e Sabé viu Padmé e Eirtaé voltando para o quarto principal. O rosto de Padmé estava limpo, todo resquício de maquiagem fora removido e ela puxara o capuz de sua túnica vermelha para disfarçar ainda mais sua identidade. Sabé não precisava ver seu rosto para entender seus pensamentos.

— A equipe conseguiu embarcar na nave real — Eirtaé disse. — Mas eles foram capturados. O Capitão Panás está nos esperando no corredor. Onde você gostaria de estar quando eles chegarem aqui?

Sabé não esperava que Padmé fosse responder. Uma vez que a manobra da dublê começava, tudo era responsabilidade da rainha e, naquele momento, essa era Sabé.

— Podemos chegar até a sala do trono? — Sabé perguntou. Sua voz saiu grave, e seus tons eloquentes, uma inflexão muito praticada, preencheram o quarto.

— Não, milady — Eirtaé disse.

— Se nos apanharem aqui, na sala de vestir da rainha, eles podem nos subestimar, podem pensar que estamos despreparadas — Yané apontou. Ela estava ao lado de Saché enquanto esperavam a decisão de Sabé.

— Vamos sair para o terraço — a rainha Amidala declarou. — Peça para o Capitão Panás se juntar a nós com quantos guardas achar necessário.

Rabé se retirou para cumprir a ordem, e o restante delas saiu para o terraço. Sabé pousou as mãos sobre o parapeito, olhando sobre toda a cidade de Theed. Geralmente, aquela vista lhe trazia paz, mas agora não havia nenhuma. Havia naves demais da Federação de Comércio estragando a vista da cidade. Ela ouviu o som mecânico do exército invasor subindo pela grande escadaria de mármore e — mais próximo, graças aos céus — também os passos pesados do Capitão Panás.

Padmé se abaixou ao seu lado, ajeitando um amassado no volumoso vestido preto.

— Vai dar tudo certo — ela disse, tão suavemente que Sabé mal conseguiu ouvir. Sabé estendeu o braço e Padmé tomou sua mão e apertou. — Esse vestido tem seda Karlin suficiente para proteger você e qualquer um atrás de você em um tiroteio, e você sabe que isso é só o começo. Naboo resiste à sua própria maneira. O seu povo está com você, Vossa Alteza. Estamos prontas.

Eram palavras reconfortantes e Sabé podia facilmente imaginar a si mesma dizendo o mesmo, exceto que ela nunca permitiria que sua rainha encarasse uma situação tão perigosa, independentemente de quais proteções fossem costuradas em seu vestido. Panás tossiu e a porta do terraço foi aberta por mãos metálicas rudes. Havia chegado a hora de Sabé de Naboo, guarda-costas e dama de companhia, fazer seu trabalho. E ela faria, porque era o que sempre escolhia fazer.

Sabé se virou para encarar seus inimigos como a rainha de Naboo, e Padmé praticamente desapareceu sob sua sombra.

PARTE I

CAPÍTULO 1

PADMÉ ESTAVA COMPLETAMENTE IMÓVEL. Os cabelos castanhos se espalhavam ao seu redor, suavizados aqui e ali por flores brancas que voaram até pousarem entre seus cachos. A pele estava pálida e perfeita. O rosto estava em paz. Os olhos estavam fechados e as mãos cruzadas sobre a barriga como se ela flutuasse no ar. Naboo seguia sem ela.

Mesmo agora, em seu fim, ela estava sob os olhares de todos.

Não era nada mais do que o esperado. Desde que entrara na área da política planetária, sua plateia era incessante. Primeiro, eles comentaram sobre seus interesses e ideais; depois, sobre sua eleição para rainha. Muitos haviam duvidado de sua força diante de uma invasão, quando as vidas e o bem-estar de seu povo foram usados contra ela — a rainha podia salvá-los, tudo que precisava fazer era dar sua assinatura — e ela provou a todos que estavam errados. Ela governara bem. Havia crescido em sabedoria e experiência, e ambas rapidamente. Encarara os desafios de sua posição sem pestanejar e sem medo. E agora, seu tempo chegara ao fim.

Uma pequena perturbação, o movimento mais leve na calmaria das águas, foi o único aviso para Padmé antes de ser atingida por seu agressor.

Um braço envolveu sua cintura, puxando-a para baixo nas águas rasas, segurando-a ali por tempo suficiente para deixá-la saber que fora superada.

A rainha de Naboo reemergiu, cuspindo água sob a luz do sol enquanto suas damas de companhia — suas amigas — riam ao seu redor. Yané e Saché, que sofreram por seu planeta durante a Ocupação. Eirtaé e Rabé, que ajudaram a fazer com que o sofrimento valesse a pena. Sabé, aquela que mais assumia riscos e era a mais amada. Juntas — jovens e aparentemente sem preocupações no mundo —, elas eram uma força frequentemente subestimada. Não importava quantas vezes provassem sua capacidade, as pessoas que olhavam para elas acabavam ofuscadas por sua juventude e vestimentas, e as menosprezavam outra vez. E era exatamente isso que elas queriam.

A região dos lagos era conhecida pela privacidade. Ali, até a rainha podia passar despercebida ou, ao menos, ser facilmente ignorada. O patrimônio natural de Naboo era protegido e valorizado, mesmo antes dos novos tratados com os Gungans terem sido assinados, e isso reforçou o isolamento dos lagos na região. A agitação da capital estava longe e Padmé podia ter, por menor que fosse, um pouco de tempo para si mesma. Bom, para si mesma, suas damas de companhia, os guardas do Capitão Panás e todos os outros funcionários reais. A solidão, afinal de contas, era algo relativo.

Na praia, Quarsh Panás observava as garotas sob sua responsabilidade com uma expressão muito familiar no rosto. Ele havia sugerido levar dez de seus guardas para a beira da água junto com ele, e Padmé cedera. Eventualmente. Esse tipo de negociação já fora o habitual quando lidava com a rainha — mesmo com sua relação com ela se tornando mais fria e formal recentemente. Ele era um profissional, então ficou lá de pé, olhando, sabendo que hoje, entre todos os dias, sua interferência não seria bem-vinda.

— Você deixou eu fazer isso — Saché constatou. A mais jovem das damas de companhia vestia um maiô igual ao das outras, mas onde as outras exibiam a pele sob o sol, ela tinha uma grande coleção de cicatrizes que envolviam seus braços, pernas e pescoço. Yané nadava ao seu lado e correu os dedos entre os cabelos de Saché.

— Não conseguiria impedi-la — Padmé disse. Ela sacudiu a cabeça, espalhando pingos de água e as últimas flores em seus cabelos. Com água até a cintura e falando com a própria voz, ela até poderia ser confundida com uma garota normal, mas mesmo agora havia algo sobre sua postura que insinuava um tanto mais. — Mas eu poderia ter gritado e engolido água do lago.

— E o Capitão Panás se sentiria na obrigação de resgatá-la — Sabé destacou com a voz de Amidala, e Saché e Yané se endireitaram por reflexo antes de Yané jogar uma onda de água na garota mais velha como retribuição. Sabé apenas tirou uma flor que pousou em seu rosto e continuou flutuando, sem se importar com a agitação. — Então, na verdade, você estava preservando a dignidade de muitos, além de um bom par de botas.

Relaxada, mas atenta a tudo, Sabé falou alto o bastante para ser ouvida por todas que estavam nadando, assim como por vários dos guardas, que mal conseguiram esconder uma risada.

— Vocês me envelheceram prematuramente, miladys — Panás disse. Havia um toque de afeto em sua voz, mas a distância intransponível permanecia. — Minha esposa nem vai me reconhecer quando eu voltar.

— A sua esposa não vai ter problema nenhum com isso — disse Mariek Panás de sua posição a três passos dele. Ela não vestia uniforme, porque estava nadando com a rainha. Usava um sarongue laranja que fazia sua pele marrom brilhar sob o sol do fim da manhã, e seus cabelos negros caíam sobre as costas enquanto o resto do corpo secava.

— Bom — disse Padmé, andando na direção da praia com Sabé, como sempre, atrás dela. — Logo poderemos descansar.

E lá estava: o veermok na sala finalmente sendo reconhecido. Porque o fim estava próximo, e nem a beleza dos lagos de Naboo ou a melhor das companhias podia impedi-lo. Quando a eleição terminasse e a nova governante de Naboo fosse anunciada, Padmé Amidala estaria em busca de uma nova tarefa, ou vocação, ou profissão, assim como a maioria daqueles sob seu serviço. Alguns, como Panás, ansiavam se aposentar, até onde as pessoas em Naboo se aposentavam. Padmé imaginava que Panás recebera várias ofertas de trabalho, mas agora já haviam passado do ponto onde discutiam assuntos pessoais como aquele. As mais jovens, como Eirtaé e Saché, buscariam o futuro nos próprios termos. Musicistas, doutoras, mães, fazendeiras e todas as combinações — era um tempo para os sonhos. A mudança estava chegando, e rápido. E ninguém, nem mesmo Sabé, havia ousado perguntar para a rainha quais seriam seus planos.

Rabé se levantou e seguiu a rainha. Eirtaé mergulhou mais uma vez — um tipo de despedida — e depois se juntou às outras quando se reuniram para também sair da água. Elas não precisavam fazer isso, não com tantos guardas e Sabé ao redor, mas sempre escolhiam a rainha quando podiam, e logo não poderiam mais fazer isso.

Longe da casa do lago, Naboo estava votando. As engrenagens da democracia estavam bem lubrificadas e séculos de tradição faziam o evento bienal correr sem problemas, mesmo com a inclusão do voto dos Gungans pela segunda vez na história do planeta. Embora poucos deles tenham escolhido votar, Padmé sabia que seus esforços para aquela inclusão eram apreciados porque o Chefe Nass disse isso pessoalmente a ela. Em voz alta. Muito alta. Naboo não estava tão unida quanto Padmé gostaria que estivesse ao fim de seus quatro anos de serviço, mas o povo estava feliz com aquilo que realizara.

Quase feliz demais, no fim das contas. Uma facção tentara votar uma emenda constitucional para que Padmé pudesse concorrer novamente. Isso foi tentado apenas uma vez antes, durante um tempo de grande perturbação no passado de Naboo, e Padmé não via razão para lutar por algo que não desejava e não acreditava ser correto. Ela entregara quatro anos para Naboo e agora era o momento para a visão de outra pessoa, as mãos de outra pessoa selecionarem o caminho a seguir. Essa era a alma do corpo democrático de Naboo, aquela mudança e serviço em curtos períodos era melhor do que um governo estagnado, e Padmé estava feliz em atuar em todos os papéis que seu cargo incluía.

— Você não ficou nem tentada? — Sabé perguntara quando o mensageiro trouxera a emenda para Padmé ler e ela a devolvera sem assinar depois de apenas passar a vista por cima. Foi o mais próximo que chegaram de discutir o futuro.

— É claro que fiquei tentada — Padmé respondeu. Ela se recostou na cadeira e Sabé continuou penteando seus cabelos. — Pensei em pelo menos dez outras coisas que eu poderia fazer com mais um mandato enquanto lia a proposta. Mas não é assim que nosso legado funciona. Não aqui. Nós servimos e permitimos a outros que sirvam também.

Sabé não dissera mais nada.

Agora, envolvidas em sarongues de cores vivas na praia, elas apanharam suas sandálias e seguiram os guardas na direção da casa. Quando alcançaram o gramado da colina na base da grande escadaria de pedra, Padmé parou para limpar os pés. Todas pararam também.

— Areia — ela se explicou.

— Tenho certeza de que os droides domésticos apreciam seus esforços, Vossa Alteza — Eirtaé disse. Seu rosto estava impassível como sempre, então apenas algumas pessoas entenderam a piada.

Os degraus não eram tão íngremes daquele lado da casa. O estaleiro — para barcos, não havia um lugar próprio para naves — ficava do outro lado da propriedade, e aqueles degraus eram cortados diretamente na rocha que formava a fundação da casa. O acesso que usavam agora fora construído deliberadamente como um caminho para a água e, portanto, era mais bonito e mais fácil de subir. Padmé e Mariek foram na frente, com Panás atrás delas e o restante das damas de companhia e guardas seguindo como patinhos atrás da mãe.

Sabé parou na base da escadaria para ajeitar as sandálias. Padmé notou sua insatisfação quando ela percebeu que, de fato, ainda havia areia entre seus dedos. Sabé sacudiu as sandálias o máximo que conseguiu e depois começou a subir com a maior tranquilidade que podia. Sabé geralmente não permitia que sua mente vagasse quando estava com a rainha, mas naquele momento, com tão pouco acontecendo e uma mudança pacífica se aproximando rapidamente, Padmé ficou feliz em vê-la relaxar enquanto o Sargento Tonra andava ao seu lado. Ele era um pouco mais alto do que Panás, com uma pele branca que geralmente era mais pálida, mas duas semanas sob o sol deixaram seu rosto consideravelmente avermelhado. Ele descera as escadas no momento que Padmé decidira retornar para a casa, mas não mostrou nem um pouco de cansaço com aquele exercício todo.

— Chegaram várias mensagens para Sua Alteza — ele sussurrou para Sabé, mas Padmé ouviu mesmo assim. — Nenhuma é urgente, mas uma é oficial e a rainha precisa abri-la pessoalmente.

— Obrigada, sargento — Sabé respondeu, competente como sempre. — Responderemos agora mesmo.

Tonra assentiu, mas não diminuiu a marcha. Padmé achou que Sabé fosse se retrair, como geralmente fazia quando pensava que alguém queria proteger sua pessoa, embora tolerasse mais aqueles que lutaram na Batalha de Naboo, como Tonra. Sabé era tão protetora de sua privacidade quanto Padmé era de sua própria — mas por razões diferentes. Talvez, Padmé pensou, Sabé estivesse finalmente permitindo a si mesma apreciar a vista.

O lago se estendia no horizonte enquanto elas subiam, suas águas refletindo o céu com tanta perfeição que, não fossem algumas ondas, era possível convencer a si próprio de que o céu e a água haviam trocado de posição. As colinas verdes que se erguiam da orla também desciam para as profundezas, e as poucas nuvens que flutuavam no azul acima eram espelhadas com exatidão no azul abaixo. Era como se duas tigelas fossem pressionadas uma contra a outra, suas bordas formando o horizonte arborizado. Não havia sinal de habitação humana brotando entre as árvores, exceto pela casa para onde elas subiam, e o céu acima deles nunca ficava salpicado com naves ou droides de gravação ou qualquer outra coisa que pudesse perturbar a quietude com barulho indesejado.

A casa em si era feita de rocha amarela, com domos vermelhos e detalhes em verde-cobre. Havia várias seções, cada uma com seu próprio propósito que ia desde habitação até cozinha, todas ligadas por uma série de jardins elaborados. A propriedade pertencia ao governo, e Padmé a usara como um refúgio durante toda sua carreira, começando quando ingressou no programa legislativo júnior quando era criança. Ela não possuía nenhuma parte da propriedade, mas havia influenciado o desenho e a decoração de maneiras sutis para que não houvesse dúvida de que aquele era um lugar adorado por ela. Era um oásis, um paraíso. Padmé sempre viera até ali para descansar e, embora aquela fosse, em teoria, a visita mais relaxante que havia feito até então, estava óbvio para todos que a observavam que ela não conseguia aquietar sua mente por completo.

A rainha chegara duas semanas antes do costumaz período de reclusão durante a campanha final, e hoje era finalmente o dia da eleição. Padmé estava oficialmente neutra em relação a sua sucessora, embora obviamente tivesse feito seu dever cívico e votado. Mais cedo, um droide havia partido com as cédulas de todos, mas elas não falaram de política mais do que o absoluto necessário desde que chegaram, e mais nada desde a manhã. Padmé concorreu sem oponentes para seu segundo mandato, embora houvesse algumas candidatas inscritas, como sempre havia. Aquela era a primeira vez em que ela não se envolvia na política do planeta desde que começou seus estudos. Ela estava gostando — e também achando profundamente perturbador de um jeito que não conseguia explicar.

Padmé esperava que o exercício físico da natação fosse ajudar. A distância até a ilha era algo que ela não tentava há vários meses, embora suas damas de companhia estivessem sempre dispostas a experimentar. Ela pensou que a natação iria ao menos deixá-la tão cansada que não conseguiria pensar em mais nada. Em vez disso, seus pensamentos apenas se reordenaram. Nem o puxão de Saché para dentro da água ajudou.

Ela tinha muitas coisas para pensar. Afinal, quem era ela quando não era a rainha de Naboo? Padmé entrou na política tão cedo e com tanto zelo que não tinha outra identidade. Tinha tomado cinco damas de companhia para si, e cada uma também foi moldada por seus papéis, a ponto de todas terem assumido nomes em sua honra depois da eleição. Quem eram elas quando podiam ser si mesmas? Todos sabiam que Rabé sonhava com música, enquanto Yané sonhava com uma casa cheias de crianças que Saché também chamaria de lar, e assim por diante com cada uma delas, mas era mais desafiador para Padmé enxergar a si própria em qualquer um dos futuros delas. Será que teriam espaço em suas vidas para Padmé quando Amidala não as tivesse como rainha? E quem seria ela, mesmo se elas tivessem?

— Você vai acabar tropeçando se não parar de sonhar acordada — Mariek disse ao lado da rainha nos degraus. — E não seria um fim e tanto para o seu reinado, cair da escada porque estava pensando demais em coisas que não são mais obrigação sua pensar?

— Não consigo evitar — Padmé admitiu. Ela nunca conseguia. — Mas você está certa. Vou esperar até estar sozinha antes que eu vá longe demais.

— Você nunca estará sozinha, milady — Mariek disse. — E não estou falando de toda essa produção. — Ela fez um gesto vago na direção dos funcionários da rainha e abriu um sorriso. — Será diferente, mas você também será diferente, e você é esperta o bastante para descobrir o que quer fazer.

— Obrigada — Padmé agradeceu. — É estranho querer duas coisas que são completamente diferentes. Estou pronta para parar, mas também sinto que poderia ter feito mais.

— Eu sei — Mariek disse. — É por isso que votei em você mesmo assim.

— Isso é um voto inválido! — Padmé protestou, parando imediatamente. Todos atrás delas também pararam e olharam para saber o que estava acontecendo. — E você não pode contar para mim em quem votou.

Mariek começou a rir e Quarsh se aproximou para tomar o braço da esposa.

— Não provoque a rainha, meu amor. Sei por experiência própria que ela tem suas maneiras de fazer você pagar por isso e, mesmo com pouco tempo restante, tenho absoluta fé em suas capacidades. — Por apenas um momento, ele voltou a ser seu capitão, aquele que as treinara tão bem antes de a prontidão se tornar paranoia. Padmé sentia muito sua falta.

Mariek riu com mais força.

— Milady? — Panás ofereceu seu outro braço. — Sei que não precisa, mas fico mais feliz quando sei que você tem meu apoio.

— É claro, capitão — Padmé disse de um modo bastante formal. Ela tomou seu braço e voltou a subir os degraus. — Já que estou tão próxima do fim do meu mandato como rainha, é meu dever mostrar um julgamento ponderado sobre todas as coisas.

— Você sempre fez isso, milady, mesmo quando nós não concordávamos — Panás disse. Era quase uma oferta de paz. — Foi por isso que também votei em você.

A rainha de Naboo riu sob a luz do sol quando alcançou a casa junto com suas companheiras e seus guardas. O portão estava completamente aberto, pois aquele era um local de paz e reflexão e nunca foi preciso defendê-lo contra forças hostis. Diante deles estava o silencioso pátio e os jardins banhados de sol onde esperariam ouvir as notícias, e atrás deles estava o mundo que votou para moldar essas notícias. A Rainha Amidala entrou na casa como governante do planeta, pela última vez.

CAPÍTULO 2

A HOLOMENSAGEM QUE EXIGIA especificamente o código de segurança da rainha era de ninguém menos que o Chanceler Palpatine, e embora fosse breve, dizia que logo ele estaria chegando na casa do lago para uma visita formal. Ele pediu desculpas pelo aviso em cima da hora. A mensagem causou um pequeno furor — principalmente por metade delas ainda estar em seus maiôs —, mas Padmé sempre esteve cercada de profissionais exemplares, e elas eram incrivelmente adaptáveis.

Rabé passou a escova pelos cabelos da rainha e considerou o desafio diante dela. Quando fizeram as malas, ela e Yané haviam concordado em um guarda-roupa simplificado para todas, incluindo Padmé, e assim não levaram nenhum vestuário totalmente apropriado para um encontro político de tão alto nível. Não deveria haver *nenhum* encontro político de alto nível, não àquela altura da eleição. Mas a mera presença do Chanceler Palpatine demandava um certo nível de formalidade, e agora Rabé estava diante de um pequeno aperto.

Às vezes, era difícil explicar o que significava sua posição como dama de companhia da rainha. Parte de suas reponsabilidades era defensiva — consultiva —, mas parte também era estética. E parte era também dar peso igual a todas as partes. Era fácil para alguém de fora, até mesmo para algum nativo de Naboo, revirar os olhos quando o trem de bagagem da rainha chegava. Os tecidos intermináveis e os elaborados ornamentos de cabeça podiam ser menosprezados como um desperdício ou uma excentricidade, dependendo do sentimento do ser menosprezando, mas cada peça servia a uma função particular, assim como seu posicionamento. No mínimo, a maior parte dos tecidos era tratada com uma resina que os tornava resistentes a tiros de blaster. Os broches cheios de joias podiam esconder equipamentos de gravação ou um escudo pessoal. Os vestidos mais pesados mantinham uma barreira física ao redor da rainha e tinham, essencialmente, uma escotilha de escape que permitia a Padmé se livrar de todo o vestuário — exceto pelo traje de baixo utilitário —, se precisasse se mover rapidamente. Os ornamentos de cabeça desviavam a atenção do rosto da rainha, facilitando o uso de uma dublê, se necessário. Rabé enxergava o guarda-roupa e acessórios da rainha da mesma forma que enxergava a pistola real: componentes necessários para serem usados com total consciência e astúcia.

— Yané, comece a trabalhar nas tranças de Saché e Eirtaé, por favor — Rabé pediu. Uma jovem guarda apareceu na porta, com as mãos cruzadas sobre a barriga, e Rabé sabia, sem precisar perguntar, que Palpatine havia aterrissado. — Faça a trança simples tripartida com alfinetes de jade. E você poderia fazer isso em si mesma quando terminar?

— É claro — concordou Yané. — Bom, vou precisar de ajuda com os alfinetes.

— Eu ajudo — Saché ofereceu. — Estive praticando.

— Excelente — Rabé disse. — Vocês vestirão a túnica vermelho-escura com o capuz abaixado. Quem não estiver com os cabelos sendo trançados pode ir buscar as túnicas.

Saché já estava sentada, então Eirtaé se levantou e foi até o closet. Elas podiam ouvir o zumbido quando o droide que mantinha tudo organizado chamou as roupas que ela pediu.

— Sabé, vamos precisar usar o vestido do lago — Rabé declarou. — É a roupa mais fina que trouxemos, e não esperamos nenhum perigo. Veja se você consegue encontrar um casaco para cobrir as costas dela, e depois pegue as túnicas verdes para nós. Vamos usar nossos capuzes, mesmo estando quente demais.

Sabé deslizou para fora do pé da cama, onde estava escovando o próprio cabelo, e desapareceu depois de Eirtaé dentro do closet.

— E quanto a mim? — Padmé perguntou com um tom travesso. — Não quero atrapalhar o trabalho de vocês.

— Ora, quieta — Rabé disse. — Mas isso é muito típico do Chanceler, aparecer sem nenhum aviso quando não estamos nem um pouco preparadas para recebê-lo!

— Ele voltou para casa para votar na eleição — Padmé ponderou. — Mas não pode ficar para a inauguração mais tarde. Acho que deveríamos ter esperado por isso, mas não é nossa culpa não conseguir ler sua mente quando ele nem estava no planeta.

Rabé soltou um som de indignação e voltou a escovar o cabelo de Padmé. Ela não gostava de ser pega de surpresa, e para seu crédito, isso acontecia muito raramente. Movendo-se com a eficiência de longa prática, ela formou meia dúzia de tranças nos cabelos de Padmé, cada uma formada com fitas douradas e prateadas. As tranças, então, foram presas em seis longos arcos, começando na frente das orelhas de Padmé e circulando atrás da cabeça para dar a ilusão de tamanho que era tipicamente causada por um ausente ornamento. Rabé acrescentou mais fitas para que caíssem em cascata sobre o pescoço de Padmé.

— Aqui — disse Sabé, oferecendo um xale branco. — Serve?

— Acho que sim — Rabé respondeu. — Vocês duas cuidam de si mesmas enquanto me preparo?

Sabé assentiu e Padmé se levantou. Ela já estava usando um vestido sem mangas, mas o vestido do lago era aberto na parte de trás, então ela se despiu até a cintura enquanto Sabé posicionava o vestido no chão para que ela entrasse nele. Quando Sabé trouxe o vestido até seus ombros e fechou as presilhas ao redor do pescoço de Padmé, ela arrumou o xale e todas as fitas. Sabé precisou subir em um banquinho para pintar o rosto da rainha, pois Padmé não confiava em si mesma para sentar-se novamente agora que estava completamente vestida, mas ao fim de dez minutos, a Rainha Amidala estava totalmente montada.

Padmé observou Yané finalizar as tranças de Eirtaé e sentar-se por um momento para que Saché pudesse terminar o próprio cabelo. Então, todas vestiram as túnicas vermelhas enquanto Sabé e Rabé puxavam os capuzes verde-escuros sobre suas cabeças, lançando seus rostos sob a sombra. Realmente estava quente demais para aquilo, mas não havia como evitar. Ao menos Sabé precisava estar totalmente encapuzada em todas as aparições, mesmo tão perto do fim, quando Padmé duvidava que teriam de trocar de lugar outra vez.

— Não chegamos tão longe sendo descuidadas, Vossa Alteza — Sabé disse. Por decreto próprio, Padmé só seria chamada assim por suas damas de companhia quando estivessem na companhia de outras pessoas ou se estivesse com a maquiagem completa. O tom cerimonial deu às palavras de Sabé um peso adicional, fazendo-a parecer velha demais para seu rosto tão jovem. Era outra parte de seu disfarce vivo e sempre em movimento.

— Eu sei — Padmé disse. — Mesmo assim, para segurança de todas vocês, tentarei terminar o mais rápido possível.

As outras três foram na frente. Elas ficariam de pé na galeria enquanto Sabé e Rabé ficariam atrás da rainha. A parede de trás da sala de recepção era quase do mesmo tom de verde de suas túnicas. Se o chanceler pedisse uma audiência privada, suas presenças poderiam ser ignoradas, principalmente se três damas de companhia claramente deixassem a sala quando requisitadas. Houve uma batida na porta e Panás entrou quando a rainha permitiu.

— O Chanceler Palpatine está esperando por uns vinte minutos, Vossa Alteza — ele relatou. — Mariek e Tonra estão com ele. Ele parece ansioso para seguir viagem, mas compreende a espera.

— Obrigada, capitão — a Rainha Amidala falou com sua voz estranhamente sem flexão. Era uma voz que Padmé e Sabé haviam criado juntas para que as duas pudessem executá-la com perfeição, embora as outras também fossem mais ou menos proficientes com ela. — Por favor, nos acompanhe para a sala de recepção e nós acalmaremos o chanceler.

Panás deixou Amidala seguir à frente quando saíram da sala, mas depois acelerou até ficar ao seu lado enquanto andavam pelos grandes corredores de mármore. Dois guardas andavam na frente, outros dois vinham atrás, as botas causando um barulho rítmico que contrastava com o silêncio dos passos de Sabé e Rabé. Eles tomaram um caminho levemente tortuoso para evitarem o lado de fora — Rabé fez um bom trabalho, como sempre, mas não sabia se aquelas fitas se sairiam bem diante de mais do que uma leve brisa —, e quando chegaram na sala de recepção, o restante dos funcionários da casa já estavam reunidos. Amidala tomou seu lugar no trono, com Panás ao seu lado direito. Suas damas de companhia vestidas de verde subiram atrás da plataforma, os capuzes abaixados, e desapareceram entre as decorações da parede.

— Vossa Alteza — a voz clara de Mariek chamou a atenção. — É meu prazer lhe apresentar o Chanceler Palpatine.

Em Theed, haveria um cerimonial muito maior. Música acompanharia a apresentação do chanceler — algo de sua província natal, talvez, ou qualquer coisa que estivesse na moda — e haveria uma plateia presente consideravelmente maior. A falta de pompa e circunstância não incomodava Amidala, e também não parecia incomodar Palpatine. Ele entrou na sala com uma postura relaxada, com o Sargento Tonra atrás dele, e se dirigiu até a plataforma onde a rainha estava sentada.

— Vossa Alteza — ele disse, curvando-se até a cintura. — Muito obrigado por concordar em se encontrar comigo. Sei que foi um pedido pouco comum para esta época, mas não posso ficar em Naboo pelo tempo suficiente para uma visita mais habitual.

— Estamos honrados por sua presença como sempre, chanceler — respondeu Amidala. — Sua posição no Senado Galáctico resulta em muito prestígio para Naboo, e ficamos felizes em reconhecer isso de qualquer forma que nos for possível.

Palpatine abriu um sorriso vitorioso. Padmé sentiu Panás relaxar ao seu lado. Certamente, o bom humor do chanceler significava que nada perigoso estava acontecendo e ele realmente apenas queria prestar seu respeito antes de voltar para Coruscant.

— Será que eu poderia incomodar Vossa Alteza e pedir uma audiência privada? — Palpatine perguntou, como esperado. — Eu não seria inconveniente com o bom capitão pedindo por um passeio nos magníficos jardins, mas será que poderíamos conversar aqui, talvez?

Padmé fez um gesto exagerado chegando mais perto de Panás, que também se aproximou.

— Até aqui, tudo aconteceu como esperado — ele disse, com a mão sobre a boca. Eles não precisavam consultar um ao outro, não realmente, mas já estavam tão acostumados a *parecer* como se estivessem consultando que eles caíram em velhos hábitos sem perceber.

— De fato — Padmé concordou. — Ficaremos bem aqui, pelo tempo que ele quiser conversar.

— O que você achar melhor — ele respondeu. — Não vou deixá-lo monopolizar você por mais de vinte minutos.

— Fico agradecida, capitão — Padmé disse.

Quando ela se ajeitou, foi a Rainha Amidala quem falou.

— Amigos, vocês poderiam nos dar licença? Vou conceder a audiência ao chanceler.

Os funcionários da casa se curvaram em reverência e se retiraram. Panás foi o último, parando para apertar a mão do chanceler quando desceu da plataforma. Logo, a sala estava vazia exceto por quatro pessoas, e duas delas eram tão discretas a ponto de ficarem quase invisíveis.

Palpatine subiu na plataforma, mas não chegou perto o bastante para tocar a rainha.

— Sei que minhas visitas causam um alvoroço para você, mas estou contente em vê-la — ele declarou. Ele estava perto o bastante para falar com o volume normal da voz, e Padmé também passou a usar a própria voz, falando com ele como uma amiga.

— Tudo bem. Para ser completamente honesta, uma distração hoje era mesmo necessária e apreciada.

— Posso imaginar — ele disse. — Bom, na verdade, não posso. O mandato senatorial é muito diferente e eu nunca concorrerei a um cargo público de novo. Mas posso fingir que posso imaginar.

— Estou feliz por você ter conseguido voltar para casa e votar — Padmé disse. — Pensei que teria que votar à distância.

— Grandes gestos são um dos grandes prazeres do poder, Vossa Alteza — Palpatine observou. — E nunca é demais dar um bom exemplo para a ordem pública.

Ele hesitou por um momento, longo o bastante para ela ver, então ela não disse nada e esperou que ele continuasse.

— Você já pensou no que gostaria de fazer em seguida? — ele perguntou.

Padmé era treinada demais para afundar na cadeira, mas para olhos atentos, ela deixou os ombros caírem um pouco diante daquela pergunta. Ela tinha, é claro, pensado muito sobre a questão, mas ninguém perguntara assim tão diretamente, e agora não havia como contornar. Ela pretendia conversar sobre isso ao menos com Sabé antes de falar com qualquer outra pessoa, mas isso já não era uma opção. Esperava que Sabé fosse entender. Afinal, dificilmente aquela era a única vez em que ela se via forçada a dizer algo como Amidala que gostaria de primeiro dizer como Padmé.

— Minhas maiores aptidões sempre foram a determinação e a negociação. — Padmé ainda falava com a própria voz, mas Amidala não estava longe. — Sei que, se eu me esforçasse, poderia aprender qualquer outra habilidade, mas não seria algo próximo de meu coração.

— A cultura única de Naboo oferece todo tipo de métodos de expressão — Palpatine disse. — Mas existem pessoas, como eu mesmo, por exemplo, que entram no serviço público e acabam nunca saindo.

— Tenho os limites do mandato para considerar — Amidala declarou. — E sei que chegou a hora do manto da rainha ser passado. Entretanto, já pensei em algo que poderia fazer. Já quase terminei de montar o plano inicial.

— Se eu puder ajudar com alguma coisa, Vossa Alteza — Palpatine ofereceu. Ele sorriu para ela, a boca se curvando de um jeito que poderia ser desconcertante se ela não o conhecesse tão bem. Ele sempre tinha tantos planos correndo ao mesmo tempo. — Ficarei feliz em ajudar.

— Como rainha de Naboo, precisei concentrar meus esforços neste planeta, colocando suas necessidades acima de qualquer coisa — constatou Amidala. Ela gostaria de poder ver o rosto de Sabé agora. — Mas nunca me senti confortável sobre a situação em Tatooine, não desde que deixei aquele planeta há quase quatro anos. A escravidão é uma chaga afetando tudo que a República acredita, chanceler. Não posso trazer uma mudança política oficial, dado o estado da maioria dos planetas da Orla Exterior, mas posso usar minhas posses para libertar quantas pessoas for possível e encontrar novos lares para elas, se assim desejarem.

Padmé sentiu um alívio no peito ao finalmente dizer aquelas palavras e um breve sussurro em seu coração quando permitiu a si mesma pensar em um pequeno garoto que sentia frio no espaço e cuja mãe permitiu que ele fosse para onde ela própria não poderia ir.

— Você quer dizer, comprá-los? — Palpatine perguntou.

— Não gosto dessa palavra, mas sim — Padmé respondeu. Ela não pareceu estremecer.

— Um objetivo admirável, Vossa Alteza. Embora seja um objetivo desafiador, dadas as limitações jurídicas.

— Eu tenho, como você mesmo disse, o resto de minha vida — Padmé o lembrou.

— Vossa Alteza — Palpatine disse —, talvez possa lhe interessar saber que eu venho apresentando um projeto de lei diante do Senado para lidar com exatamente essa mesma questão. Irá se concentrar no transporte dessa carga tão desagradável através do espaço da República e espero que tenha um impacto real sobre o problema. Não há razão para você se envolver com isso.

— Sei como o Senado funciona, chanceler. — Isso foi dito no tom mais frio de Amidala, de modo quase automático. Palpatine se endireitou, quase imperceptível. — Já me apresentei diante dele e implorei desesperadamente pela vida do meu povo, cidadãos da República, e eles não fizeram nada. Pode ser um esforço pequeno, mas é meu direito tentar.

— É claro, Vossa Alteza. — Palpatine se curvou em uma reverência. Ele ergueu os olhos e hesitou novamente. — Peço desculpas, mas também trago notícias não muito boas.

— O julgamento? — ela perguntou. Havia apenas uma coisa que o traria de volta para casa usando a eleição como desculpa: o atual estado das acusações contra os Neimoidianos que tinham invadido seu planeta quatro anos antes e tentado assassiná-la.

— Sim, Vossa Alteza — Palpatine respondeu. — O terceiro julgamento de Nute Gunray terminou com o júri dividido. Não foi o melhor resultado, obviamente, mas também não o pior, considerando a força da equipe jurídica da Federação de Comércio. Os advogados da República precisam se reunir outra vez, mas já estão planejando os próximos passos.

Amidala não podia mostrar sua indignação em público, então Padmé se esforçou para deixar o rosto impávido.

— Obrigada, Chanceler Palpatine — ela disse, a voz neutra pesada como uma rocha. — Nós agradecemos seus contínuos esforços em nosso nome.

— Eu gostaria de ter notícias melhores sobre isso hoje — Palpatine disse. Ele se levantou. — Vossa Alteza fez grandes realizações para Naboo e, como um de seus súditos, estou triste em vê-la partir. Desejo todo o melhor em seus empreendimentos futuros, seja qual for o caminho que tomarem.

Amidala assentiu, como um reconhecimento e uma dispensa, e Palpatine desceu da plataforma para se retirar da sala. Assim que a porta se fechou atrás dele, Rabé se materializou diante do cotovelo de Padmé. Ela esteve fora do alcance da voz de Palpatine, mas ninguém nunca mencionou que Rabé não precisava ouvir para entender uma conversa. A leitura labial era imprecisa, mas quando combinada com a habilidade de ler a linguagem corporal treinada com Lorrdianos, as pessoas acabavam deixando transparecer coisas que nem podiam imaginar.

— Ele está preocupado com alguma coisa — ela disse. — Algo não está acontecendo tão rápido quanto ele gostaria.

— Isso pode ser muitas coisas — Padmé completou. Ela se recostou no trono e sentiu o toque gentil das fitas caindo sobre seu pescoço. — Vamos deixar o chanceler com seus planos e continuaremos com os nossos.

— Vou preparar um vestido de jardim para você — Rabé avisou.

— Obrigada — Padmé agradeceu. — Você poderia pedir para que sirvam o almoço no terraço? Sei que é tarde e os outros já devem ter comido, mas estou faminta e o clima está bonito demais para almoçar dentro de casa.

— É claro — Rabé concordou, e se retirou com seus passos silenciosos.

— Você acha que é uma ideia tola? — Padmé perguntou.

— Acho que é incrivelmente impraticável — Sabé disse, aparecendo ao seu lado e ajudando Padmé a se levantar. — Mas a maioria das suas ideias são assim. E, até agora, você sempre se saiu bem.

Elas não tinham pressa, já que até Rabé precisaria de tempo para arranjar o almoço. Além disso, deu a elas uma oportunidade para ter a conversa que Padmé gostaria que tivessem tido antes da chegada de Palpatine.

— Onde Rabé consegue achar tanta fita assim em tão pouco tempo? — Sabé perguntou, parando para apanhar as fitas que haviam caído.

— Desisti de fazer esse tipo de pergunta — Padmé respondeu. — É muito mais fácil aceitar que ela consegue fazer essas coisas do que ficar pensando como ela faz.

— É verdade — Sabé concordou.

Padmé parou e se virou para olhar diretamente em seus olhos.

— Não tenho capital suficiente para libertar todos eles — Padmé lamentou, ainda evitando a palavra *comprar*.

— Então descobriremos o que eles querem em Tatooine e venderemos a eles em troca — Sabé sugeriu.

— Nós? — Padmé indagou, nervosa.

— Claro que *nós* — Sabé retrucou. — Você não amarra os próprios sapatos há quatro anos. Vai precisar de toda a ajuda que conseguir.

— Isso não é justo nem verdade — Padmé disse, rindo quando desceu da plataforma apoiando-se no braço de Sabé. Ela sentiu mais fitas e uma das tranças se desfazendo, e o xale estava emaranhando na cauda do vestido agora que estava se movendo. — A maioria dos meus sapatos não tem cadarços.

— Pode até ser. Mas minhas mãos são suas por quanto tempo você precisar. Eu estava apenas esperando você pedir.

— Obrigada, minha amiga — Padmé agradeceu, sendo sincera com todos os átomos de seu corpo.

— Vamos — Sabé ordenou. — O seu cabelo está um desastre e eu também estou faminta, e aparentemente temos muito para conversar.

Ao fim de uma hora, elas estavam sentadas no terraço sob o sol, com boa comida e muita conversa pela frente. Rabé havia acabado de revelar que sua inscrição para a mais prestigiosa academia de música de Theed havia sido aceita quando o Sargento Tonra chegou. Sabé o cumprimentou imediatamente, mas não chegou a convidá-lo a sentar-se ao seu lado. Estava claro que ele tinha olhos apenas para a rainha, e trazia um datapad em suas mãos.

CAPÍTULO 3

EIRTAÉ OBSERVAVA COM OLHOS atentos enquanto todas comiam um almoço tardio ao seu redor. Ela poderia, se fosse preciso, tomar todos os detalhes e analisar os níveis de ameaça de acordo, mas no momento, Eirtaé analisava a cena como uma artista. Ela adorava a luz da região dos lagos. Embora soubesse academicamente que se tratava do mesmo sol que brilhava em toda a cidade de Theed, seu coração notava minuciosas diferenças em sua qualidade. Tudo parecia mais verde, mais vívido e mais saturado. O próprio lago era quase brilhante demais para se olhar. O mármore cintilava. O capitão e sua esposa pareciam mais suaves sob a luz dali, embora nunca baixassem a guarda. Saché livremente enrubescia sempre que Yané olhava para ela. Os olhos de Padmé faiscavam ao ver suas amigas felizes.

Mas havia um pouco da luz de Theed nos olhos de Padmé, Eirtaé agora via. Padmé estava com elas — não Amidala — conversando e rindo quando convenceram os guardas a contarem o que planejavam fazer quando terminassem de servir a rainha, mas havia algo um pouco apagado em suas feições. Eirtaé olhou para Sabé por hábito, certa de que a outra garota saberia, mas Sabé apenas sacudiu a cabeça do jeito particular que significava *mais tarde, quando estivermos sob menos olhares.*

Eirtaé teria se levantado para olhar a vista e tentar outra vez pensar em como ela pintaria o horizonte, mas a atenção de Sabé mudou. Eirtaé seguiu seu olhar.

— Sargento Tonra — Sabé chamou, mas não disse mais nada.

Imediatamente, ficou clara a razão. Tonra segurava um datapad nas mãos e já era tarde o bastante para que a votação tivesse acabado. Theed era a última região do planeta a votar, e assim que os fusos horários fossem contados, eles sempre terminavam ao meio-dia. Os habitantes de Naboo já haviam dominado a arte da eficiência democrática.

Aquele não era o lugar para uma declaração oficial. Padmé poderia se levantar e todas se levantariam também, mas então seria uma multidão de pessoas no terraço e ninguém poderia ver nada. Eirtaé sabia dos pensamentos que circulavam pela cabeça de Padmé tão bem quanto sabia os seus próprios, portanto não se surpreendeu quando Padmé falou:

— Por favor, sargento — ela disse. — Se você puder ler os resultados, sei que estamos todas ansiosas para ouvir.

Yané segurava uma das mãos de Saché e Rabé segurava a outra. Estava claro qual delas estava mais nervosa.

— Como quiser, Vossa Alteza. — Tonra se curvou, se virou para onde Saché estava sentada e fez seu primeiro pronunciamento diretamente para ela. — Tenho a satisfação de anunciar que a sua candidatura foi bem-sucedida, milady. Você agora é membro da assembleia legislativa planetária.

Yané soltou um grito de celebração e jogou os braços ao redor do pescoço de Saché, beijando o topo de sua cabeça. Rabé se moveu em tempo de abrir caminho para Mariek Panás, que, em uma rara demonstração de emoção, tirou Saché do chão e a girou no ar comemorando a vitória. Ela a baixou ao mesmo tempo que Padmé se levantou e andou até onde Saché estava agora.

A rainha abriu os braços para a mais jovem das damas de companhia e Saché praticamente se jogou naquele abraço. Eirtaé podia ver que Padmé sussurrava algo no ouvido de Saché — um conselho, parabenização, ou os dois —, mas não se importou em não saber o que estava sendo dito. Saché ainda vestia o mesmo vermelho de quando Palpatine fez sua visita apressada, e Padmé havia se trocado para um vestido com um profundo azul mais adequado para a refeição ao ar livre — Eirtaé gostou das duas cores juntas.

Tonra esperou pacientemente enquanto todos parabenizavam Saché por sua nova posição. Demorou um pouco. Depois do que ela passara durante a Ocupação, Saché era especial para todos os membros da Força de Segurança Real. Afinal de contas, ela salvara a maioria de suas vidas ao se recusar a nomeá-los durante o interrogatório da Federação de Comércio que resultara em suas cicatrizes. Eles retribuíram sua bravura com uma lealdade que perdia apenas para a da rainha, e quando Saché anunciara sua intenção de concorrer a uma vaga, ela fez isso com o apoio total de todos.

Finalmente, a comoção diminuiu e todos voltaram a atenção para o sargento.

— A lista completa de representantes está disponível se alguém quiser checar — Tonra anunciou. — Mas tenho a honra de dizer à rainha que Naboo será servido em seguida pela Rainha Réillata.

O terraço estava cheio de políticos profissionais, mas Eirtaé também era uma artista profissional, então ela não deixou de notar as pequenas mudanças nas expressões de todas as damas de companhia. As sobrancelhas de Yané se ergueram por uma fração de centímetro. Rabé se tornou muito interessada na fruta que fora servida para a sobremesa. Saché ainda estava muito satisfeita com sua própria boa notícia para ter qualquer reação. O rosto de Sabé se tornou, se possível, ainda mais suave. E a máscara de Amidala deslizou sobre as feições de Padmé um pouco mais rápido do que o normal.

— Muito obrigada, sargento — a rainha disse formalmente e inclinou a cabeça. — Quem quiser seguir agora para checar os resultados locais tem minha permissão.

Panás puxou ar através dos dentes.

— E com a permissão de seu capitão, é claro — Padmé acrescentou.

Eirtaé sabia que nenhuma delas havia votado em Réillata, embora, é claro, não tivessem conversado sobre como cada uma votaria. Padmé acreditava que era sempre melhor que as rédeas do governo fossem repassadas, e Réillata já havia servido antes. Ela não foi uma rainha ruim; ela concorrera apenas uma vez até se candidatar para a eleição atual. Réillata governara por um único mandato quando elas ainda eram pequenas e depois acabou se tornando uma cantora de ópera moderadamente bem-sucedida. Concorrendo agora como uma candidata mais velha do que ditava a tradição, Réillata baseou sua campanha na experiência e estabilidade que seus anos lhe conferiam. Ela e Padmé concordavam em assuntos da defesa planetária, especificamente com a continuação de projetos que não foram completados durante o mandato de Padmé, mas isso as outras candidatas também apoiavam. Jamillia, a candidata de que Padmé mais gostava, poderia concorrer outra vez em dois anos, no mínimo, e, da próxima vez, Padmé poderia apoiá-la abertamente em vez de manter a neutralidade da rainha em público.

— Ao menos ela esperou até esta eleição — Sabé ponderou. Ela falou baixo o bastante para que os guardas, mesmo aqueles sentados com elas e que não estavam em serviço, soubessem que deveriam fechar os ouvidos para ela. — Seria uma confusão desnecessária se ela concorresse diretamente contra você.

— Eu sei — disse Padmé. — E talvez seja necessário considerar um equilíbrio entre governantes mais jovens e mais velhas. Qualquer caminho pode ser ruim se seguir cegamente em uma única direção.

Ninguém respondeu, apesar de Eirtaé suspeitar que nenhuma delas realmente concordava com Padmé. Era difícil mudar o curso com uma única eleição. O momento se estendeu o suficiente para se tornar constrangedor antes de Padmé se endireitar e abrir um sorriso.

— Mas temos que celebrar Saché! — ela declarou. — Uma heroína de Naboo irá tomar seu lugar no governo.

Os guardas, tanto aqueles sentados quanto os de serviço, aproveitaram o momento e imediatamente começaram a contar histórias da coragem de Saché durante a Ocupação. Não era exatamente um costume, contar uma história que todo mundo conhecia como maneira para celebrar, mas era familiar — e um jeito excelente de mudar o assunto, é claro. Mesmo agora, Padmé estava no controle da situação.

— O pessoal da Federação de Comércio nunca nem desconfiou que ela estava transmitindo mensagens para nossa resistência — Mariek disse. — Ela era tão jovem.

— E ainda é muito jovem — Panás observou. — E sabe como usar isso.

Saché se curvou em reverência, embora seu movimento tenha ficado um pouco restrito pela cabeça de Yané em seu colo.

— E então aqueles malditos droides a pegaram — Mariek continuou. — Usaram alguma análise estatística de seus movimentos, ou algo assim. Eles a levaram embora, e foi horrível. Podíamos ouvi-la gritando por horas, e achávamos que era só uma questão de tempo até que eles também viessem nos pegar. Mas nunca fizeram isso, porque ela nunca nos entregou.

— Eu não permiti que as outras se entregassem — Yané disse. — Elas tentaram e eu ordenei que não fizessem isso, com o resto de autoridade que a Rainha Amidala deixara conosco. Eu sabia que Saché tinha tomado sua decisão e nós não iríamos tirar isso dela.

Todas já haviam ouvido aquela história centenas de vezes, mas era impossível não notar o afeto na voz de Yané. As damas de companhia que haviam acompanhado Padmé para fora do planeta durante a Ocupação não ouviram essa história até bem depois da Batalha de Naboo. Talvez fosse por isso que elas nunca se importavam de ouvir a história outra vez. Elas não foram capazes de ajudar Saché quando ela foi capturada, mas todas ajudaram a lidar com seu trauma depois disso.

— No fim, eles tiveram que libertá-la. — Tonra assumiu a história. — Ela continuou à vista de todos. Atravessou aquele maldito acampamento três vezes por dia, sob os olhares dos droides e guardas da Federação de Comércio. E eles tinham que pará-la e revistá-la, mas ela nunca tinha nada consigo, e com aquela distração, os novos mensageiros conseguiram passar.

— Minhas corajosas dublês — Padmé disse, usando a palavra que quase nunca era dita, mesmo agora. — Vocês deram o seu melhor para Naboo, e para mim, e agradeço muito a vocês.

Eirtaé tinha um ego suficiente para admitir que gostava de ser agradecida em público daquela maneira, mas manteve o rosto profissionalmente sem expressão quando se curvou para a rainha. Depois ela se ergueu e seguiu para a beira do terraço para observar o lago, para ver se agora conseguiria determinar a melhor maneira de capturá-lo.

Padmé se juntou a ela depois de um momento, pairando fora de seu espaço pessoal caso Eirtaé desejasse permanecer sozinha, mas claramente com algo em sua mente.

— Eu vou para Otoh Gunga — Eirtaé disse quando ficou aparente que Padmé não iria falar primeiro. — A tecnologia deles é tão diferente da nossa, e quero ver como isso afeta sua arte.

Não foi particularmente fácil de arranjar aquela visita, mas Eirtaé podia ser charmosa quando queria, e seus quadros das florestas de Naboo eram de grande interesse para os Gungans. Eles deram a ela um lugar para ao menos começar.

— Isso é ótimo — Padmé disse. — Você continuará pintando?

Aquele havia sido seu principal meio desde que descobrira sua aptidão para capturar imagens. Compreensivamente, ninguém sabia como isso se sairia debaixo da água.

— Não — ela respondeu, depois se corrigiu. — Bom, um pouco, talvez. Os Gungans possuem um jeito de cultivar o vácuo. É assim que expulsam toda a água de suas habitações antes de preenchê-las com uma atmosfera respirável. Eu gostaria de saber o que acontece se, em vez de oxigênio, o vácuo for preenchido com pigmentos. Acho que formaria padrões interessantes na água, mas acho que também poderia impactar a maneira como nós expandimos nossa aquacultura.

— Você vai colocar tinta nas bolhas e usar a análise de padrões para melhorar o cultivo de nossa alga-azul? — Padmé perguntou. A alga-azul era um excelente fertilizante. Usá-la em um número limitado de campos havia quase dobrado sua produção durante a temporada de colheita de Naboo. Não era segredo que, se mais algas pudessem ser cultivadas, o planeta inteiro iria prosperar.

— Bom, quando você coloca assim, parece algo prático e nem um pouco artístico — Eirtaé riu. — Mas, sim, é isso que vou fazer.

— É perfeito! — Padmé exclamou. — Talento, arte e praticidade. É a essência de Naboo.

— Além disso, cheira melhor do que o excremento de shaak que a maioria dos fazendeiros usa agora — Eirtaé observou.

— Isso também — Padmé concordou. Havia um leve indício de sorriso em seu rosto, mas era um sorriso genuíno. Eirtaé sabia que, assim que o manto da rainha fosse repassado, Padmé poderia sorrir mais livremente quando tivesse companhia.

Elas voltaram para o piquenique, onde Mariek havia encontrado um pouco do pão de cinco folhas favorito de Saché para uma verdadeira celebração de sua eleição. Elas ouviram com atenção enquanto Saché descrevia todos os pontos de sua plataforma em que sentia que era mais fraca, e ofereceram seus melhores conselhos. Agora que os resultados foram anunciados, Padmé estava livre para dizer o que pensava, embora tenha se limitado às perguntas de Saché. Yané confessou que já tinha escolhido — embora ainda não comprado — uma casa, e quando elas insistiram, ela mostrou um holograma.

— É enorme — comentou Saché. — Vou me perder lá dentro.

— Bom — Yané observou —, se você estiver na assembleia legislativa, vou precisar fazer alguma coisa. Sei que originalmente nós falamos sobre esperar até seu mandato acabar antes de decidirmos, mas encontrei esse lugar e não consegui parar de pensar nele.

— Achei maravilhoso — Saché afirmou.

A cultura de Naboo considerava todas as crianças preciosas e, portanto, não havia muitos órfãos como em outros planetas da Orla Média. Mesmo assim, depois das dificuldades e sofrimento da Ocupação, alguns jovens acabaram se perdendo entre sua família estendida e a supervisão do governo. Yané sempre fora uma frequente voluntária com aquelas crianças quando tinha tempo para isso, e já havia muitas vezes falado sobre algum dia adotar algumas permanentemente. Agora ela estava em uma posição em que podia oferecer mais do que ajuda pessoal e não foi surpreendente que tivesse escolhido fazer isso.

— Tenho primos lá — falou Mariek. — Eles podem ajudá-la a mobiliar a casa antes de você se mudar.

— Isso seria ótimo — Yané disse. — Obrigada.

Aquela seria, Eirtaé percebeu muito repentinamente, a *última* vez. Ela se sentiu um pouco mais fria, fez o sol parecer um pouco mais fraco, os lagos brilharem um pouco menos. Era a última vez que todas elas se sentariam daquela maneira para pensar o futuro juntas. Essa sensação foi o que deixou Padmé tão inquieta o dia todo e provavelmente o que deixou Sabé tão incrivelmente plácida sobre tudo. Elas já estavam se preparando, ou ao menos Padmé estava, e ela não queria se impor em qualquer dos sonhos de suas damas de companhia fazendo pedidos.

Ela foi uma rainha incrivelmente boa, Eirtaé percebeu, ao dar a elas essa liberdade. Se tivesse pedido pela continuidade de sua assistência, independentemente do que escolhesse fazer em seguida, é claro que aceitariam. Em vez disso, Padmé lhes deu espaço e segurou a língua enquanto elas decidiam. Foi um sacrifício de sua parte, um que Eirtaé imaginava que ela comparava com o sacrifício que as damas de companhia fizeram quando se juntaram a ela, e foi igualmente dado com alegria.

Elas seguiriam seus próprios caminhos com a bênção de Padmé. Sempre seria um pouco triste, mas haveria novas tarefas para conquistar e novos trabalhos a fazer. Na última comunicação que Eirtaé recebera de seus pais, eles perguntaram que nome deveriam usar em seus documentos de viagem. Como cidadã comum, ela precisava atualizar alguns de seus dados para a viagem e residência em Otoh Gunga. Ela ainda não respondera, incerta sobre o que faria, mas agora tinha toda a certeza do mundo.

Assumira o nome Eirtaé quatro anos antes, um pouco por privacidade e um pouco por prestígio, quando Padmé fora eleita, e havia jurado lealdade e sua vida pela Rainha Amidala. Ela manteria esse nome para sempre. Como um sinal de seu próprio status, certamente, mas também como sinal de respeito pela rainha a quem serviu e pela garota que arriscou a própria vida pelo bem-estar de Naboo em mais de uma ocasião. E também não só por Padmé, mas por todas elas que serviram juntas. Elas escolheram seus nomes quando eram crianças, recém-chegadas ao poder e levemente intimidadas. Haviam escolhido seus nomes para se unirem umas às outras, uma constante lembrança do bem maior a que agora serviam.

E Eirtaé manteria esse nome. Manteria o nome, o serviço e a amizade — embora *amizade* dificilmente fosse uma palavra suficiente —, e enquanto vivesse, ela se dedicaria a servir Naboo assim como Amidala fizera, qualquer que fosse a forma desse serviço.

Ela olhou para cima e percebeu que Padmé estava olhando diretamente para ela. Como sempre, as damas de companhia não precisavam de palavras para se comunicarem umas com as outras. Eirtaé não se levantou — não havia necessidade de chamar atenção para si —, mas olhou nos olhos da rainha que amava, pousou a mão sobre o peito e baixou a cabeça.

Padmé retribuiu o gesto e Eirtaé voltou para sua silenciosa contemplação do lago.

CAPÍTULO 4

Elas estavam nos degraus do grande palácio de Theed, como uma vez fizeram para encontrar o Chefe Nass nos primeiros meses do reino de Amidala. A praça em frente estava ainda mais lotada do que naquele dia, pois a celebração de hoje não tinha um cortejo. O povo de Naboo havia aparecido em massa para ver sua nova rainha e estava vestido para a ocasião. A praça estava cheia de cor e música, e o ar repleto de fitas e flores que as crianças lançavam para o alto.

Saché estava acostumada a ficar no fim da fila. Sua principal tarefa como dama de companhia era a distração, mas não no sentido marcial. Embora fosse uma lutadora capaz e a segunda melhor atiradora — depois de Sabé —, ela conhecia suas próprias limitações físicas. Além disso, se juntara ao serviço da rainha quando tinha doze anos, portanto mal podia fazer qualquer coisa diante de alguma ameaça.

Mas as pessoas se abriam com ela. Aparentemente, Saché tinha esse tipo de rosto. E mesmo sendo a última na fila das damas de companhia, elas a viam como acessível. Ela também ouviu muitas coisas grandes por acidente, porque ninguém achava necessário fechar a boca perto dela. Diferente de Rabé, espionava abertamente, e porque todos estavam sempre olhando para ela, as outras conseguiam sempre se safar.

Agora estava ao lado de Padmé na frente da multidão e tentava lembrar a si mesma que havia escolhido a vida pública, apesar do frio na barriga que sentia naquele momento.

De qualquer maneira, todos os olhos estavam sobre a rainha. Ela vestia um enorme vestido branco que se avolumava na parte de trás. Seu rosto não estava pintado e o cabelo estava penteado de forma simples, enrolado em um único coque preso por fios de pérolas de água doce. O vestido de Padmé cintilava, mas diferente daquele que usou para celebrar a paz com os Gungans, o de agora não tinha nenhum dos babados ou ornamentos elaborados. O vestido atraía a atenção, mas também seria facilmente ofuscado no momento que o protocolo exigisse.

Finalmente, as grandes portas do palácio de Theed se abriram e um burburinho ansioso tomou a multidão. Duas filas de guardas saíram primeiro — voluntários da Força de Segurança Real. Eles desceram os degraus em marcha, parando quando o primeiro deles alcançou o fim para que ficassem alinhados na escadaria. Depois, os membros do conselho saíram e desceram até onde Amidala e suas damas de companhia esperavam. Finalmente, após um longo momento que Saché reconhecia como sendo uma necessidade dramática, a Rainha Réillata apareceu no topo da escadaria.

A nova rainha era mais alta do que Padmé, e Saché sabia ao ver imagens da campanha que ela tinha cabelos muito curtos. É claro, tudo isso estava coberto pelo ornamento real que agora coroava a cabeça de Réillata. Seu rosto exibia uma forte cor branca, o vermelho dos lábios e maçãs do rosto se destacando, como exigia o costume, e ela usava o vestido vermelho da soberania de Naboo tão bem quanto Padmé usara. Ela não tinha, Saché pensou quase traiçoeiramente, a bondade inerente de Amidala, mas todos os governantes de Naboo tinham seu próprio estilo. Essa era, como diria Padmé, a razão da democracia.

A Rainha Réillata desceu os degraus com uma velocidade moderada. Isso era parcialmente para que todos tivessem uma boa visão dela e também porque não era fácil andar naquele vestido. Réillata conseguiu fazer sua postura e seus passos firmes parecerem deliberados, e Saché foi forçada a lhe prestar um respeito relutante. Aquele era, afinal de contas, o segundo mandato de Réillata, e Saché faria parte de seu governo.

Atrás da nova rainha vieram as novas damas de companhia. A maioria tinha a mesma idade da monarca, mas havia uma jovem garota que Saché sabia ser sobrinha de Réillata. Ela era até mesmo mais jovem do que Saché quando se juntara ao serviço de Amidala, e Saché desejou-lhe o melhor. A corte podia ser um lugar estranho, mesmo para os mais preparados.

Réillata chegou no grande arco onde Amidala esperava por ela. O Governador Sio Bibble carregava o cetro real, que apenas era usado naquela ocasião, e se posicionou entre as duas rainhas. Por um momento, graças a um capricho do processo democrático de Naboo, elas tinham o mesmo nível hierárquico. Então, Amidala tomou o cetro do governador, abaixou a cabeça e o ofereceu com a pompa da governança à nova rainha de Naboo.

Como esperado, a celebração do povo durou um bom tempo.

Eventualmente, a Rainha Réillata passou o cetro de volta para Sio Bibble e ofereceu o braço para Amidala. Padmé aceitou e as duas rainhas subiram a escadaria de volta para dentro do palácio. Agora o poder estava transferido simbolicamente, mas ainda havia bastante trabalho pela frente. O Governador Bibble apareceu ao lado de Saché enquanto caminhavam atrás das rainhas.

— Parabéns por sua eleição, milady. Não sou do seu distrito, mas fiquei feliz em saber que você saiu como candidata em algum lugar.

— Obrigada, governador — Saché agradeceu. — Espero que meu serviço seja digno do seu entusiasmo.

— Bom, você aprendeu com uma pessoa excelente — ele constatou. Os dois olharam para a frente e então Bibble sorriu. — Estou falando de mim mesmo, é claro.

Saché riu.

— É claro — ela disse. — Tive uma grande variedade de políticos ao meu redor durante meus anos de formação.

— É fácil rir agora que os problemas passaram — Bibble declarou, com uma seriedade não característica. — Mas acho que nós dois sabemos onde você aprendeu tudo que sabe. As pessoas respeitarão isso, e espero que você não tome uma vantagem indevida da lealdade deles.

— É claro que não, governador — Saché assentiu. Ela nunca dominou a voz de Amidala como as outras fizeram, seu alcance vocal simplesmente não era adequado, mas tinha uma voz formal que agora usava pela primeira vez. — Como eu disse, espero que meu serviço seja digno de seu entusiasmo.

Saché desejou estar caminhando com as outras damas de companhia. Ela sabia que Sabé provavelmente estava logo atrás dela e as outras estariam espaçadas no grupo que agora entrava no palácio. Estava acostumada com a vista de trás da comitiva, não com a frente, e isso estava atrapalhando seu modo de agir. Ela nem estava vestida como dama de companhia hoje. Elas usavam capuzes de uma suave cor violeta sobre vestidos cinza-escuros — as cores que se usava para desaparecer no meio de vestidos coloridos de Naboo — e Saché vestia tons de amarelo e verde, com o rosto totalmente visível. Ela olhou para o topo da escadaria e viu Mariek na linha de guardas posicionados nos degraus. Mariek piscou para Saché, que sorriu.

Como seu último ato como rainha, Padmé havia promovido Mariek e Tonra a capitães, aceitado a renúncia de Panás e selecionado o novo sargento Gregar Typho, que havia lutado — e perdido um olho — na Batalha de Naboo. Todos teriam a opção de permanecer na Força de Segurança Real ou seguir para outro lugar — todos eram voluntários —, mas parecia que Panás seria o único a escolher outro modo para preencher seus dias. Na opinião de Saché, estava na hora de Panás seguir em frente.

Eles chegaram na sala do trono e Saché observou Réillata tomar o trono de Naboo pela segunda vez. Duas de suas damas de companhia sentaram-se em cadeiras, uma de cada lado, atrás da longa mesa, enquanto as outras três, incluindo sua sobrinha, ficaram perto da porta. O governador tomou seu lugar, com Panás de pé atrás dele em uma posição não oficial, e Padmé sentou-se em uma terceira cadeira ao lado da rainha. Saché se aproximou para ficar atrás dela, mas parou quando ouviu Yané tossir discretamente. Saché congelou, constrangida, e não se mexeu até Sabé e Eirtaé tomarem seus lugares atrás da cadeira de Padmé. Então, ela tomou a quarta cadeira, aquela reservada para membros visitantes da assembleia. Não precisou olhar para trás para saber que Yané e Rabé estavam de pé ali.

— Nós agradecemos por seu bom serviço a Naboo, Amidala. — As palavras da Rainha Réillata seguiam uma fórmula básica no início de seu discurso, mas parecia haver uma genuína gratidão por trás delas. — Sabemos que você trabalhou incansavelmente por nosso amado planeta e agradecemos os seus esforços.

— Obrigada, Vossa Alteza. — Se custou para Padmé dizer aquelas palavras, ela não deixou seus sentimentos transparecerem no rosto. — Eu lhe desejo um mandato suave e produtivo como nossa rainha.

Sio Bibble se ajeitou em seu assento. Ele ainda segurava o cetro e parecia não saber o que fazer com os próprios braços. Um dos funcionários do palácio apareceu do nada para levar o cetro, e o governador visivelmente relaxou quando o objeto já não estava mais sob seus cuidados.

— Amidala. — A Rainha Réillata parou de usar seu tom de voz formal e falou com Padmé como se fossem amigas. — Sei que temos papéis específicos para realizar nos próximos dias da transição do governo, e palavras que precisamos dizer especificamente, mas eu gostaria de falar com você candidamente, se me permitir.

— É claro. — Aquilo saiu com um tom um pouco mais formal do que sua voz normal, mas apenas suas damas de companhia saberiam disso.

— Você me deixou em uma excelente posição para começar — Réillata disse. — Estamos em paz com a galáxia e com os Gungans. Nossos excedentes de comida se recuperaram desde a invasão e a construção do canhão de íons está, segundo me relataram, dentro do cronograma.

A temperatura da sala baixou um pouco quando o rosto de Panás endureceu. Ele havia se oposto à construção do canhão de íons publicamente, querendo defesas mais robustas, e seu relacionamento com a rainha e os políticos que apoiavam a construção nunca se recuperou totalmente. Eles estavam chamando de aposentadoria sua decisão de deixar o serviço, mas a verdade era que Padmé já não confiava nele como antes, e a nova administração também não.

— Como você sabe, a elevação do Chanceler Palpatine a essa posição nos deixou em apuros para encontrar um novo senador da República — a Rainha Réillata continuou como se nada tivesse acontecido. — É difícil encontrar políticos naquele nível que estejam dispostos a se mudar para Coruscant. A Senadora Oshadam tem sido mais do que adequada, mas ela decidiu que seu tempo de serviço chegou ao fim, e isso significa que caberá a mim preencher sua posição.

— Posso oferecer várias sugestões, se você quiser — Padmé disse.

O novo ponto de vista de Saché significava que podia enxergar o rosto de Sabé. Ela ainda estava com o capuz abaixado, é claro, e um observador comum não conseguiria enxergar nada em sua expressão obscurecida, mas Saché não era uma observadora comum. Ela viu um rápido movimento dos olhos e então soube quais seriam as próximas palavras da Rainha Réillata.

— Amidala — a rainha disse —, eu gostaria de pedir que você tomasse essa posição e representasse Naboo e os planetas do setor Chommell no Senado.

Padmé raramente ficava sem palavras. Mesmo quando ficava, ela sabia dizer algo perfeito e vazio para cobrir seu silêncio. Mas desta vez ela não disse nada. Sua guarda estava baixa — ao menos tão baixa quanto podia chegar — e foi como se não soubesse para onde olhar.

Sio Bibble se ajeitou na cadeira outra vez, obviamente pego de surpresa pelo pedido de Réillata, mas obviamente a favor da proposta, embora não quisesse dizer em voz alta. O rosto de Panás ficou cuidadosamente sem expressão, mas havia uma estranha tristeza em seus olhos. Saché pensou que parecia quase uma resignação. Por um momento, ela não entendeu, mas então o olhar de Padmé encontrou o dela. Por causa de onde estava sentada, Saché era a única pessoa na sala que Padmé podia olhar sem revelar que estava procurando por uma opinião externa, então Saché deixou que olhasse. Ficou imediatamente aparente que a ideia de ser uma senadora nunca havia cruzado a mente de Padmé, mas agora que tinha sido proposto, tudo parecia praticamente selado.

Saché se lembrava da última vez que estiveram diante daquele precipício. Na ocasião, ela estava atrás de Padmé e não pôde ver seu rosto. O Jedi de longos cabelos dissera que eles precisavam seguir para Coruscant, mas fizera seu pedido para Sabé, pensando que era a rainha. Elas haviam praticado situações como aquela, as palavras que Padmé deveria usar para se comunicar com elas sem revelar o disfarce, mas aquela foi a situação mais difícil em que usaram esse artifício. Sem hesitar, Padmé dissera as palavras que sinalizavam que ela iria e, por necessidade, Saché ficara para trás.

Quando pensava sobre sua participação na assembleia, Saché imaginava debates acalorados e a realização de um bom trabalho. Ela sabia que teria de fazer a maior parte desse trabalho sozinha, mas gostava da ideia de poder buscar Padmé se realmente precisasse de ajuda, pedindo por sua experiência como Amidala nos problemas mais difíceis que Saché não conseguisse resolver. Mas lá estavam elas novamente: um apelo para ir a Coruscant e um caminho que Saché não poderia seguir. Ela entendeu a expressão de Panás com toda a sua alma. Sabé pensou que era uma boa ideia, e Padmé não podia vê-la, então sobrou para Saché repassar a mensagem de apoio vinda da linha de trás.

Ela não podia dizer as palavras para Padmé. Não fariam nenhum sentido naquele contexto, mas ela ainda olhava em seus olhos e sabia que apenas precisaria mover um pouco a boca para transmitir a mensagem.

Nós somos corajosas, Vossa Alteza.

Padmé respirou fundo, e então Amidala se virou para encarar a rainha.

— Vossa Alteza — ela disse, abaixando a cabeça —, eu lhe agradeço pela confiança que você deposita em mim ao me pedir essa tarefa. Prometo que vou dar a essa questão minha total consideração, mas peço que espere para ouvir minha resposta depois que nosso trabalho na transferência de poder tenha terminado.

— É um pedido adequado — Réillata disse. — Vamos continuar com a transição como dita a tradição.

Padmé se recostou na cadeira e apenas o espião mais perspicaz teria visto o punho de Sabé se fechando no tecido de seu vestido, logo abaixo do ombro de Padmé, mostrando seu apoio incondicional como sempre.

— Governador — Réillata chamou, virando-se para onde Bibble estava sentado. — O que temos em seguida em nossa agenda?

Enquanto o governador descrevia as atividades para os dias seguintes, Saché não pôde deixar de pensar que havia se saído bem em sua primeira aparição oficial. Seria mais desafiador quando estivesse realmente sozinha. Membros da assembleia legislativa tinham equipes pequenas, mas nada como o grupo fortemente unido que Padmé construíra ao seu redor. Ela sempre teria Yané, é claro, mas Yané não fazia parte do governo e teria suas próprias tarefas para completar. Saché aprenderia rapidamente, como sempre fizera, e prestaria atenção durante reuniões importantes em vez de deixar a mente vagar como estava fazendo naquele exato momento.

Saché conseguiu se levantar ao mesmo tempo que todos apenas por virtude de sua longa prática. Padmé sorria quando veio tomar seu braço, e juntas elas seguiram Mariek para fora da sala do trono. Mariek as conduziu para os apartamentos para convidados, onde Saché ficou levemente mortificada ao descobrir que tinha uma suíte própria.

— Tem uma porta conectando os dois — Eirtaé anunciou quando Saché ficou parada no corredor sem saber o que fazer. — Vamos deixar aberta.

Saché tinha quase certeza de que Padmé aceitaria o pedido da rainha. Elas sabiam que as coisas mudariam depois da eleição, mas nenhuma delas imaginou que mudariam tanto e tão rápido. Saché flagrou o olhar de Padmé outra vez e viu um pedido silencioso ali: deixar pensamentos sobre o futuro para depois do fim das cerimônias. Saché assentiu para mostrar que faria o seu melhor para obedecer, mas não conseguia evitar a maneira como seus pensamentos viajavam enquanto Yané a ajudava a se vestir para o jantar. Ao menos naquela noite elas estavam em um lugar familiar, embora não em quartos familiares — mas tinham uma porta aberta.

CAPÍTULO 5

ELAS SE SENTARAM IGUAL fizeram quando se encontraram pela primeira vez, quando Padmé as entrevistou depois de ser eleita rainha. Logo depois daquilo, Panás começara, discretamente, a treiná-las em medidas que excediam em muito aquelas esperadas para sua idade, mas naquele primeiro encontro, elas eram apenas garotas se conhecendo. Agora não havia ninguém na galáxia que as conhecia melhor. Com a transferência do governo completa, esta seria a última noite juntas em Theed antes de seguirem seus caminhos separadas. Mariek deu espaço a elas sentando-se afastada perto da lareira e Tonra estava do outro lado da porta. Havia mais meia dúzia de guardas no vestíbulo do outro lado do corredor, mas naquela noite, a menos que os guardas fossem chamados, Padmé e suas damas de companhia seriam deixadas sozinhas.

— A Saché — Padmé disse, erguendo o copo. — Que seu mandato seja tão desafiador quanto você precisar que seja.

Saché ergueu o próprio copo em resposta e as outras fizeram o mesmo. Yané tomou um longo gole. O teor alcoólico do suco de fruta era baixo, mas aquela era a única noite de liberdade antes de assumirem suas responsabilidades.

— A Yané — Padmé continuou. — Que a sua casa seja repleta de felicidade e a mais alegre das bagunças.

— A Rabé, que sua música toque o coração e a mente de todos que a ouvirem.

— A Eirtaé, que sua arte nos mostre novos caminhos em lugares que nunca pensamos em procurar.

Elas beberam e beberam de novo.

— Eu estaria morta sem cada uma de vocês — Padmé confessou. — E Naboo estaria sob domínio daqueles que desejam seu mal. Devo a vocês meus agradecimentos e mais, assim como o planeta ao qual vocês serviram também deve.

— Nós sabemos — respondeu Sabé. Seu rosto estava neutro ao estilo Amidala, apesar de as outras terem assumido suas atitudes relaxadas quando vestiram suas roupas de dormir azul e branco-mármore.

— A Sabé — Padmé brindou, e ergueu o copo uma última vez. Ela não disse mais nada, porque não havia mais nada que fosse necessário dizer.

Yané se levantou para coletar os copos e deixá-los na mesa lateral, fora do caminho. O círculo mudou, aproximando-se quando elas se sentaram em almofadas no chão, e Padmé levou uma escova para os cabelos de Sabé. Tradicionalmente, nenhuma delas mostrava muito afeto pessoal em público. Era um gesto identificador, e a maior força da defesa das damas de companhia era seu anonimato. Esses momentos privados eram muito valorizados, e Yané esperava que houvesse um número infinito deles nos dias a seguir. Ela se recostou no ombro de Saché.

— O que você vai fazer, Padmé? — ela perguntou. Era um alívio dizer seu nome.

— O pedido da rainha é razoável — Padmé disse. — Apesar de eu não ter considerado isso como uma opção até ela ter mencionado.

— Mas você precisará deixar Naboo — Saché apontou. — O Chanceler Palpatine quase nunca ficava em casa quando ele era senador.

— Eu sei — Padmé admitiu. — Mas as coisas são diferentes agora e é possível que eu passe mais tempo aqui, mesmo se eu for senadora.

— E quanto à resposta que você deu a Palpatine quando ele perguntou sobre seus planos? — Rabé perguntou.

— Ele perguntou sobre isso? — Eirtaé indagou, um pouco escandalizada. Seria uma quebra de protocolo fazer uma pergunta tão pessoal, mesmo se Palpatine fosse um amigo.

— Ele me surpreendeu com a pergunta — Padmé assumiu. — Eu não queria ter contado a ele antes de falar com todas vocês, mas então tudo aconteceu ao mesmo tempo.

Eirtaé desabou dramaticamente sobre vários travesseiros e olhou para Padmé com expectativa.

— Eu pensei em voltar a Tatooine — Padmé admitiu — e ver quais passos eu poderia tomar para libertar as pessoas de lá.

Houve um longo momento de silêncio em que se ouvia apenas a escova passando pelos cabelos de Sabé.

— Bom, você certamente nunca faz nada pela metade — Mariek disse. Todas deram um sobressalto e Padmé gesticulou para que ela se aproximasse. Mariek puxou uma cadeira. — Só para meu marido não me flagrar sentada no chão enquanto estou de serviço e ter um ataque.

— Ele se aposentou — Yané apontou. — Acho que é você quem está no comando agora.

— O pedido ainda está em revisão — Mariek disse. — Eu odiaria me adiantar.

— O que você acha, Mariek? — Padmé perguntou, os olhos ainda firmemente nos cabelos de Sabé. — Você acha uma tolice?

— Sim — Mariek disse. Ela foi a favor do canhão de íons e todas sabiam, mas nunca discutiram, que isso causou problemas em seu casamento. — Mas a maioria das suas ideias são assim, e até agora elas funcionaram.

— Você não iria sozinha, não é? — Saché perguntou, delicadamente. Ninguém olhou para Sabé.

— É claro que não — Rabé disse.

— O Chanceler Palpatine nos disse que está preparando um projeto de lei sobre a escravidão para apresentar ao Senado — Padmé contou a elas. — Ele sugeriu que eu esperasse para ver o resultado de seus esforços.

Houve outra longa pausa.

— Você poderia ter um impacto maior se estivesse no Senado — Eirtaé disse. — Você poderia ajudar mais planetas do que apenas Tatooine.

— O Senado leva anos para fazer qualquer coisa — Yané argumentou de volta. — E todas nós sabemos por experiência própria o quanto eles não dão atenção para eventos que não os afetem pessoalmente! Você realizaria muito mais sozinha com uma boa nave e conexões em Tatooine.

Elas teriam começado uma discussão, algo que raramente acontecia na presença de Padmé, se Sabé não tivesse se inclinado à frente.

— Se ao menos você conhecesse um jeito de estar em dois lugares ao mesmo tempo.

A escova parou.

— Existe uma diferença entre pedir que você me acompanhe e enviar você sozinha — Padmé observou. De qualquer maneira, Tatooine não era um destino fácil.

— Eu sei — Sabé disse calmamente.

Aquele era um limite que Yané havia observado as duas permeando desde que se tornaram amigas. Padmé sabia em seu coração que Sabé faria qualquer coisa que ela pedisse, mesmo se isso significasse a vida de Sabé e, portanto, ela sempre tomava cuidado para não pedir demais.

— Pode ser perigoso — Padmé declarou. — Você pode não ser capaz de fazer aquilo que queremos fazer.

— Eu sei — Sabé disse. — Mas quero tentar. Por você, por eles, e também por mim mesma. Fiz coisas atuando como você dignas de heroísmo. Acho que eu gostaria de fazer essas coisas com o seu apoio e o meu próprio rosto.

Padmé a virou para poder olhar o seu rosto. Elas estavam acostumadas a se comunicar sem contato visual, mas Yané entendia a necessidade daquilo agora, quando algo realmente importante estava sendo discutido.

— Então você será a senadora de Naboo e do setor Chommell — Mariek disse, interrompendo o momento e trazendo o foco de volta para todas. — Eu vou com você e imagino que meu sobrinho Typho também vá.

— Não posso tirar você de casa agora — Padmé argumentou. Foi o mais próximo que chegaram de uma conversa direta, tal era o respeito de Padmé aos limites e políticas pessoais.

— Quarsh teve sua chance de viajar pela galáxia com você — Mariek observou. — Ele entenderá que agora é a minha vez.

Aquela ideia pairou no ar por um momento, então Padmé concordou.

— Certo. — Padmé voltou os olhos na direção de Rabé e Eirtaé, que sussurravam no canto. — Vocês não vão mudar seus planos — ela disse com um tom que deixava claro o seu teor inegociável.

— Padmé... — Rabé começou, mas Padmé ergueu a mão.

— Não, preciso de vocês aqui. Preciso saber que Naboo ainda é minha casa, um lugar onde arte e paz são honradas acima de tudo. Quero que vocês tenham isso, mesmo se eu tiver de esperar para ter.

— Obrigada, milady — Eirtaé disse. Rabé conseguiu apenas assentir.

— Saché, você vai me escrever se precisar de conselhos — Padmé continuou. — Yané, se precisar de mais fundos ou explorar uma conexão que eu tenha, você também vai me escrever.

— É claro — Yané afirmou.

— Acho que isso deixa o Capitão Tonra para você — Padmé disse, e Sabé concordou.

— É o melhor a se fazer — Mariek disse. — Réillata vai querer usar seu próprio pessoal, de qualquer maneira.

— Deveríamos chamá-los aqui, se vamos oferecê-los como voluntários para longas missões fora do planeta — Padmé concluiu.

Yané se levantou e foi até a porta. O Capitão Tonra seguiu pelo corredor até onde Typho estava e Yané voltou e começou a arrumar as cadeiras. Travesseiros no chão eram suficientes para uma reunião privada, mas era necessário algo mais firme para os membros da segurança. O capitão e o sargento não poderiam parecer mais diferentes em aparência. Tonra era alto, com cabelos escuros e uma larga testa. O Sargento Typho tinha um porte físico robusto, com pele morena e ombros largos. Ele era sobrinho de Mariek Panás, mas não precisou de nenhuma ajuda da família para alcançar aquela posição. Seu tapa-olho lhe dava uma aparência distinta — que ele não via problemas em usar para sua vantagem — e era muito mais jovial do que os outros guardas. Os dois tinham em comum uma lealdade inabalável a Naboo e à própria Padmé.

— Obrigada por se juntarem a nós — Padmé agradeceu. Ela falou com sua voz normal, não a de Amidala. Yané sentiu o pulso acelerar. Elas realmente estavam fazendo aquilo.

— É claro, milady — Tonra disse, embora parecesse um pouco confuso.

— Decidi aceitar o pedido da rainha e servir como a senadora de Naboo na República Galáctica — ela anunciou. — A Capitã Mariek se voluntariou para me acompanhar como parte da segurança. Sargento Typho, nós, ou melhor, *eu* esperava que você pudesse se juntar a nós.

Typho se levantou e endireitou os ombros.

— Seria uma honra, Vossa Alteza — ele disse.

— Eu não peço mais como sua rainha, sargento — ela o lembrou gentilmente. — Você estaria se voluntariando para deixar o planeta por longos períodos de tempo.

— Eu entendo, milady — assentiu Typho. — Eu ainda desejo servir.

— Obrigada — Padmé agradeceu. Ela se virou para Tonra, que esperava por ela. — Capitão, Sabé vai embarcar em uma missão separadamente que ela lhe repassará mais tarde em particular. Eu desejo muito que você a acompanhe.

Tonra e Sabé trocaram olhares, e Sabé assentiu.

— Acompanharei Sabé onde ela precisar de mim — ele disse. — E imagino que ela defenderá minha guarda da mesma forma que eu defenderei a dela.

— É bom mesmo que ela faça isso — concordou Padmé. — Preciso de vocês dois.

— Você vai precisar de novas damas de companhia — Yané declarou.

— Os senadores não têm nenhuma — Padmé apontou.

— Os senadores têm assessores — pontuou Saché. — Você deveria ter damas de companhia.

— Elas estão certas — Sabé afirmou. — Se você quer ter certeza de que o restante de nós estará segura e protegida, então você também deveria estar.

— Panás precisou de vários meses para treinar todas vocês — Padmé disse. — Não temos tanto tempo assim.

— Você não precisa do mesmo tipo de proteção que precisava quando era rainha — Yané observou. — O requisito mais importante para nós era termos um rosto parecido com o seu antes que o resto de nossas habilidades fosse considerada. As suas novas damas de companhia não precisam se limitar à sua aparência, desde que possam ser uma dublê para o seu cérebro. Você precisa de confidentes em quem confia plenamente. Precisa de pessoas com ouvidos abertos durante festas. Precisa de pessoas que desaparecem ao fundo e percebem o que seus oponentes estão tentando esconder de você. Se estiver em apuros, você pode chamar Sabé, mas para operações cotidianas, duas ou três damas de companhia leais devem ser o bastante para protegê-la.

— Minha sobrinha, não do lado de Typho, tem a idade certa — Mariek comentou. — Seu nome é Versaat. Vou enviar uma mensagem para ela hoje. Ela não se parece fisicamente com você, milady, mas sei que é leal e tem outros talentos.

— Havia uma garota... Cordyn, creio eu — Rabé disse. — Ela estava conosco durante o treinamento de Panás, mas não foi selecionada no fim. Ela não era muito boa em combate, mas era muito parecida com você, e você ainda precisará de uma dublê, eu acho, apesar de o argumento de Yané ser realmente bom.

— Milady, se você me permitir? — Typho perguntou.

— Por favor, sargento — assentiu Padmé. — Diga o que tem em mente.

— Uma de minhas colegas de classe no treinamento das forças de segurança pode ser uma boa opção — ele declarou. — Ela estava no topo de todos os cursos.

— E por que não se formou junto com você? — Sabé perguntou.

— Ela continuou para fazer cursos extras — Typho respondeu.

O programa privado de Panás para as damas de companhia da rainha se tornou público depois da Batalha de Naboo, e a academia começou a oferecer versões modificadas de seu treinamento como cursos oficiais para pós-graduação.

— Qual é o nome dela, sargento? — Padmé perguntou.

— Dorra, milady — ele respondeu. — Posso lhe enviar uma mensagem assim que meu turno acabar.

— Faça isso agora, sargento — Padmé disse. — Não se preocupe conosco. Você pode usar o console no quarto de Saché e deixar a porta aberta para nos manter em vista.

— Venha — Yané disse para Eirtaé. — Vamos separar os vestidos de Padmé dos vestidos reais. Se vai continuar trabalhando para o governo, ela pode levar mais do que separamos originalmente.

— Vocês não precisam fazer isso — Padmé disse.

— Não precisamos — concordou Eirtaé. — Mas nós vamos.

— Vou escrever mensagens para as candidatas — Rabé informou. — Ou seja lá como vamos chamá-las. Imagino que nem saibam que estão concorrendo. Typho, se você puder esperar um momento, poderemos enviá-las todas de uma vez.

— Eu ajudo — Saché disse. — Posso usar meu novo acesso para rastrear Cordyn.

Os guardas retornaram para suas posições, e Sabé e Padmé encontraram-se sozinhas no meio dos muitos travesseiros e cadeiras.

— Veja só como o mundo gira rápido quando você pede alguma coisa — Sabé disse.

— Você sabe bem como é isso — observou Padmé. — Quem está girando o mundo é você.

— Não vou deixar você cair para fora — Sabé declarou. Ela ofereceu a mão e Padmé a tomou.

— Eu sei — Padmé disse.

Houve um momento de silêncio entre as duas, e então Sabé fez a última pergunta que ainda pesava em sua mente.

— O que você vai dizer para seus pais?

— Eu já deveria ter contado — Padmé admitiu. — Eu tive uma hora inteira livre hoje à tarde e decidi no mesmo momento que a rainha fez o pedido. Eu sabia que continuaria servindo nosso planeta. Você acha que sou egoísta?

— Você está fazendo isso para sua própria glória? — Sabé perguntou. Padmé negou sacudindo a cabeça. — Então, não. Talvez generosa até demais, e talvez alguém que não a conheça pudesse pensar que você é egoísta, mas eu conheço você, e eu chutaria o traseiro de quem achasse você egoísta.

Ela entregou um datapad para Padmé e ergueu os olhos para Mariek. Quando ganhou a atenção da capitã, ela indicou que acompanharia Padmé até o terraço para fazer a ligação. Mariek assentiu e Sabé ajudou Padmé a se levantar.

No terraço, ela deu a Padmé todo o espaço que podia. Sua posição como principal dublê de Padmé a deixava mais próxima dos guardas oficiais do que as outras, razão pela qual Mariek deixou que as duas saíssem de sua vista. Mas, no fundo, Padmé era sua amiga, e ela não conseguiu evitar ouvir a conversa.

— Oi, mãe — Padmé disse. Era sua voz mais exposta, aquela que Sabé nunca nem havia tentado imitar. — O pai está por aí?

Alguns momentos se passaram, então os dois pais de Padmé apareceram na tênue imagem azul do holograma. Seu pai estava limpando serragem das mãos.

— A Rainha Réillata me pediu para servir como a nova senadora de Naboo — Padmé disse depois de uma breve troca de amenidades. — Eu aceitei.

Ninguém nunca ouviu Padmé Amidala soar tão vulnerável e desesperada por aprovação. Seria um pesadelo político. Mas aquela era Padmé Naberrie falando com três pessoas em que ela confiava completamente.

Ruwee e Jobal trocaram olhares, comunicando-se tão facilmente quanto Padmé poderia ter feito com qualquer uma de suas damas de companhia, embora tivessem uma razão diferente para terem tanta prática.

— Não posso dizer que estou feliz por você partir — Jobal disse. — Mas seu pai e eu estamos muito orgulhosos de você.

— Apenas não se esqueça de onde você veio quando estiver lá fora — Ruwee acrescentou. — A política galáctica pode fazer você se sentir pequena e, bom, tenho certeza de que você já começou a entender isso.

— Pode deixar — Padmé disse. — E prometo que vou tomar cuidado.

Foi tão estranho dizer aquilo, como se Padmé estivesse pedindo permissão para ir em uma excursão da escola, que Sabé quase riu.

— Mandem um beijo para Sola — Padmé pediu. — Escreverei quando já estiver instalada.

Sabé deu ainda mais espaço para ela terminar suas despedidas e não se moveu por vários momentos depois de a luz azul desaparecer. Ela observou quando Padmé se endireitou, seus muros e máscara profissionais voltando para o lugar. Sem uma palavra, Sabé abriu a porta do terraço e a acompanhou de volta para dentro.

Yané apareceu carregando nos braços vários dos vestidos mais simples de Padmé.

— Sabé, experimente esses aqui — ela pediu. — Eles são de antes de você crescer, e se tivermos que alterá-los, prefiro saber agora.

Sabé ficou parada quando Padmé puxou o primeiro vestido sobre sua cabeça e ajudou Yané a prender as partes onde seria necessário ajustar. As garotas haviam crescido em Naboo e isso foi bom para elas. Agora era hora de crescer em outro lugar.

PARTE II

RAINHA ÍCONE DA MODA RETORNA AO SENADO

Quem segue política há muito tempo vai se lembrar da jovem Rainha Amidala de Naboo. Quatro anos atrás ela veio até Coruscant e depôs o chanceler para apressar de modo questionável a votação do auxílio para seu planeta natal. Embora nenhuma evidência concreta de crimes da Federação de Comércio tenha sido apresentada, Amidala conseguiu influenciar a opinião do Senado. Seu discurso, que provavelmente foi escrito para ela, considerando sua idade na época, foi arrebatador... e não podemos deixar de imaginar o que ela irá causar desta vez.

Agora senadora da República Galáctica, Amidala retornou. Certamente não mais uma rainha-fantoche, mas a pergunta permanece: quem está manipulando as cordas agora?

— TriNebulon News

CAPÍTULO 6

AS PRIMEIRAS SEIS SEMANAS do mandato de qualquer senador eram altamente controladas pelo protocolo da República, e com cinco semanas de mandato, a Senadora Amidala já estava farta. Havia muito para aprender, mas ela sempre aprendeu rápido, e estar cercada por todos os lados pela tradição e expectativa estava começando a cansá-la. Felizmente, sua ira podia encontrar um alvo específico em um droide indiferente designado NON-3.

— Senadora — o droide começou a dizer. Havia algo estranho sobre o processador vocal daquele droide que mudava a maneira como pronunciava as vogais. Padmé sempre precisava de um momento para entender o que estava dizendo, mas sempre que pedia um reparo, ela era informada de que não havia defeito nenhum. — Lembre-se de que você está escalada hoje para seu tour final dos níveis inferiores do edifício do Senado. Nesse tour, você observará e entenderá o funcionamento interno do próprio edifício, além de sua aparência estética, para que possa tirar vantagem de suas muitas amenidades enquanto estiver na assembleia.

Padmé fez seu melhor para não arrancar os cabelos. Dormé, conhecida anteriormente como Dorra, fizera um excelente trabalho com seu penteado hoje. Uma pequena bênção do período de treinamento senatorial foi que Padmé pôde conhecer seu novo trio de damas de companhia ao mesmo tempo. Cada uma delas lhe fizera a cortesia de adotar um novo nome. Embora publicamente o motivo ainda fosse o anonimato, Padmé não deixou de reconhecer a honra que mostraram a ela.

Cordé, antes conhecida como Cordyn, que havia fracassado no treinamento inicial de Panás porque não era boa com um blaster, tomou o lugar de Sabé sem hesitar. Ela já tinha dominado os maneirismos físicos de Padmé, e sua voz era praticamente perfeita. Dormé, que também saíra do mesmo treinamento de segurança que produziu Typho e Tonra, provou ser mais do que capaz de cuidar do guarda-roupa, e Padmé sabia que ela já estava planejando atualizações e modificações para os vestidos senatoriais. Versé, antes conhecida como Versaat, era uma slicer de primeira linha, embora ela e sua tia Mariek preferissem não contar como ela adquiriu suas habilidades para invadir computadores. Além de fortalecer as medidas de segurança digitais de Padmé, ela estava gradualmente reprogramando o apartamento para ser mais funcional e confortável para o grupo. Mariek e Typho reuniram o restante das acompanhantes mais próximas de Padmé, junto com mais alguns guardas escolhidos a dedo.

Ela sentia falta de Sabé da mesma forma que sentia falta do sol.

Talvez fosse a real razão de todos aqueles tours e orientações começarem a lhe dar nos nervos. E parecia não ter fim. Ela havia visitado cada canto do edifício do Senado, exceto os escritórios particulares dos outros senadores, é claro, e havia testemunhado como o complexo operava. Era quase exatamente o mesmo de quando participou do programa legislativo júnior, o que a fez se sentir mergulhada em futilidades. Ela realmente não gostava dessa sensação e constantemente lutava para não descontar em quem estivesse ao seu redor. Enquanto isso, ela vira muito pouco de Coruscant e quase nenhum procedimento governamental, exceto algumas sessões cuidadosamente moderadas com os outros novos senadores. A Senadora

Oshadam, agora no fim de seu mandato, era educada e prestativa, mas claramente estava pronta para ir embora assim que pudesse.

— Talvez esse seja o ponto — Dormé dissera. — Talvez a ideia seja que você conheça novos senadores para formar alianças com eles.

— Não faria mais sentido conhecer senadores já estabelecidos? — Versé perguntara. — Quer dizer, você não pode aprender muito com alguém que sabe mais ou menos o mesmo que você, e imagino que todos os novos senadores juntos não poderiam superar as opiniões dos mais experientes.

— Logo isso vai acabar — Cordé dissera. Seu tom foi tranquilizador, não condescendente, o que surpreendeu Padmé. Todas estavam frustradas. — E então você poderá sentar-se na galeria e gritar com os senadores o quanto quiser.

— Quando iniciei o meu mandato de rainha, eu já estava lidando com uma invasão planetária — Padmé apontou. — Agora, tudo que posso fazer é indicar o caminho até a reciclagem de lixo no subnível nove.

— Isso não é verdade, e você sabe disso — Mariek dissera rapidamente. — Você também poderia dizer onde fica o refeitório.

Typho fizera seu melhor para segurar um sorriso enquanto Padmé bufou ironicamente. Talvez isso também fosse um processo para novos senadores peneirarem suas equipes. Padmé agora sabia mais sobre as habilidades, irritações e preferências gerais de suas damas de companhia do que quando chegaram em Coruscant, e ao menos isso já era algo.

Ela nunca esqueceria de quando entrou na residência senatorial pela primeira vez. A residência fora esvaziada para que ela pudesse redecorá-la e parecia uma tumba no céu, acima de toda a agitação de Coruscant. Padmé ficou parada no vestíbulo por meio segundo a mais, com suas três novas companheiras atrás dela, esperando. Então, antes que pudesse pensar em algo para dizer, Versé se adiantou e começou a dar instruções sobre como desfazer as malas, coordenando a segurança com sua tia. Pela primeira vez, as damas de companhia se moveram em uníssono, e continuaram assim desde então, com Padmé lentamente se integrando em seus padrões.

NON-3 soltou o educado assobio que fazia quando achava que Padmé estava demorando demais para responder.

— Já ouvi, Nonnie — ela disse. — Onde devemos encontrar o grupo de orientação?

— Não há um grupo de orientação, senadora — NON-3 respondeu. — Este é um tour privado.

Mariek tomou três passos adiante e franziu as sobrancelhas. Ainda era difícil pensar nela como "Capitã Panás" — embora fossem seu nome e cargo —, exceto em momentos como aquele, quando a lacônica mulher desaparecia e a profissional tomava seu lugar. Todos usavam uma máscara quando se tratava de Amidala.

— Não estou gostando disso, senadora — Mariek disse. — Por que esse tour é diferente dos outros?

— Não sei. — Ela se virou para o droide, que era programado para responder apenas aos senadores e certos oficiais. — Nonnie, por que esse tour é diferente?

— Não estou programado para responder isso — NON-3 disse.

— E qual é o exato destino desse tour? — Padmé perguntou.

— Os níveis inferiores do edifício do Senado — NON-3 respondeu.

— Isso não ajuda em nada — Versé disse. — Aqueles níveis são vastos.

— E você já visitou a maioria deles — Cordé acrescentou. — A menos que eles queiram que você entre nos dutos de ventilação.

— Sabe o que não tentamos ainda? — Dormé disse, olhando de soslaio longamente para o droide.

Padmé ficou tentada. Não a fugir do tour inteiramente, pois ela ainda participaria vestida com a túnica das damas de companhia, mas a ver se elas conseguiriam iludir Coruscant da mesma forma que iludiam Naboo. Na primeira vez que Padmé viera até a cidade, ela atuou como Amidala desde quando entraram no apartamento até partirem. Seria interessante ver sua nova residência de um ponto de vista não senatorial. Ela olhou para Mariek, que assentiu.

— Certo — Padmé disse. — Vamos precisar nos trocar rapidamente. Cordé, você vai primeiro.

Cordé era a mais próxima fisicamente de Amidala em termos de formato do rosto e estrutura óssea. A pele de Padmé era só um pouco mais pálida, e quando Dormé fazia sua mágica com a maquiagem, estranhos tinham dificuldade em distinguir as duas. Cordé conseguia imitar a postura de Padmé, mesmo sendo um pouco mais alta e um pouco mais esguia, e sua voz podia enganar as travas de segurança da nave de Naboo. Se poderiam enganar NON-3, ainda restava testar — elas não tiveram problemas com droides de batalha ou astromecs —, mas haveria tempo o bastante para isso.

Versé ajudou Padmé a vestir sua túnica extra azul-escura e prendeu seu cabelo em um coque simples que caberia dentro do capuz. Depois, foi ajudar Cordé. Dormé a vestiu com um dos trajes preferidos de Padmé, um vestido de baixo azul-marinho com uma túnica verde-esmeralda por cima e um largo cinto azul para harmonizar todas as peças. Parecia elaborado, mas como a maioria dos vestidos senatoriais de Padmé, era fácil de vestir. Padmé amarrou suas botas que chegavam até o joelho, sorrindo ao lembrar de Sabé, e Cordé colocou um par de sapatos baixos que pareciam decorativos, mas que foram moldados para seus pés permitindo que ela corresse e até pudesse chutar alguém se precisasse. Por último, Dormé posicionou Padmé ao lado de Cordé como referência para a maquiagem.

— Só preciso de mais duas ou três vezes — ela prometeu. — Mas primeiro quero ter certeza de que ficou perfeito.

— Entendo — Padmé disse, e deixou a artista fazer seu trabalho.

Padmé havia apenas visto Sabé usando o rosto da rainha, e era um pouco estranho ver outra pessoa recriar sua aparência usando apenas cosméticos normais, mas foi exatamente o que Dormé fez. Até mesmo o formato do rosto de Cordé pareceu mudar com linhas de contorno chamando atenção para partes dela que mais se pareciam com Padmé. Não enganaria um escaneamento das características craniais, é claro, mas a olho nu, elas agora eram idênticas.

— E um pouco para você — Dormé disse, aproximando-se de Padmé com o pincel. — Caso alguém pense que você se parece demais com a Senadora Amidala.

Foi preciso muito menos tempo para o rosto de Padmé, e então elas se levantaram para que Dormé fizesse sua checagem final da aparência das duas.

— É impressionante — Mariek disse para sua sobrinha, e Versé concordou.

— Obrigada — Dormé respondeu com um sorriso travesso.

Elas voltaram para a sala principal da suíte, onde NON-3 e o Sargento Typho aguardavam.

— Senadora — disse NON-3 com aquele estranho tom paciente demais. O droide olhou diretamente para Cordé quando falou. — Eu gostaria de lembrar que você tem um tour marcado para os níveis inferiores do edifício do Senado hoje. Nesse tour...

— Sim, eu sei — Cordé interrompeu. Até a irritação de Padmé foi imitada perfeitamente. — Estou pronta para ir agora.

NON-3 olhou para ela com seus fotorreceptores estáticos e depois se virou sem dizer nada para conduzir a Senadora Amidala e sua dama de companhia para o transporte que as esperava.

— Veremos vocês quando voltarem — Mariek disse. — E com isso quero dizer que Typho irá segui-la até o Senado e você poderá chamá-lo se precisar de ajuda.

O Senado se orgulhava de possuir a própria guarda, que Padmé poderia chamar se quisesse, mas ela sabia que um amigo confiável valia mais do que isso. Ela olhou para Typho, que deu um leve aceno concordando.

— Boa sorte, Senadora Amidala — Dormé disse.

Versé já estava sentada diante do console, os dedos digitando tão rápido quanto podiam. Padmé sabia que ela estaria preparando a identidade da quarta dama de companhia que Amidala trouxera junto. Elas deixaram o espaço no banco de dados vazio por semanas, sem saber a melhor maneira de usar a identidade em branco, mas agora Padmé teria de ter autorização para entrar no Senado, então era hora de preencher os dados. Ela sabia que, quando voltassem, Versé teria construído um perfil totalmente sólido. Afinal de contas, a maior parte do conteúdo seria verdade.

A Senadora Amidala subiu a bordo do transporte conversível e Padmé a seguiu. NON-3 entrou e pressionou um painel que sinalizava ao piloto droide que era hora de partir. Mariek e Typho não gostavam do fato de que os condutores de Amidala eram escolhidos pelo Senado. Eles preferiam fazer esse trabalho por si próprios, ou ao menos gostariam de escolher quem seria. O protocolo do Senado era uma fortaleza que Padmé ainda estava aprendendo a enfrentar, mas já conhecia o suficiente para saber que precisava escolher suas batalhas. Os condutores do Senado serviriam por ora, e Padmé ganharia outra coisa mais tarde como resultado de sua paciência — embora não soubesse exatamente o quê.

O transporte se juntou ao fluxo do tráfego de Coruscant. O vento e o zumbido de mil motores impediam qualquer conversa, então Padmé observou a paisagem da cidade. Não poderia ser mais diferente do que Naboo. Padmé sentia falta das árvores, das águas, dos cantos dos pássaros. Ela ainda não havia descido até os níveis inferiores da cidade, mas ouviu dizer que eram escuros e perigosos. Parecia injusto que um planeta-cidade que servia como símbolo para o resto da República Galáctica tivesse esse tipo de entranha, mas Padmé ainda não sabia o suficiente sobre seu funcionamento para entender completamente.

Padmé se virou para olhar o Templo Jedi, sua mão tocando seu colar sem a direção de sua mente. Era um grande edifício visível de seu apartamento. Muitos dos novos senadores que ela conhecera foram visitar o local assim que puderam depois de chegarem ao planeta. Havia partes que eram privadas, é claro, mas também havia partes do templo onde os Jedi permitiam visitas do público. Padmé não visitara. Diferente da maioria de seus colegas, ela já tinha conhecido vários Jedi, e achava inquietante a maneira como se portavam. Talvez se o mestre Qui-Gon ainda estivesse vivo, ela se sentiria de outra maneira. Certamente gostaria de chamá-lo de amigo, e esperava tratá-lo como um aliado. A relação dos dois fora estranha: ela não o iludiu nem por um momento, mas ele permitiu que ela continuasse iludindo a todos, algo pelo qual fora grata, pois ajudou a preservar sua própria vida. Padmé sabia que não era a única pessoa em Naboo que acendia uma vela de incenso para ele no memorial anual para aqueles que perderam a vida na defesa do planeta.

Ela deu as costas para o templo e focou em seu objetivo: o edifício do Senado. Cordé segurava o braço do assento com um pouco mais de força do que necessário, um claro sinal de que estava nervosa, mas seu rosto permanecia neutro e calmo. A máscara de Amidala estava no lugar. Padmé só precisava ficar atenta para não colocar a sua por acidente.

O transporte atracou em uma porta não familiar, mas NON-3 não hesitou antes de conduzi-las naquela direção. O droide apertou um botão e a porta abriu deslizando para o lado. Amidala e Padmé escanearam suas identidades e entraram no edifício sem qualquer problema.

Os problemas começaram depois de entrarem.

— Isso não parece correto — Padmé disse.

O corredor estava escuro, não acendendo nem mesmo quando as credenciais de Amidala foram reconhecidas. A senadora e sua dama de companhia ficaram perto da parede enquanto NON-3 percorria o meio do corredor como se nada estivesse errado.

— Nonnie — Cordé chamou o mais baixo que podia com sua voz de Amidala. — Nonnie, volte aqui.

— Senadora, nós vamos nos atrasar. — O droide definitivamente estava arrastando as palavras agora. Sua pronúncia estava quase irreconhecível.

— Não estou gostando disso — Padmé confessou. Ela desejou ter a pistola real, mas armas eram proibidas no edifício do Senado, então as duas deixaram seus blasters em casa.

— Alguém está vindo — Cordé disse. Ela respirou fundo várias vezes, e Padmé sabia que ela estava se preparando para várias situações diferentes. Padmé deslizou na palma da mão o sinal que alertaria Typho sobre seu paradeiro.

— O que vocês estão fazendo aqui? — A pergunta veio pouco antes da figura que falou sair das sombras, e Padmé precisou de um momento para reconhecer a voz.

— Senador Organa — Cordé disse, com sua máscara de Amidala ainda firme no lugar. Eles, ou melhor, ele e Padmé, haviam se encontrado brevemente em um dos jantares de boas-vindas. Cordé reagiu sem pestanejar. — Desculpe. Meu droide de protocolo disse que eu era esperada aqui.

O Senador Organa tinha quase dois metros de altura com cabelos elegantemente penteados. Ele parecia severo agora que se juntara a elas sob a fraca luz do corredor, mas a coisa mais dramática sobre ele era a pesada capa pendurada nos ombros.

— Senadora Amidala, correto? — Organa perguntou, então continuou depois de Cordé assentir. — A única coisa esperada aqui é uma equipe de droides demolidores. Esta seção será refeita. Estava no briefing do dia.

Cordé ficou momentaneamente confusa, embora não tenha mostrado nenhum sinal disso para Organa ver. Padmé havia lido o briefing do dia, e não havia menção sobre demolição alguma. O droide, enfim, quebrou o silêncio constrangedor.

— Senadora — disse NON-3. — Lembre-se de que você tem um tour nos níveis inferiores do edifício do Senado marcado para hoje. Em...

— Já chega, Nonnie — Cordé ordenou rispidamente. O droide parou de falar imediatamente.

— Esse droide está com defeito — constatou Organa.

— Estou ciente — Cordé informou. — Já enviei vários pedidos para repará-lo, e todas as repostas diziam que não há nada de errado com ele.

— Deixe-me enviar um pedido. — Organa puxou um datapad de um bolso dentro da capa e digitou algo rapidamente.

— Senadora — NON-3 disse —, fui chamado para a manutenção. Preciso me apresentar a eles imediatamente. Você poderia encontrar seu caminho de volta sozinha?

— Eu vou acompanhar a senadora — Organa disse.

Padmé ficou aliviada por Cordé estar se passando por ela. Cordé se destacava em sua atuação como Amidala, e com seu rosto coberto, Padmé permitiu a si mesma ficar irritada por um momento com a condescendência do Senador Organa.

— Obrigada, senador — Cordé agradeceu.

— Ainda bem que encontrei você antes das implosões começarem — Organa disse secamente. — Você nunca sairia viva daqui.

Cordé não disse nada, e Padmé presumiu que Organa interpretou aquilo como um agradecimento. Padmé tinha muitas perguntas, mas não podia fazê-las naquela posição. Em vez disso, teve de se contentar em seguir os dois saindo pela porta. Organa observou Cordé embarcando no transporte, e depois se virou enquanto Padmé se ajeitava ao seu lado. Elas fizeram o trajeto de volta à residência senatorial em completo silêncio, e o condutor droide não se demorou depois que elas desembarcaram.

— Vocês voltaram rápido — Mariek disse quando as recebeu na plataforma. — E onde está aquele droide maluco?

— Para dentro — Padmé ordenou. — Agora.

Rapidamente, Padmé descreveu os eventos para todos. O rosto de Typho ficou cada vez mais sombrio à medida que ouvia, mas ninguém mais reagiu até ela terminar.

— Por que haveria um atentado contra sua vida agora? — Versé perguntou. — Por favor, não me entenda mal, mas você ainda não fez nada no Senado e, nesse estágio, o julgamento de Gunray prosseguiria sem você.

— A morte de uma senadora por causa de sua própria tolice poderia ser usada de muitas maneiras — Padmé analisou. — Para descrédito de Naboo, talvez até para descrédito do chanceler, porque ele foi a favor de minha indicação.

— Não faz sentido algum — Versé disse. — Mesmo se a Federação de Comércio for tão mesquinha assim. A sua morte chamaria mais atenção, e isso seria a última coisa que eles gostariam.

— Acho que ninguém realmente sabe o que Nute Gunray realmente quer — Mariek declarou.

— Mas tem um lado bom — Cordé disse. Ela estava tirando o ornamento de bronze da cabeça.

— Um lado bom? — Dormé questionou com um tom duvidoso. Ela apanhou o ornamento e o guardou em seu lugar sobre a penteadeira.

— O condutor droide nem olhou para você — Cordé disse para Padmé. — Organa também parecia estar falando apenas com uma pessoa.

— Uma pessoa que agora ele acha que é uma senadora incapaz de ler a própria agenda ou controlar o próprio droide! — Dormé desabafou, frustrada.

— Certamente Amidala não causou boa impressão nele — Padmé concordou. — E ele é uma voz poderosa no Senado.

— Você pode tentar novamente — Typho observou. — Sei que pode ganhá-lo como aliado se precisar.

— Obrigada, sargento. — Padmé franziu as sobrancelhas. — Tem uma coisa que eu gostaria muito de saber.

— Quem reprogramou nosso droide de protocolo para que tentasse arranjar sua morte? — Versé indagou. Ela começou a tirar as presilhas dos cabelos de Cordé, penteando as partes em que o ornamento havia amassado os fios. Se havia dúvidas sobre a lealdade das damas de companhia, Padmé dispensou todas agora. Elas estavam furiosas, cada uma à sua maneira, e prontas para lutar.

— Bom, sim, isso — concordou Padmé. Ela tinha um olhar distante que sabia que todas reconheceriam. Amidala estava profundamente envolvida na política agora. — Mas, mais importante: o que Organa estava fazendo lá também?

CAPÍTULO 7

As consequências do bizarro defeito de NON-3 vieram imediatamente. Na manhã seguinte, havia vários artigos no noticiário sobre como a jovem e novata Senadora Amidala quase morreu por não ter conseguido seguir instruções. A primeira notícia, escrita por um jornal respeitável, chegou a mencionar o droide com defeito no parágrafo final, mas nenhum dos jornais mais sensacionalistas fizeram o mesmo. Por causa disso, quando a Senadora Amidala entrou no Senado pela primeira vez, havia uma nuvem de curiosidade sobre ela.

— E aparente incompetência. — Padmé bateu o datapad sobre sua nova mesa.

— Ninguém está dizendo isso — Cordé apontou.

— Ninguém está dizendo isso *exatamente* — Dormé acrescentou. — Mas estão muito próximos disso.

Versé havia ficado na residência para ler todos os artigos enquanto eram publicados. Ela estava realizando uma análise textual sobre eles para tentar identificar um único autor — entre outras coisas —, mas ainda não tinha descoberto nada.

— Ao menos o Senador Organa não foi entrevistado — Cordé disse. — Ele nem foi mencionado.

— E a sua misteriosa dama de companhia é citada apenas como uma ajudante — Mariek observou. Ela vestia uma versão modificada do uniforme de Naboo hoje, já que o chapéu, que protegia tanto do sol quanto de potenciais detritos, não era necessário dentro do Senado.

— Isso não esclarece quem é a fonte — retrucou Dormé.

— Não há nada que possamos fazer, eu acho — Padmé admitiu. — Só posso ir lá e tentar não bancar a tola. Talvez eles se lembrem de mim como a jovem rainha que destituiu o Chanceler Valorum.

— Esse é o espírito — disse Mariek. — Agora, sente-se aqui para que Dormé possa pentear seu cabelo.

Padmé havia andado nervosa de um lado a outro quando chegou em seu escritório e algumas das presilhas de Dormé haviam saído do lugar. Elas escolheram vestir Amidala o mais formal que podiam para sua primeira aparição oficial. Queriam apresentar alguém muito diferente da jovem garota que os jornais pareciam obcecados em descrever. Padmé vestia um casaco firme de brocado púrpura, com violetas bordadas à mão ao redor da bainha e das mangas. A túnica que vestia por baixo também era violeta, com uma gola que tornava praticamente impossível virar a cabeça. Dormé havia trançado seus cabelos em quatro partes, duas caindo sobre as costas, presas com fitas púrpuras, e duas presas de cada lado da cabeça, apoiando o ornamento de cobre.

— Sinto como se meu crânio estivesse exposto — Padmé disse enquanto Dormé ajeitava a peça de cobre e fixava mais presilhas em seu cabelo rebelde.

— Isso vai refletir a luz, eu acho — Dormé disse. — Quem olhar para a sua cápsula vai conseguir vê-la.

— E tem ao menos quatro representantes com seus crânios expostos de verdade — Cordé comentou.

— Obrigada — Padmé disse secamente. Cordé sorriu de volta sem nenhuma intenção de pedir desculpas. Padmé se endireitou e a máscara de Amidala cobriu suas feições. Embora tivesse usado a máscara em vários momentos durante a orientação, aquela seria a primeira vez que Padmé trazia todo o seu peso para fora. Todas as damas de companhia também se endireitaram, repentinamente reafirmando suas diretivas. — Muito bem — ela disse. — Vamos.

NON-3 ainda não tinha sido devolvido para elas, então Padmé seguiu sozinha do escritório até o local onde a cápsula de Naboo estava ancorada. Ela havia memorizado a planta — das especificações técnicas do edifício, não dos tours inúteis — e não errou o caminho, embora todos os corredores parecessem iguais. Cordé e Dormé andavam atrás dela, vestidas com um tom cinza sóbrio com seus capuzes sobre os rostos, e Mariek vinha por último. Ela não estava visivelmente armada, mas Padmé sabia a realidade.

Padmé suprimiu um ataque de vertigem quando alcançou a frente da cápsula para tomar seu lugar. A câmara do Senado era quase incompreensivelmente grande, e repleta de incontáveis espécies, todas membros servindo a República Galáctica. Ela se sentiu pequena de um jeito não agradável. Seria muito, muito difícil para uma única voz ser ouvida, mesmo se todos seguissem as regras do protocolo. Mas ela já havia feito isso antes. E poderia fazer de novo.

Um sinal foi emitido, e Padmé olhou para onde o Chanceler Palpatine estava, flanqueado por seus dois assessores.

— Declaro esta sessão aberta — anunciou o chanceler. — A casa concede a palavra ao representante de Ithor.

Ithorianos não falavam o Básico, então Padmé ligou o tradutor. Enquanto a cápsula do outro senador desacoplava da lateral da câmara e flutuava até o pódio do chanceler, Padmé observava o texto subindo, lendo o mais rápido que podia. Quando achou que estava começando a entender a questão — algo sobre o mapeamento de vias do hiperespaço e sua disseminação —, dois novos oradores começaram a interromper, ambos em Básico. Um era o representante da Federação de Comércio, para desgosto de Padmé, e o outro era um humano do setor Urce. Ambos eram contra o compartilhamento dos mapas, pois os dois sentiam, separadamente, que possuíam os direitos sobre eles. A combinação dos gritos e a leitura da tradução era difícil de acompanhar, e ao término de cinco minutos daquilo que Padmé podia apenas descrever como um bate-boca, o chanceler abriu uma votação.

A Senadora Amidala tinha apenas alguns momentos para decidir. Ela sabia que era parcial contra a Federação de Comércio, mas tentou pensar sob seu ponto de vista por um breve momento enquanto considerava a questão. A rota que passava através do Grupo Lesser Plooriod havia sido parcialmente mapeada pela Federação de Comércio, mas a maior parte do trabalho tinha sido feita pelos Ithorianos. Os humanos no setor Urce tinham direito apenas sobre a porção da rota em seu próprio espaço, mas junto com a reivindicação da Federação de Comércio, eles poderiam potencialmente forçar a mão dos Ithorianos, e Padmé se lembrava muito bem de como isso poderia acabar. No fim, ela ficou do lado dos Ithorianos. O sistema era deles, afinal de contas, e eles vinham usando as vias antes da Federação de Comércio alegar que havia mapeado a rota. Naboo cometera o erro de deslocar a população nativa de seu planeta, para sua eterna vergonha, e Padmé estava determinada a nunca fazer parte de ações como essa. Ela votou a favor da moção.

— A moção não foi aprovada — Palpatine anunciou um momento depois de Padmé apertar o botão. — A presidência concede a palavra ao membro de Chandrila.

Uma mulher humana esguia de cabelos ruivos começou a falar, e Padmé não teve tempo de ponderar o voto fracassado. Ela precisava seguir para a próxima votação.

Parecia que aquilo havia continuado por horas. Moções foram levantadas e repassadas para vários comitês, ou eram abertas para votação. Apesar de Padmé ter feito a leitura básica, ela sentiu que as decisões — todas apenas para protelar — eram feitas antes de explorarem o cerne de qualquer questão em particular. Muitos projetos de lei que Padmé achava bons não foram aprovados, e ainda eram repassados de volta para o balcão de negociação, mas ela não sabia quando ou onde essas negociações aconteceriam. Finalmente, o sinal tocou outra vez, e o Chanceler Palpatine declarou as deliberações encerradas.

Padmé murchou na cadeira, ao menos até onde o vestido permitia, e tentou não se sentir derrotada. Não surpreendia que a senadora anterior tivesse entregado o cargo. Cordé tossiu três vezes atrás dela, e Padmé se endireitou pouco antes dos droides cinegrafistas voarem até a beira de sua cápsula e focarem seus fotorreceptores no rosto dela. Com a máscara de Amidala, Padmé se levantou graciosamente e conduziu suas damas de companhia para fora da assembleia. Ela esperava que as câmeras tivessem gravado tudo que queriam.

— Bom, foi uma sessão e tanto — alguém disse ao lado dela. Era outro jovem senador. Ela tentou se lembrar de seu nome.

— De fato, Senador Clovis — ela concordou.

O rosto dele se iluminou.

— Você se lembra de mim! — ele exclamou.

Padmé não disse a ele que era claro que ela se lembrava. Havia apenas oito deles no grupo de orientação. Amidala não disse nada, e o rosto de Clovis murchou consideravelmente.

— Haverá uma recepção para os novos senadores e alguns convidados. O Chanceler Palpatine será o anfitrião — ele disse. — Todos nós recebemos notificações na conclusão da sessão através de nossos NONs, mas a sua ainda está aberta, então achei melhor mencionar para você.

— Obrigada, senador — Amidala agradeceu. Mariek suspirou, indicando que havia completado sua verificação da identidade de Clovis e suas palavras. Amidala relaxou um pouco sua máscara. — Você me acompanha agora?

Clovis pareceu muito feliz em concordar.

Ele falava incansavelmente enquanto os dois andavam, a maior parte sobre o próprio planeta, Scipio, e como tudo em Coruscant era arrebatador. Padmé concordou com ele privadamente, mas nunca seria tola o bastante para dizer aquilo em voz alta, então manteve o rosto neutro.

— Mas acho que você já sabe de tudo isso — Clovis concluiu. Padmé permaneceu impassível e, como esperava, ele se atrapalhou todo. — Quer dizer, por causa das notícias. Não que eu ache que você não seja qualificada. Só novata. Como eu. Nós vamos aprender. Talvez até possamos aprender juntos?

Padmé desejou que Sabé estivesse ali. Ela não precisava olhar para a amiga para reconhecer a expressão de desdém em seu rosto. Padmé se contentou em apenas imaginar.

— Imagino que todos nós vamos aprender em breve — Amidala disse. Isso pareceu agradar a Clovis por alguma razão.

Eles chegaram na porta. Estava protegida por duas figuras cobertas por túnicas e máscaras vermelhas, indicando que o chanceler realmente estava presente. Os novos guardas eram intimidadores, muito diferentes dos guardas senatoriais comuns que ela encontrara na visita anterior a Coruscant. Ela vagamente se lembrava de ouvir que Palpatine havia criado a própria força de segurança, mas não imaginava que seria tão extrema. Clovis passou casualmente por eles, sem uma comitiva, e Padmé conduziu o próprio grupo para a sala atrás dele. Ela respirou fundo, segurou o ar por três segundos deliberados, e depois o soltou. Estava pronta.

— Veja se encontra algo para nós comermos — ela disse para Cordé. — E me lembre de comer mais antes da próxima sessão.

Cordé desapareceu na multidão. Mariek a seguiu a uma distância respeitosa, mas Dormé continuou grudada a Padmé. Clovis, ainda bem, havia sumido.

— Ah, Senadora Amidala, bem-vinda. — A voz retumbante do Chanceler Palpatine chamou a atenção de todos ao redor.

— Chanceler — ela disse, de modo agradável.

— Fiquei muito satisfeito por você ter aceitado o convite da Rainha Réillata — Palpatine continuou. Padmé se concentrou nele, sabendo que Dormé estaria silenciosamente catalogando todos em sua órbita.

— É uma honra enorme servir Naboo e servir a República — afirmou Amidala.

— De fato — Palpatine concordou. — Venha, deixe-me apresentá-la.

Seria um pouco como ser exibida na feira anual de animais em Theed, Amidala pensou. Mas ela preferia ter a aprovação de Palpatine a ser deixada à mercê de quem lia as notícias, então se preparou e começou a segui-lo. Um dos assessores do chanceler se materializou ao lado deles depois de apenas três passos e sussurrou algo no ouvido de Palpatine.

— Desculpe, minha querida — o chanceler disse. — Preciso cuidar disso. Você sabe como é. Mas deixarei você nas mãos capazes da Senadora Mina Bonteri.

E ele se retirou, deixando Padmé no meio da sala com uma mulher à qual ela mal tinha sido apresentada, e todos os olhos sobre ela.

— Senadora Bonteri — disse. — É um prazer conhecê-la.

— O prazer é todo meu, senadora — declarou a mulher. — Você me acompanha?

Amidala aceitou o braço oferecido, o que forçou Dormé a seguir atrás delas — ainda perto o bastante para ouvir a conversa. Foi bem menos estressante do que andar com Palpatine.

— Você se saiu bem hoje — Bonteri disse depois de um momento.

— Como você poderia saber? — Padmé perguntou, deixando sua máscara cair um pouco. Se Bonteri fosse tentar ajudar, Padmé precisaria encorajá-la a isso.

— Você ainda está de pé — Bonteri disse. — Não está atacando a mesa do bufê. Não começou a beber. E ainda consegue conduzir uma conversa com o chanceler.

— Bom, se for só isso, então acho que a vida de senadora me cai muito bem — Padmé retrucou.

— Ah, aí estão seus dentes — Bonteri disse. — Você faz um ótimo trabalho interpretando um papel, eu estava começando a imaginar que tipo de pessoa está debaixo desse vestido.

— Em Naboo, o papel e a política são a mesma coisa — Padmé contou a ela. — Isso ajuda muito a preservar a fé no governo. Acho que eu deveria me abrir a diferentes metodologias.

— Bom — disse Bonteri. — Ninguém tem fé na República, então é um bom lugar para você começar.

— Eu tenho fé na República — Padmé afirmou automaticamente. E era verdade. Mesmo depois daquela terrível sessão, ela ainda tinha.

Bonteri olhou para ela, procurando por algo que Padmé não sabia exatamente o que era. De qualquer forma, Bonteri não pareceu muito decepcionada quando não encontrou.

— Senadora Amidala, acho que você vai se sair muito bem aqui — ela disse. E parecia sincera. — Mas vou contar um segredo: você pode ler tudo que quiser, acreditar em todas as verdades que acha que a galáxia pode oferecer, mas o verdadeiro trabalho do Senado é feito em festas como esta. Um voto consciente é uma coisa maravilhosa, mas ter aliados é muito melhor.

— Quem se aliaria a mim? — Padmé perguntou. — Sou tão tola que sigo meu próprio droide defeituoso para a morte certa.

— Não há nada para se preocupar com isso — Bonteri assegurou. — Quer dizer, você definitivamente deveria tentar descobrir quem tentou matá-la, mas as redes de notícias são irrelevantes.

Padmé não disse nada, mas não conseguiu suprimir um suspiro incrédulo.

— Sei que você se orgulha de sua inteligência — Bonteri continuou. — Mas todos estariam de olho em você de qualquer maneira. Nós todos lembramos do seu discurso e como suas palavras foram suficientes para destronar um chanceler. Nós todos ouvimos a Federação de Comércio alegar que você é uma mentirosa diante de, francamente, inegáveis evidências de que você não é. Nós todos sabemos que Palpatine gosta de você. Só não temos certeza de que você é alguém com quem gostaríamos de trabalhar.

— Você tem um *nós* em mente? — Padmé perguntou. — Ou está falando de todo o Senado?

— Gosto de como você vai direto ao assunto — Bonteri disse. — Nós todos temos nossas pequenas facções. Às vezes há uma sobreposição, às vezes não. Você vai precisar descobrir essa parte sozinha.

— Já estou trabalhando nisso — Padmé declarou.

Bonteri parou de repente e olhou sobre seu ombro diretamente para o rosto de Dormé. A expressão da dama de companhia estava educadamente neutra, e Bonteri riu.

— Tenho certeza que sim — ela disse. Então, tomou a outra mão de Padmé para ficarem frente a frente. Padmé imaginou como Mariek conseguiu se segurar para não intervir. Aquele contato era muito maior do que geralmente esperado.

— As redes de notícia caíram em cima de você porque você é uma história fácil — Bonteri afirmou. — O que não é a mesma coisa que um alvo fácil, então não se preocupe tanto. As pessoas já conhecem você. Você já tem uma boa reputação. Você já fez metade do trabalho, e eles estão mais do que dispostos a fazer a outra metade, mesmo se não tiverem base nenhuma em fatos.

— Como eu enfrento isso? — Padmé perguntou.

— Você não enfrenta — Bonteri respondeu. — Ao menos, não diretamente. Você vai até lá e faz o seu trabalho, e tenta não dar a eles nada para que sensacionalizem. Eles vão sensacionalizar de qualquer maneira, é claro, mas então você apenas os ignora.

— Obrigada — Padmé agradeceu. — Eu não esperava que ninguém me desse conselhos tão úteis, para ser honesta.

— A orientação desenterra o pior em cada um de nós, eu acho. Não somos tão ruins quando você começa a nos conhecer — Bonteri disse. Então, olhou adiante na multidão e avistou alguém que estava procurando. Ela mudou de direção, puxando Padmé junto. — Ah, Senador Organa, permita-me apresentar-lhe a Senadora Amidala.

— É um prazer — Organa disse, sem indicar que já tinham cruzado seus caminhos antes, mesmo brevemente naquele jantar. — Bem-vinda a Coruscant.

Bem-vinda a Coruscant, de fato.

A reunião se arrastou por mais uma hora. Bonteri lhe apresentou ainda mais senadores, até se tornarem um borrão de nomes e rostos. Padmé esperava que Dormé e Cordé fossem conseguir ajudar a preencher as lacunas em sua memória. A maior parte dos senadores era tão educadamente neutra quanto o Senador Organa. Alguns se mostravam abertamente curiosos sobre ela, mesmo que só pela novidade. Tudo aquilo era preferível ao que aconteceu quando Padmé conheceu a senadora de Targappia, uma mulher humanoide de quase três metros de altura, com dedos anfíbios e cabelo iridescente.

— Ah, Senadora Amidala — ela disse. Sua voz era melodiosa e musical, mas havia uma atonalidade debaixo de suas palavras que deixava claro seu desdém diante da presença de Padmé. —

É maravilhoso finalmente conhecê-la em pessoa depois de ler tanto sobre você no noticiário.

Padmé assentiu educadamente, é claro, mas já compondo uma lista de senadores a serem evitados, baseada naqueles que acharam graça do comentário da Targappiana.

Por fim, ela seguiu Mariek até o transporte, e logo elas foram entregues à abençoada quietude da residência senatorial, onde Versé as esperava.

— Então? — ela perguntou. — Foi tão ruim assim?

— Mais tarde — Mariek disse. — Dê um tempo para a senadora descansar.

— Não — retrucou Padmé. — Agora. Nós quatro precisamos discutir algumas coisas.

— Podemos conversar enquanto guardamos o vestido — Cordé disse. — Vamos.

Enquanto Dormé tirava presilhas e fitas de seu cabelo e começava a escová-lo e Cordé retornava o vestido púrpura para seu lugar no guarda-roupa, as três recontaram os eventos do dia para Versé, que diligentemente registrava cada palavra.

— Eu não avancei muito na minha tarefa — Versé admitiu. — Mas quero que você prometa que nunca vai ler os editoriais da TriNebulon News. Ou qualquer outro.

— Não acho que terei tempo — Padmé declarou. — Mas prometo.

— O que vamos fazer? — Cordé perguntou. Ela se sentou ao pé da cama de Padmé, e Versé guardou a escrivaninha portátil.

Padmé se virou e olhou para as três.

— Nós sabíamos que a política senatorial seria diferente. Mas acho que nenhuma de nós realmente imaginava quão diferente seria.

— Eu mal conseguia acompanhar, e fiz toda a leitura preparatória — Cordé observou. — Mas a festa foi um pouco mais fácil de seguir.

— Foi isso que a Senadora Bonteri me contou — Padmé disse. — Que o trabalho real acontece nessas reuniões, não na assembleia.

Dormé fechou o rosto quando entendeu o que Padmé pretendia fazer. Um suave sinal tocou, e Versé olhou para cima.

— É a sua agenda para amanhã — ela informou.

— Eu estremeço só de pensar — Padmé disse. Ela fez uma pausa, depois continuou. — As forças que cultivei para ser rainha de um planeta vão acabar me prejudicando como senadora.

— Nem todas — Cordé afirmou lealmente.

— Mas algumas delas. — A lealdade de Dormé veio seca como sempre.

— Não posso ser tão distante — Padmé disse. — Não posso contar com a fé das pessoas na tradição. Tenho que ser mais acessível para meus colegas.

— Você não tinha exatamente colegas quando era rainha. — Versé acessou um novo perfil pessoal, projetando a imagem para que todas pudessem ver. — Então acho que esse seria o melhor lugar para começar. É uma adição, não uma substituição.

— Podemos retrabalhar a persona de Amidala a partir daí — Padmé concordou. — Como ela interage com seus colegas senadores e como as damas de companhia operam.

— Eu estava pensando em novos protocolos enquanto caminhava no meio da festa — Cordé admitiu.

— E eu posso dizer o que você deve evitar — Versé acrescentou.

— Acho que não podemos simplesmente incendiar o Senado inteiro e começar de novo com um sistema que faça sentido, não é? — Dormé perguntou.

— Tenho certeza de que isso seria traição — Padmé disse. — Vamos ter de trabalhar com o que já temos.

CAPÍTULO 8

Sabé nunca tinha desejado tanto a profunda calma de um lago de Naboo quanto naquele momento em particular. Por seis semanas, ela fora Tsabin, uma nova residente de Mos Espa, um dos espaçoportos que salpicavam a superfície de Tatooine, com seu parceiro, Tonra, cujo próprio nome, mesmo em Naboo, era incomum o bastante para passar. Depois dos sóis implacáveis, o vento implacável e a poeira implacável do planeta desértico, ela não via a hora de voltar para casa. Tudo que planejara fazer em Tatooine dera errado assim que pousou, e desde então ela vinha tentando retomar seu caminho sem muito sucesso.

Os criminosos locais não confiavam nela porque era nova demais. Quando ela finalmente descobriu — tarde demais — que Tatooine tinha um incipiente movimento de libertação, eles já não confiavam nela porque Sabé vinha tentando se estabelecer com os criminosos. Apenas os vendedores falavam com ela, e Sabé os considerava quase asquerosos demais para aguentar. O lado bom de todo aquele fracasso era que o Capitão Tonra havia se revelado um bom companheiro de convivência. Ela suspeitava que isso era porque ele queria que Sabé gostasse dele e, no geral, estava funcionando.

Eles tinham uma pequena casa em uma das inúmeras ruas laterais de Mos Espa. Era apertada, desconfortável e não inteiramente sólida. Em seus piores momentos, Sabé aliviava seu orgulho ferido lembrando a si mesma que não ficaria presa em Tatooine para sempre. Isso acabava servindo para atiçar sua consciência ainda mais: havia muitos que não tinham uma escolha assim.

Eram essas pessoas que ela viera para ajudar, e eram essas pessoas que, no geral, ela havia decepcionado.

A porta se abriu e Tonra se abaixou para entrar. Ele estava vestido discretamente, assim como ela, mas carregava um pacote.

— Está na hora — ele declarou.

Sabé respirou fundo, evocando a personalidade de Tsabin, e o seguiu para a luz do sol escaldante. Gostaria de ter mais tempo para se recuperar do leilão que Tonra conseguira que eles participassem, mas isso também era um pensamento egoísta: ela sentia apenas fúria e frustração. Havia muito mais em jogo.

Era uma rápida caminhada até o espaçoporto, onde seu cargueiro secundário estava atracado. Esperando por eles ao lado da rampa estava a carga que haviam comprado.

Eles ainda estavam acorrentados.

Sabé achou que fosse explodir em uma supernova de tanta raiva, dando um terceiro sol para Tatooine. Uma raiva a percorria — por seu corpo, por aquele horrível sistema, por tudo.

— Faça a checagem pré-voo — Tonra pediu, com as mãos sobre os ombros de Sabé. Ele deixou que ela visse sua própria fúria, fumegando não menos intensa do que a dela, mas canalizada em uma direção diferente. — Eu cuido deles.

A supervisora apertou o anel de controle nas mãos e foi esperta o bastante para não dizer nada. Ela subiu a rampa apressada até a cabine, incapaz de encarar as pessoas de pé em silêncio na plataforma.

Com as checagens feitas, Sabé rangeu os dentes ao olhar o visor enquanto Tonra conduzia os últimos passageiros pela rampa e para dentro do transporte. A maioria deles estava assustada — e ela não podia culpá-los —, mas Sabé não estava com disposição para ser gentil naquele momento. Tonra era bom nesse tipo de coisa, então ela o deixou trabalhar enquanto checava pela terceira vez a carga e o mapa de sua rota.

Vinte e cinco almas. Isso foi tudo que ela conseguiu salvar. Era melhor do que nada, mas ainda muito longe do *suficiente*, e isso a remoía por dentro. Eles simplesmente seriam substituídos por outros vinte e cinco.

Tatooine era uma economia estranha, funcionando à base de água e crimes, esse último sendo muito mais lucrativo. O controle férreo dos Hutts do contrabando e tráfico era impossível para duas pessoas, ambas novas no planeta, superarem.

— Todos já estão acomodados — Tonra avisou, tomando o assento do copiloto. — Já estamos prontos para ir?

— Quase — Sabé respondeu. Seria mais fácil se tivessem outro piloto para fazer essa entrega em vez de fazerem isso pessoalmente, mas o cargueiro que estavam usando era discreto o bastante e não havia mais ninguém em quem eles podiam confiar — ou que confiasse neles.

O cargueiro decolou e seguiu para fora da atmosfera de Tatooine. Assim que ganharam o vazio do espaço, Sabé digitou as coordenadas para um planeta do setor Chommell. Karlinus era quase tão afluente quanto Naboo, e estava sempre buscando trabalhadores agrícolas para contratar. Uma ou duas temporadas ganhando um salário digno e as pessoas que eles "resgataram" seriam capazes de seguir para onde quisessem.

— Estou enviando uma mensagem para Yané — avisou Sabé. — Ela nos encontrará lá e cuidará desses malditos chips de rastreamento que eles são forçados a carregar.

Ela carregava o anel de controle na cintura, e sentia como se estivesse queimando sua pele. O computador navegacional indicou que seus cálculos estavam completos. Tonra acionou o comunicador para fazer um anúncio para toda a nave.

— Estamos prestes a entrar no hiperespaço — ele alertou. — Por favor, preparem-se.

Sabé contou até vinte e cinco, um segundo para cada alma libertada a bordo, e então fez o salto.

A governadora de Karlinus era uma jovem mulher de pele marrom-dourada, cujo rosto redondo era emoldurado por um grosso cabelo encaracolado sob a umidade e cujo sorriso largo era instantaneamente acolhedor. Ela os recebeu na própria plataforma de aterrissagem, com uma dúzia de guardas desarmados. Sabé ficou agradecida pelo gesto da governadora e ficou ainda mais contente quando avistou Yané no meio da multidão. As pessoas que eles trouxeram eram adultos em sua maioria, mas havia duas famílias — uma Rodiana, outra humana — com crianças, e Yané seria muito útil para acomodá-las.

Sabé correu para descer a rampa enquanto Tonra foi até os passageiros no compartimento de carga. Yané abraçou Sabé assim que estava a seu alcance.

— Estou tão contente em vê-la — Yané comentou. — E a Governadora Kelma disse que você trouxe vinte e cinco pessoas. Esse é um bom dia de trabalho.

Foram semanas de trabalho, mas o entusiasmo de Yané era contagiante.

— Estamos muito agradecidos. — Os olhos castanhos da Governadora Kelma endureceram. — Desde que estejam aqui por vontade própria.

— Eles não têm muita escolha — Sabé declarou. Ela tinha, é claro, perguntado, mas nenhuma das pessoas que havia realocado tinha outro lugar para ir. — Mas você pagará a eles e não os forçará a ficar aqui.

Sabé e Padmé haviam concordado em Karlinus porque, além de ficar no setor Chommell, era um planeta acostumado a alta rotação de trabalhadores. Artistas e estudantes vinham de Naboo, passavam uma temporada monitorando os droides que colhiam o chá ou trançavam a seda, e depois voltavam para casa com créditos suficientes para estabelecer um estúdio ou continuar os estudos em outro planeta. A Governadora Kelma estava em uma posição para receber trabalhadores e pagar a eles — bem — e depois enviá-los de volta quando pudessem sustentar a si mesmos. Diferente das luas de mineração, que tinham dificuldade em manter o equilíbrio entre as leis de Naboo e sua necessidade de preencher quotas, Karlinus era um lugar onde a prosperidade começava.

— Será que eu poderia subir a bordo para conversar com eles? — Kelma perguntou.

— É claro — Sabé disse, abrindo caminho para que a governadora pudesse subir a rampa. — O Capitão Tonra vai apresentá-la.

— Você não está feliz — Yané observou quando a governadora saiu. — Nem um pouco, com aquilo que fez.

— Na verdade, não fizemos nada — lamentou Sabé.

— Você tirou vinte e cinco almas da escravidão — Yané retrucou.

— Existem tantas outras — Sabé disse. — Em Tatooine, por todo o resto da Orla Média, e tenho certeza de que existe muito mais na República do que gostaríamos de pensar. Eu só não entendo como isso acontece, e provavelmente é por isso que não consigo evitar tentar consertar. Como pode uma pessoa ser *dona* de outra pessoa e depois conseguir se olhar no espelho?

Ela odiava se sentir tão ingênua e impotente.

— Sabemos que a galáxia pode ser um lugar terrível — Yané ponderou. — Você acha que não fico imaginando o que poderia ter acontecido conosco naquele quartel se a rainha não tivesse voltado? A morte é definitiva, mas pode acontecer de muitas maneiras horríveis. E você ajudou a acabar com aquilo, mesmo que só um pouco.

— Não é *suficiente* — Sabé argumentou.

— Não — Yané concordou. — Mas você não vai desistir, não é mesmo?

Sabé pensou no casebre apertado em Tatooine e no maldito calor e areia em toda parte. Ela pensou nos lagos em Naboo e o quanto sentia falta de suas amigas e família. É claro que havia apenas um caminho que podia seguir.

A Governadora Kelma desceu a rampa, com um braço ao redor da Rodiana e seu filho. Sabé assentiu para a governadora quando ela passou e depois ergueu os olhos para o Capitão Tonra. Parecia uma frieza não o deixar ao menos tocar o chão de seu lar, mas o rosto dele fazia a mesma pergunta que Yané fizera, e Sabé tinha certeza da resposta.

Yané beijou seu rosto e Sabé voltou para a nave. Tonra tocou seu ombro e seguiu para dar início à sequência pré-voo. Sabé ficou olhando a janela até ele saltar para o hiperespaço na direção de Tatooine.

— A senadora vai entender — Tonra disse. Ele estava acrescentando algo verde a um ensopado que vinha preparando enquanto Sabé checava a nave. A panela se mexia estranhamente, mas o cheiro que emanava não era tão ruim e Sabé tinha de admitir que estava moderadamente impressionada. — Você tinha fundos limitados e quase nenhuma autoridade.

Ele sempre era cuidadoso com ela, mas nunca condescendente. E estava certo, mas conseguiu que ela não se sentisse pior por causa disso.

— Sei que ela vai — Sabé disse. — Isso só piora as coisas.

Tonra assentiu, depois gentilmente mudou de assunto.

— Como está a nave?

— Está bem — ela relatou. — Havia alguns rastros estranhos na área, mas a nave em si permanece oculta.

Eles haviam escolhido não atracar sua nave principal no espaçoporto de Mos Espa, para o caso de precisarem fazer uma rápida fuga não oficial. Sabé selecionou um lugar não muito longe de onde haviam deixado a nave real quando fugiram de Naboo quase meia década antes, embora tenha escolhido um lugar com melhor cobertura dessa vez. No fim de tudo, aquela nave era a coisa mais importante que eles tinham.

Tonra colocou uma tigela fumegante na frente de Sabé e entregou uma colher. Ela sabia que era melhor nem olhar antes de provar.

— Alguma mensagem? — ele perguntou.

— Padmé quer conversar — Sabé respondeu. — Ela enviou um horário e perguntou se seria bom para mim, e eu respondi que sim. Vai ser no meio da noite para ela, então imagino que esteja muito ocupada.

— Você acha que devemos arrumas as malas? — Tonra fez um gesto para o quarto apertado como se fosse um grande palácio.

— Honestamente não consigo pensar em nada que eu tenha comprado aqui que me importaria de deixar para trás — ela disse.

Contra todo o bom senso, Sabé tinha esperança que voltar depois da entrega em Karlinus pudesse mudar alguma coisa, mas nada mudou. Ela não estava acostumada com o fracasso, mas, no mínimo, ela e Tonra começariam de novo em outra parte do planeta.

— Não sei — Tonra disse. — Estou começando a gostar daquele droide rato que só consegue andar em círculo.

O droide rato viera com a casa. Sabé tentava seu melhor para ignorá-lo, mas Tonra não gostava de contemplação da mesma forma que ela: ele precisava fazer algo com suas mãos. Aquela era sua qualidade mais irritante, mas ela era educada o bastante para admitir que seus silêncios pensativos provavelmente eram mais do que um pouco irritantes, então eles estavam empatados.

— Sinta-se à vontade para levá-lo — Sabé disse. — Só o mantenha longe dos meus pés.

Ela passou sua tigela para Tonra e esperou sentada à mesa enquanto ele terminava de comer. A comida estava muito melhor desde quando eles chegaram, mas Sabé não tinha apetite naquele calor, então comia o mínimo possível. O clima não parecia afetar Tonra, ao menos não em termos de seu apetite, e se Tatooine tinha lhe ensinado alguma coisa, era que ela se sentia feliz em dar aquilo de que não precisava para alguém que poderia precisar.

Tonra baixou sua colher e esticou os braços sobre a mesa para tomar as mãos dela. As pessoas não tocavam Sabé com muita frequência e ela nunca sabia inteiramente como reagir quando alguém o fazia, mas pensou que um bom começo seria não pular imediatamente da mesa e assumir uma postura defensiva.

— Você não fracassou completamente aqui — Tonra afirmou. — Nós conseguimos fazer um pouco de bem.

— Eu sei. Mas isso significava muito para Padmé e para mim também.

— Você já fez pelo menos uns seis novos planos para o que vem a seguir — Tonra declarou. — Eu sei que fez.

Ela sorriu.

— São oito, na verdade.

— Viu? — ele disse. — E da próxima vez, nós estaremos mais preparados.

Ele disse *nós* duas vezes, o que provavelmente significava que não foi um acidente. Fosse uma causa perdida ou não, ele a seguiria.

— Vou começar a arrumar as coisas — ela falou. — Vou preparar o equipamento que conecta nossas identidades, você decide o que quiser revelar.

Não demorou para eles empacotarem tudo ou arranjarem as coisas para que os sucateiros as encontrassem sem derrubar o teto que já era precário. Então eles saíram para o deserto. Sabé traçou uma rota tortuosa até onde a nave estava atracada. Era difícil se localizar na superfície de Tatooine sem equipamentos por causa da falta de pontos de referência, mas Sabé já estivera no planeta antes, interpretando Amidala, e tinha uma excelente memória para estrelas.

— Não que Panás tenha nos deixado sair da nave — ela disse. — E eu nem poderia com aquele vestido preto. O ornamento de cabeça era alto e coberto de penas. Nós arruinaríamos tudo imediatamente. Mas havia janelas e não havia nada para fazer enquanto esperávamos a volta do Mestre Qui-Gon, a não ser ler e ficarmos preocupadas.

Todos em Naboo conheciam o nome Qui-Gon Jinn — o Jedi de cabelos longos que arriscara muito e perdera tudo durante a batalha pelo planeta —, mas poucos o haviam conhecido pessoalmente. Tonra já ouvira todas as histórias antes e esteve presente em muitas delas, mas as partes em Tatooine daquela empreitada em particular não eram exatamente um assunto de conhecimento público.

— Foi aqui que a nave ficou — Sabé disse, mostrando as rochas ao redor deles. — Foi aqui que esperamos.

— A parte mais difícil de acreditar naquela história não é a corrida de pods ou a parte do menino — Tonra declarou. — É a parte em que Panás deixou a rainha sair da nave em primeiro lugar.

— E você alguma vez conseguiu recusar alguma coisa a ela? — Sabé perguntou e Tonra teve de concordar.

Eles continuaram andando, permanecendo perto das rochas o máximo que podiam e depois virando e voltando quase pelo mesmo caminho que vieram, mas longe o bastante do rastro anterior para confundirem qualquer um que tentasse segui-los. Não havia evidência de ninguém prestando tanta atenção neles, mas Sabé aprendera há muito tempo que o excesso de precaução era a melhor parte da coragem.

Finalmente, eles chegaram na nave. Era um cargueiro decente de médio porte sem nenhuma marca de identificação. Sabé o adquirira depois de pedir o conselho do piloto real de Naboo. Ric Olié sofrera um ferimento no ouvido interno depois da Batalha de Naboo que dificultava para ele deixar a atmosfera, embora conseguisse voar abaixo das nuvens. A nova pilota, Daneska Varbarós, era uma mulher de altura moderada e pele escura, com os olhos mais elétricos que Sabé já vira em um humano e longos cabelos que ela gostava de tingir com uma série de cores diferentes. Quando se encontraram para discutir a nave, era um tipo de púrpura que você podia ver desde a órbita baixa.

Varbarós também fornecera informações sobre as vias do hiperespaço, refúgios seguros em uma variedade de planetas e o que fazer se atraíssem o tipo errado de atenção, fosse da República ou de criminosos. Sabé não precisou realmente usar nenhuma dessas informações, mas não seria agora que ela esqueceria.

Tonra se fez ocupado sob a desculpa de preparar os equipamentos e realizar as checagens pré-voo enquanto Sabé verificava o cronômetro e esperava pela ligação de Padmé. Pontual como sempre, o sinal veio exatamente quando os números mudaram e, um momento depois, a imagem de Padmé encheu o visor em frente de onde Sabé estava sentada.

— Sabé — ela disse —, é bom ver você.

— Digo o mesmo — Sabé respondeu, e era verdade: ela estava se sentindo irritada e desconcentrada nos últimos dias, mas ouvir a voz de Padmé e ver sua imagem, mesmo como um holograma, a deixou instantaneamente melhor. Ela desejou outra vez ter notícias melhores.

— Você tem alguma novidade para relatar? — Padmé perguntou, e Sabé entendia exatamente qual informação sua amiga queria.

— Desculpe, Padmé — Sabé respondeu. — Não consegui encontrá-la.

No holograma, os ombros de Padmé caíram quando ela se recostou.

— Ela morreu? — Padmé perguntou depois de um momento.

— Não. Pelo menos não até onde eu sei.

Sabé pedira que Tonra checasse os cemitérios depois que ela própria havia checado duas vezes. As pessoas escravizadas não tinham muitos direitos em Tatooine, mas podiam estabelecer marcos uns para os outros quando morriam, então geralmente faziam isso.

— Como pode uma pessoa, mesmo um escravo, simplesmente desaparecer? — Padmé perguntou.

— Foi culpa minha — Sabé lamentou. — Nós começamos com o pé esquerdo e cometemos muitos erros. O Toydariano sumiu e eu passei tempo demais tentando falar com seus comparsas. Sei que existem seres em Tatooine que se opõem à escravidão, mas eles não confiam em mim porque conversei com a escória que lucra com isso e, francamente, eu não os culpo.

— Sei que você tentou — Padmé disse, e aquela absolvição apenas piorou sua sensação de fracasso.

— Descobri que o vendedor de ferro-velho a perdeu — Sabé contou. — Não sei se foi outra aposta estúpida ou se ele a vendeu, mas sei que ela não está lá. Só não sei para onde foi.

Houve uma pausa longa o bastante para Sabé pensar que a transmissão havia travado, mas Padmé estava pensando, saindo e entrando no campo de visão da câmera. Finalmente, ela parou de volta no foco da imagem.

— Você acha que existem pessoas trabalhando contra a escravidão em Tatooine? — Padmé perguntou.

— Tenho certeza que sim — Sabé disse. Era isso que mais frustrava. Ela perdera uma oportunidade. — Você se lembra da casa de Shmi Skywalker?

— Um pouco — respondeu Padmé.

— Havia um símbolo entalhado na moldura da porta?

— Acho que não — Padmé disse. — Por quê?

— Porque agora existe um — Sabé informou. — Um sol branco. Pequeno, mas definitivamente deliberado. E novo. Não está gasto.

Padmé passou mais um longo momento pensando.

— Você poderia tentar novamente? — Padmé perguntou.

Era isso que Sabé vinha se perguntando há dias, semanas, quando seu fracasso ficou aparente e ela fora forçada a arrematar o maldito leilão. E por estar pensando nisso, ela tinha uma resposta.

— Sim. Teríamos de partir e limpar a nave de qualquer coisa que nos identifique. Talvez até mudar seu registro, se pudermos. Também teríamos de apagar nossa identidade. Então, ficaríamos em Mos Eisley, ou algum outro espaçoporto. Não voltaríamos como contrabandistas na próxima vez. Seríamos mercadores. Alguém de má reputação para a escória conversar, mas não o suficiente para eles confiarem. Teríamos de estabelecer um comércio viável para usar como disfarce, mas talvez assim o grupo de libertação local pudesse confiar em nós, nem que fosse apenas como uma rota viável para fora do planeta.

Sabé fez uma pausa e Padmé a conhecia bem o bastante para não a interromper.

— Vinte e cinco almas, Padmé — ela lamentou. — Vinte e cinco entre *centenas*, e eles já têm mais vinte e cinco vindo.

— Tenho certeza de que você fez a diferença para essas vinte e cinco — Padmé sussurrou. Dessa vez, a absolvição não foi tão ruim.

— Não conseguimos encontrar aquela que você queria — Sabé retrucou.

— Mas você tentou. Você tentou quando eu não podia. E talvez isso não signifique muita coisa, mas significa muito para mim.

— Vou precisar de alguns meses para preparar tudo — Sabé declarou. — A parte difícil é o comércio de fachada, e vamos precisar de mais fundos, que terão de vir de você. Vou deixar Tonra ser a figura pública dessa vez, porque as pessoas têm medo dele. Bom, elas poderiam, se ele se esforçasse para isso.

— As pessoas têm medo de você — Padmé apontou.

— As pessoas que me conhecem têm medo de mim — Sabé corrigiu. Ela fez um gesto mostrando seu perfil esguio. — Estranhos não têm medo de mim.

Padmé fez outra pausa. O holograma azul estava granulado e a imagem brilhava no visor, mas Sabé podia ver a indecisão no rosto de Padmé. Independentemente do que estivesse acontecendo em Coruscant, os planos de Padmé também não iam bem e estava claro que ela havia pensado muito sobre seus próprios assuntos. Finalmente, ela suspirou, e aquele gesto pareceu muito como se tivesse aceitado uma derrota.

— Preciso de você aqui — ela disse. — As outras estão trabalhando bem umas com as outras e comigo. Elas servem bem ao Senado e estamos nos adaptando juntas. Mas preciso de alguém que eu não precise pedir para fazer as coisas. Preciso de alguém que simplesmente faça aquilo que precisa ser feito.

Agora era a vez de Sabé esperar enquanto Padmé considerava suas próximas palavras.

— Não posso ser mais específica até podermos conversar pessoalmente. — Seu tom de voz estava deliberadamente baixo, o que fez Sabé prestar ainda mais atenção. — Mas existem muito mais coisas acontecendo aqui do que eu esperava. É um pouco como da última vez.

Ao ouvir aquilo, Sabé se endireitou. Na última vez em Coruscant, a Federação de Comércio estava tentando assassiná-la.

— Não se preocupe muito antes de você chegar aqui — Padmé pediu. — Estou bem protegida. E agora tenho visibilidade o bastante para que houvesse ramificações se algo acontecesse.

— Isso não faz eu me sentir muito melhor — Sabé argumentou.

— Imagine como está sendo para Mariek — Padmé disse secamente.

Apesar de tudo, aquilo fez Sabé sorrir.

— Venha para Coruscant — Padmé solicitou. — Vou transmitir as coordenadas para você. Vocês precisarão de novas identidades?

— Não. Aquelas que estabelecemos aqui servirão para alguma coisa.

— Excelente — Padmé disse. — Sabé, sei que falando assim você pode pensar o pior, mas prometo que não é tão ruim. É só algo que não posso cuidar pessoalmente.

— Minhas mãos são suas — Sabé afirmou.

Padmé podia negar o quanto quisesse, mas Sabé tinha sido treinada por um homem que sempre, sempre se preparava para o pior, e ele vivera o bastante para se aposentar, o que Sabé considerava uma grande conquista, apesar de suas diferenças ideológicas.

— Eu a verei em breve, minha amiga — Padmé disse, e encerrou a conexão.

Tonra apareceu tão rápido que Sabé se perguntou se ele esteve tentando ouvir do outro lado da parede. Parte dela não se importava — ele estava se arriscando tanto quanto ela cada vez que eles davam um novo passo naquela empreitada —, mas parte sentia ciúme de ter de compartilhar uma conversa com sua amiga quando essas conversas foram tão raras nas semanas anteriores. Ela afastou aqueles sentimentos ridículos e se virou para Tonra.

— Para onde vamos? — ele perguntou.

— Coruscant — respondeu Sabé. — Eu lhe darei coordenadas mais detalhadas quando chegarmos lá.

Ele assentiu e tomou o assento do piloto. A decolagem de Tatooine foi suave, as luzes de Mos Espa brilhando ao fundo. Sabé decidiu que odiava a cidade um pouco menos à noite. A nave cortou o céu limpo até ultrapassar a atmosfera, e então Sabé deixou o computador navegacional fazer seu trabalho. Quando os cálculos terminaram, Tonra saltou para o hiperespaço e eles aceleraram em direção a Coruscant, com estrelas pouco familiares riscando a vista nas janelas.

CAPÍTULO 9

Depois da austeridade de Tatooine, a boate Caraveg, em Coruscant, foi um completo choque cultural. Sabé sentiu a música atrás de seus olhos, descendo pela coluna e mudou um pouco sua avaliação: nada em Naboo realmente preparava alguém para aquele tipo de coisa. Ela não conseguia imaginar como Padmé encontrou aquele lugar, muito menos como Padmé podia se sentir confortável marcando um encontro ali. Eles estavam inegavelmente nas coordenadas certas, apesar de chegarem com meia hora de antecedência. O barulho da boate encobriria a conversa e a cabine as protegeria de olhares casuais, mas não era de maneira nenhuma um lugar seguro. Sabé concluiu que aquele provavelmente era o único ponto de encontro que Padmé conhecia e percebeu que procurar por novos lugares certamente seria uma de suas primeiras tarefas.

Meia hora era mais do que suficiente para se meter em problemas. Sabé adotara sua defesa costumeira nessas situações: ignorava qualquer um que tentasse falar com ela. Tonra estava tendo um pouco mais de dificuldade. Uma Rodiana com pouca roupa já havia lhe feito vários convites nada sutis, culminando na apresentação de algum tipo de narcótico e a inconfundível sugestão de que Tonra deveria segui-la para um dos muitos cantos escuros da boate. Tonra permaneceu em seu assento, para a decepção da Rodiana.

— Eu jogaria isso fora, se fosse você — Sabé sugeriu.

— Eu realmente não quero me levantar — Tonra admitiu, sem querer mostrar nada que pudesse ser considerado como interesse.

Sabé tomou o tubo de narcótico dele e o jogou nas almofadas atrás da cabine onde eles estavam.

— Você sabe o que é essa coisa? — Tonra perguntou.

— Não faço ideia — Sabé admitiu. — E não estou com pressa para descobrir.

Tonra olhou desconfiado para seu drinque e depois o empurrou para longe.

— Se você quiser se sentir melhor, imagine a cara da Mariek se soubesse o que está se passando agora — Sabé comentou.

— Isso não vai funcionar — Tonra disse lamentosamente. — Estou ocupado demais imaginando o que ela fará comigo *quando* descobrir.

Sabé sorriu e entrelaçou seus dedos com os dele em um sinal de solidariedade. Tonra apertou de volta, mas antes que Sabé pudesse digerir os sentimentos que surgiram em seu estômago, duas outras figuras se juntaram a eles na cabine. Ambas estavam encapuzadas, mas Sabé reconheceu o tecido de Naboo.

— Onde no universo conhecido a capitã pensa que você está agora? — ela falou para Padmé como saudação.

A companhia de Padmé riu e retirou seu capuz. Era a pilota Varbarós, seu cabelo agora exibindo um incandescente tom azul. Várias coisas, incluindo a fonte de Padmé para o local da boate, se tornaram claras.

— Mariek acha que estou em uma recepção para a delegação de Alderaan — Padmé disse. — Typho também acha, e ele ainda é meu acompanhante da noite.

— Quem ele está acompanhando de verdade? — Sabé perguntou.

— Cordé — respondeu Padmé. — Dormé também consegue se passar por mim quase tão bem, mas duvido que conseguisse enganar Typho, e eu nem pediria que ela tentasse.

— Eles vão acabar apanhando você — Tonra afirmou.

— É claro que vão — Padmé concordou. — Mas quando conseguirem, será muito tarde, e Typho sabe que é melhor nem reclamar. Pode ser um pouco demais, mas vocês sabem como me sinto sobre praticar sempre.

— Acho que não gosto de Coruscant — Tonra disse para ninguém em particular.

— Ninguém gosta de Coruscant — Varbarós afirmou com determinação. — Milady, você quer que eu ouça esta conversa?

Segredos abertos eram uma novidade. Anteriormente, se Padmé quisesse ludibriar alguém, essa pessoa nunca saberia. Ter suas ações reconhecidas abertamente por não combatentes era algo novo.

— Sim, por favor — pediu Padmé. — Vamos precisar que você seja uma mensageira. Você tem a maior liberdade de qualquer um na minha equipe.

Varbarós viajara até ali com a nave estelar Nubiana tipo-J que a Rainha Réillata havia designado para uso de Padmé — junto com um astromec azul e branco que já lhes era familiar —, já que a nova rainha tinha um piloto próprio e uma nave fora construída para ela. Não havia realmente um limite para os pilotos reais, então a nova posição de Varbarós na equipe de Padmé não era um rebaixamento, e ela preferia mesmo se aventurar fora de Naboo.

Um droide veio com uma bandeja de drinques fumegantes. Varbarós tirou dois para si mesma, já que Padmé claramente não tinha intenção de beber coisa alguma.

— Certo, então vamos começar — ela anunciou. — Não conte a ninguém. No fim da minha orientação senatorial, aconteceu um estranho atentado contra a minha vida.

Sabé já suspeitava disso, mas mesmo assim não conseguiu manter sua reação sob controle. Ela apertou a mão de Tonra — com força — e imediatamente soltou quando ele estremeceu. Ela entendia a razão de Padmé não ter revelado isso durante a chamada, mas não estava acostumada a saber de ameaças tão tarde no jogo.

— Eu estou bem, claramente — Padmé disse. — E foi uma tentativa atrapalhada. Nossa guarda já estava de pé, e até Cordé, que atuava como Amidala na hora, não passou nenhum perigo real, porque a tentativa foi frustrada por uma pessoa aleatória.

Padmé detalhou a tentativa e Sabé saltou imediatamente para a mesma pergunta que ela fizera.

— Por que Organa estava lá? — Sabé perguntou.

— Nós nunca descobrimos — respondeu Padmé. — Eu o encontrei algumas vezes desde então. Ele é educadamente distante. Sei que políticos fazem isso profissionalmente, mas sinto que, se ele quisesse me matar, haveria algo denunciando isso em seu rosto. Versé tem lido as notícias e tentado invadir as redes das empresas que as publicam, mas estamos tão ocupadas com todo o trabalho senatorial que ela não tem muito tempo para isso. Eu esperava que você e Tonra, trabalhando fora da residência senatorial, pudessem ter mais sorte, talvez até encontrando uma fonte real, em vez de uma digital.

— E tem outra coisa — Sabé disse. Ela sabia que Padmé não a teria chamado apenas para enviá-la em uma busca pela holonet. Era muito mais provável que ela fosse confrontar o problema em público.

— As redes de notícias estão atirando contra mim — Padmé admitiu. — Desde que alguém contou a elas sobre o atentado contra a minha vida, elas relataram o fato como se fosse incompetência minha, claro. Publicam histórias sobre minha juventude, sobre minha inexperiência em política galáctica, e são verdadeiras na maior parte, mas sempre focam nos costumes de Naboo, tipo como eu me visto, para me fazer parecer obstinada e ignorante.

Sabé preferiu não lembrar Padmé que muitos, muitos de seus professores também tinham, em algum ponto, chamado Padmé de obstinada. Nunca ignorante, mas Sabé entendia o quanto aquilo podia doer.

— E por que essa fofoca é tão ruim assim? — Sabé perguntou. Padmé se importava com a opinião pública tanto quanto qualquer outro oficial eleito, mas a meritocracia de Naboo era incrivelmente incorruptível e a verdade sempre se impunha a ela.

— É diferente de nosso planeta — Padmé disse, adivinhando a linha de raciocínio de Sabé. — Os senadores não se importam com a verdade, mesmo a conhecendo. Se eles pensam que sou uma criança indefesa vinda dos confins da galáxia, nada fará com que eles queiram trabalhar comigo, mesmo tendo provas concretas do contrário. Naquela festa que está acontecendo agora mesmo? Posso imaginar os comentários condescendentes que Cordé deve estar aguentando no meu lugar, pois venho ouvindo esse tipo de coisa desde que cheguei aqui. Ainda bem que temos muita prática em manter o rosto neutro, apesar de que, honestamente, estou começando a achar que isso faz parte do problema. Tenho que acabar com isso, e descobrir quem está publicando essas notícias é o primeiro passo.

Sabé não disse nada por um momento, o barulho da boate preenchendo o silêncio. Aquela Padmé era nova, mais calculista, mais prudente. Era isso que o Senado fazia com as pessoas, e Sabé estava prestes a se lançar nesse mar, embora provavelmente ficaria apenas nas águas mais rasas.

— Por que você está se esforçando tanto para ficar? — Sabé perguntou.

— Eu... — Padmé hesitou. — Eu ia dizer que não sei, mas isso não é verdade. É difícil descrever, mas há momentos em que eu realmente gosto daqui, quando realizamos um bom trabalho para as pessoas da República. E quero mais desses momentos, se pudermos torná-los realidade.

— Certo — Sabé disse. — Não precisamos convencer o Senado inteiro. Só precisamos que alguns deles aceitem você, e então eles farão todo o trabalho pesado.

— Concordo — afirmou Padmé.

Tonra se ajeitou e Sabé lembrou que ele estava ali. Ela entrou em seu velho ritmo muito rápido.

— Sim? — ela questionou, virando-se para ele.

— Desculpe, milady. Mas o que poderei fazer por você?

Padmé sorriu para ele, o sorriso que ganhara o amor de um planeta e a lealdade de todos naquela mesa.

— Não quero que Sabé fique aqui sozinha, capitão — ela disse. — E Sabé me contou que vocês trabalharam bem como uma equipe em Tatooine, adaptando-se rapidamente enquanto a situação mudava ao seu redor. Sei que Coruscant é um lugar desconfortável, mas se você puder ficar, eu ficaria grata.

— E eu também — Sabé afirmou. Ela baixou a mão ao lado da mão dele e fez seu melhor para não o manipular.

— Farei o que eu puder — Tonra disse.

— Consegui que fundos fossem transferidos para uma conta em seu nome — Padmé declarou. — Vocês não viverão nos níveis superiores, mas estarão em um lugar que podem proteger com relativa facilidade.

— Esta é a frequência do meu comunicador pessoal — Varbarós falou, entregando um par de comunicadores. — Vocês podem me chamar em qualquer lugar. Não pretendo deixar o planeta sem avisar.

— Ah, não — Padmé disse, e Sabé notou que seu capuz havia deslizado para trás enquanto conversavam, deixando seu rosto menos obscurecido do que eles gostariam.

Sabé seguiu seu olhar e viu um jovem humano olhando para ela, com sua expressão confusa se transformando em deleite.

— Sena... — ele começou a dizer, mas antes que pudesse completar a palavra, Padmé se levantou, agarrou seu braço e o arrastou para a mesa.

— Senador Clovis — ela disse secamente —, eu agradeceria se você não gritasse meu nome aqui neste estabelecimento público lotado.

— Vi você na recepção — Clovis declarou. — Foi tão entediante. Também não posso culpá-la por ir embora, e ouvi dizer que este lugar era interessante. Você deve ter um motorista ainda melhor do que o meu para ter chegado aqui tão rápido.

— Sou muito melhor do que o seu droide — Varbarós retrucou, como se esse tipo de coisa acontecesse com Padmé todos os dias.

— Senador, esses são alguns dos meus amigos do meu planeta natal — Padmé declarou. — Eles fizeram parte de um intercâmbio cultural e apenas tinham tempo para se encontrar comigo hoje antes de voltarem para Naboo.

— Ah, que ótimo — Clovis disse. — A senadora me contou muitas coisas sobre Naboo. É verdade que vocês são todos artistas?

— Meus talentos tendem mais para exibições acrobáticas públicas — Tonra respondeu com uma graciosidade pouco característica. Geralmente, era Sabé quem falava primeiro. — Faço malabarismo.

— Incrível — Clovis disse, totalmente sem perceber o sarcasmo de Tonra. — Naboo parece um lugar maravilhoso. Espero visitar algum dia.

— Você poderia nos dar um momento? — Padmé perguntou. — Eles precisam partir em breve e eu gostaria de me despedir.

— É claro, é claro — Clovis afirmou. — Desculpe por me intrometer assim. Eu apenas fiquei surpreso em vê-la.

Varbarós o acompanhou até o bar para ter certeza de que sua curiosidade sobre Naboo não suplantava suas boas maneiras.

— Onde você encontrou esse aí? — Sabé perguntou.

— Ele é outro senador novato — Padmé admitiu. — É um péssimo político até agora, mas sua família é poderosa e eu não posso me dar ao luxo de não fazer conexões.

— Eles são donos do quê? — Sabé tinha uma opinião negativa de pessoas que exploravam suas ligações familiares em vez de empregarem suas próprias habilidades, e isso trazia à tona seu lado cínico.

— Ele é um membro de baixo nível do Clã Bancário — Padmé disse. Diante do olhar cético de Sabé, ela acrescentou que ele era adotado, para explicar a aparência humana de Clovis. A maioria dos membros do Clã Bancário era Muun.

O comunicador no pulso de Padmé emitiu um sinal e ela ativou o holograma de Versé na palma da mão.

— Por favor, volte para casa antes que Dormé e Typho digam coisas um para o outro de que possam se arrepender — Versé suplicou. A imagem se repetiu antes de Padmé desligar o visor, então Sabé viu que era pré-gravada.

— Era muito mais fácil quando era apenas um planeta — Padmé observou.

— Quantos recomeços você acha que teremos? — Sabé perguntou.

— Espero que seja um a mais do que precisamos — Padmé disse. — Mas vou me preparar para o pior, só por precaução. Ao menos nesse ponto, a única coisa que vai sair prejudicada é o meu orgulho.

Sabé pensou que ela estava sendo um pouco indiferente demais diante de uma tentativa de assassinato, mas estava disposta a entender isso por causa do estresse de seu novo trabalho.

Padmé chamou Varbarós de volta para a mesa, porque de jeito nenhum Sabé e Tonra a deixariam ali sozinha, e quando Clovis veio andando atrás, Sabé fez uma careta.

— Sabia que você não iria gostar do Senado — Padmé disse, chegando mais perto. — Senti tanto a sua falta. Obrigada por vir.

— Também senti a sua falta — Sabé confessou. — Sei que não é a mesma coisa, mas pelo menos estamos no mesmo planeta.

— Tome cuidado — pediu Padmé. Ela se inclinou de volta um pouco para incluir Tonra. — Vocês dois.

— Nós tomaremos, milady — Tonra afirmou.

— No futuro, é melhor você me chamar de Padmé quando estivermos fora desse jeito. Senador é o que não falta em Coruscant, e ser uma lady não ajuda em nada.

— Vou praticar — Tonra disse. Sabé achou totalmente possível que o nome de Padmé fosse ficar entalado em sua garganta nas primeiras vezes que tentasse dizer.

O Senador Clovis aparentemente decidiu que já tinha dado privacidade suficiente para eles, pois voltou à mesa e não conseguiu disfarçar sua decepção quando ficou claro que estavam se preparando para ir embora.

— Vocês estão indo embora? — Clovis perguntou. — Porque vai ter um concerto...

— Sim, estou indo embora. Recomendo que você faça o mesmo, Clovis. Não acho que este seja um lugar muito seguro — Padmé aconselhou. Sabé se esforçou para não revirar os olhos quando Padmé assumiu a persona a que Clovis estava acostumado. Padmé se levantou, Varbarós ao seu lado, e olhou diretamente para Sabé. — Desejo sorte em sua viagem.

— O mesmo para você — Sabé disse.

Enquanto se levantavam para sair, ela ouviu Clovis dizendo "Para onde vocês vão?" e Padmé começou a explicar ainda mais tradições de Naboo. Sabé se perguntou se o interesse dele no planeta era genuíno ou se ele também queria algo de Padmé. Ela teve todo tipo de pensamento sombrio sobre o que poderia ser, mas era esperta o bastante para saber que não era de sua conta, a menos que Padmé estivesse em perigo, então achou melhor ficar fora disso. Francamente, ela não se importaria em nunca mais ver Clovis pela frente. Talvez estivesse sendo dura demais, mas ele a irritava.

Seu comunicador emitiu um sinal, indicando que uma transferência de fundos havia sido completada. O nome que ela usou em Tatooine e também ali em Coruscant era o mesmo que recebera quando nasceu, mas agora parecia falso e artificial. Ela foi Sabé por todas as partes importantes de sua vida. Tsabin era uma estranha. Nem seus pais a chamavam mais assim, e todos os seus registros oficiais em Naboo haviam sido trocados.

Mesmo assim, se precisava ser outra pessoa, ao menos ainda seria uma pessoa que Padmé conhecia. Tsabin e Padmé se conheceram quando mal tinham quatorze anos, quando ela se candidatou a ser uma dama de companhia, e quando se estabeleceram no palácio de Theed, elas se tornaram um par inseparável, e Sabé tinha um novo nome para demonstrar isso. Padmé foi treinada para se destacar, e Sabé foi treinada para desaparecer. Ela nunca se importou com isso. Era difícil se ressentir de algo em que era tão boa.

E agora Padmé estava se reinventando outra vez e, por necessidade, Sabé não estava lá para ajudar tão de perto quanto gostaria. A Senadora Amidala era claramente diferente da rainha, julgando pela maneira como Clovis agiu, e Sabé não entendia completamente, mas confiava no julgamento de Padmé.

Se ela seria Tsabin de qualquer maneira, então talvez fosse o momento de *ser* Tsabin. Ela permaneceria Sabé em seu coração, mas também poderia aprender a ser uma nova pessoa, assim como Padmé.

— Era muito mais fácil quando era apenas um planeta — ela sussurrou, repetindo as palavras de Padmé.

— Com certeza — Tonra concordou. Ele era uma presença firme ao seu lado e ela se apoiou nele sem nenhuma segunda intenção.

Ele pode ter se surpreendido um pouco, mesmo assim envolveu os ombros dela com seu braço.

Eles esperaram em silêncio, com o pulso da música vibrando em seus ossos, para o tempo passar entre a saída de Padmé e a deles. Pela primeira vez, Tonra não pareceu inquieto, ele apenas batia com os dedos sobre a mesa seguindo o inescapável ritmo da música. Quando acharam seguro, saíram em busca de um táxi aéreo e um lugar mais calmo onde podiam planejar seus próximos passos.

CAPÍTULO 10

A GRITARIA CONTINUOU POR bastante tempo. Padmé deixou Typho falar tudo o que queria, pensando que o sargento tinha todo o direito. Mariek teria sua vez mais tarde, mas foi de Typho que elas tiraram vantagem, e Padmé lhe devia ao menos escutar tudo que tinha para dizer.

— ... sem mencionar o perigo que Cordé correu se alguém tivesse descoberto — ele continuou em seu discurso. — E nem quero saber de qualquer detalhe de onde *você* estava, milady.

— Eu estava me encontrando com Sabé e Tonra — Padmé admitiu, mas para não piorar a irritação de Typho ela não mencionou exatamente onde, apenas que foi em uma boate. — Eu estava com Varbarós.

— Apesar de ser uma excelente pilota, Varbarós não é uma guarda treinada. E a escolha de pontos de encontro dela deixa muito a desejar — Typho afirmou. — Entendo que a política é uma coisa complicada e às vezes existem coisas que você precisa fazer sozinha, mas, por favor, senadora, eu lhe imploro: me conte da próxima vez. Sou um ator muito melhor do que você pensa. E posso ajudar com os detalhes.

— Desculpe, sargento — Padmé disse. — Eu queria que hoje fosse um teste prático para todos nós, além de ser uma reunião necessária. Mas agora vejo que eu estava praticando a coisa errada.

O plano das dublês costumava envolver enganar os guardas também, mas acho que devemos modificá-lo da mesma forma que estamos modificando todo o resto.

— Ele reagiu com total discrição quando percebeu quem eu era — Cordé declarou. — Apesar de ter rasgado a franja da manga do vestido de baile azul-escuro.

— Eu conserto isso — Dormé disse. — E também acho que Typho está certo sobre o planejamento. Se ele estivesse envolvido, poderia ter impedido o Senador Clovis de deixar a festa. Ou pelo menos avisado quando tivesse terminado.

Elas caíram nesse padrão automaticamente e Padmé gostou de como aquilo funcionava. Ela fazia alguma coisa, Cordé racionalizava, um dos guardas protestava, Dormé acalmava os ânimos e Versé mudava de assunto.

— Separei uma história de uma das redes de notícias — Versé disse, pontual como sempre. — É sobre o que aconteceu hoje à noite.

— Espero que seja sobre a escandalosa relação da Senadora Amidala com um de seus guardas — Cordé observou, sua voz cheia de sarcasmo.

— Fale por si própria — retrucou Mariek. — Sou muito bem casada e não quero nenhum drama desse tipo.

— É sobre o Senador Clovis — Versé contou. — Aparentemente, depois que ele deixou a festa, ele foi até uma boate incrivelmente perigosa e se encontrou com...

Tarde demais, Versé percebeu que Typho lia sobre seu ombro. Padmé resistiu ao impulso de enterrar o rosto nas mãos.

— Você tem ideia do tipo de coisa que acontece em um lugar como esse? — Typho praticamente gritou, toda sua tranquilidade desaparecendo em um instante.

— É claro que sabe, ela é uma mulher adulta — Mariek disse. — Sobrinho, você precisa se acalmar ou a senadora nunca vai confiar em você. Ela já admitiu que você estava certo.

Typho se controlou e assentiu.

— Tem alguma coisa nesse artigo que possa ser usado para me identificar? — Padmé perguntou.

— Não — Versé respondeu, passando a vista sobre o restante do texto. — Parece que eles entrevistaram o Clovis e ele apenas disse que estava se encontrando com alguns amigos de seu planeta natal.

— Todos vão saber que isso é mentira — Dormé apontou. — O Clã Bancário não é exatamente conhecido por se enturmar em Coruscant.

— É uma mensagem para mim — garantiu Padmé. — Foi assim que apresentei Sabé e Tonra sem dizer seus nomes. Eu disse que eram amigos do meu planeta natal. Ele quer que eu saiba que ele estava me cobrindo.

— Seria a primeira jogada política sólida que ele fez — Cordé observou. Ela tinha uma opinião bem negativa sobre a dedicação de Clovis à política galáctica.

— Não tenho certeza se ele está mesmo pensando politicamente — Versé disse. — Fiquei nos bastidores quase todo o tempo desde que chegamos aqui e assisti a muitas gravações. Reparei a maneira como ele se comporta quando Padmé está em sua órbita, e a maneira como ele olha para ela.

— Vamos continuar do mesmo jeito — Padmé disse. — A diferença é que agora temos Sabé e Tonra trabalhando fora do quadro político para nos ajudar.

— E eu, ajudando dentro — Typho afirmou.

— Sim, sargento — Padmé concordou. — E peço desculpas. Nós mudamos muitas coisas sobre como Amidala age em público nas últimas semanas, mas eu ainda acabo caindo no jeito como fazia em Naboo. Tenho dificuldade de lembrar que as circunstâncias para nosso segredo são diferentes aqui. Nós não vamos mais deixá-lo de fora de nossa ação como dublês.

— Obrigado, milady — Typho disse.

Um suave sinal indicou a chegada da agenda do dia seguinte, e elas passaram as duas horas seguintes planejando os votos e tentando determinar como o Senado agiria em cada caso. Isso era muito mais fácil agora que elas trabalhavam como uma equipe.

Antes, Padmé levava duas damas de companhia para a câmara do Senado para observarem, mas a verdade era que não havia nada para elas observarem. Agora ela apenas levava Mariek ou Typho, e ocasionalmente Cordé, se a situação exigisse. As outras ficavam na residência senatorial ou no escritório de Padmé, assistindo a gravações de procedimentos do Senado e tentando descobrir quem era aliado de quem. Era fácil enxergar isso em uma única moção, mas se tornava infinitamente mais desafiador quando múltiplas agendas eram apresentadas, e com o tamanho da assembleia, sempre havia múltiplas agendas apresentadas.

— Você precisa entrar em um desses comitês — sugeriu Cordé.

Padmé sabia muito bem disso. Ela vinha pensando há dias, tentando determinar qual comitê seria mais adequado para seus talentos e experiência.

— A Senadora Bonteri preside um comitê que analisa a reforma educacional nas áreas mais pobres dos planetas do Núcleo — Dormé informou. — Esse projeto de lei está parado porque ninguém nos planetas do Núcleo quer admitir que eles possuem áreas pobres.

— E tem também algo sobre privacidade — Cordé disse. — É algo novo e não sei se já tem um comitê oficial, mas o assunto sempre aparece em seus resumos e tenho certeza de que em breve terá.

— E sempre temos o comitê antiescravagista — Versé acrescentou. — Não é presidido por ninguém que você conheça, mas tenho certeza de que você consegue entrar sem precisar de uma referência do chanceler.

— Eu sei — Padmé disse. — Eu sei, só não consigo decidir qual é a melhor maneira para ganhar um assento naquela mesa.

— O que você quer? — Dormé perguntou. — Do Senado, quero dizer.

— Respeitabilidade — Padmé respondeu. — Quero que minhas palavras e esforços signifiquem algo.

— E você não tem isso porque todos pensam que você é nova demais, inexperiente demais — pontuou Dormé. — Eles pensam que você não é uma senadora séria.

— E acham que você é conectada demais com o Chanceler Palpatine — Mariek acrescentou. — Conectada demais com seu próprio planeta.

— Há um pouco de verdade em todos esses argumentos — Padmé admitiu.

Sua última conversa com o Chanceler Palpatine não tinha sido boa. Ela o encontrara quase que por acaso depois de uma sessão do Senado e, a princípio, se comportara com seu jeito normal.

— Chanceler — ela dissera. Padmé indicara a Versé que precisaria de espaço para a conversa e sua dama de companhia e guarda se afastou alguns passos. — Estou contente por nossos caminhos terem se cruzado. Gostaria de perguntar a você sobre me juntar ao seu comitê de transporte.

Ela ainda detestava as camadas de discurso político que precisavam cobrir a legislação antiescravagista, mas tecnicamente não havia escravidão na República, e então Palpatine tinha de ser criativo com suas palavras. O debate real era sobre o transporte de bens, e o rodeio no discurso fazia Padmé estremecer, embora ela quisesse muito ter alguma influência na elaboração da legislação.

O chanceler havia parado quando ela o cumprimentou, afável como sempre, mas seu rosto endureceu quando ela mencionou se juntar ao comitê.

— Não acho que seja uma boa ideia, minha querida — ele dissera. Seu tom de voz tinha um estranho toque de rejeição que ela nunca notara antes. Ao seu lado, Mas Amedda olhava feio para ela.

— Por que não? — Padmé perguntou. — Já comecei meus próprios estudos sobre a situação e acho que...

— Senadora, você não me entendeu — Palpatine constatou, um mínimo de sua cordialidade reaparecendo. — Você é eminentemente qualificada para esse comitê, mas possui ligações conhecidas com Tatooine e comigo. Se você se juntar à discussão, as suas qualificações irão enfraquecer minha autoridade.

Havia algo sobre a afirmação do chanceler que não parecia verdade, mas Padmé não conseguia dizer exatamente o que era.

— Encontre outro comitê, minha querida — sugeriu Palpatine. — Farei meu melhor para mantê-la atualizada sobre meu progresso e avisarei se a sua ajuda for necessária.

Ele se retirou, com sua comitiva seguindo atrás, e Padmé ficou com perguntas demais e nenhuma direção certa.

— Então você tem duas opções, eu acho — Dormé disse, chamando a atenção de Padmé de volta para o presente. — Assuma de vez ficar na sombra de Palpatine. Vá até ele e use sua influência o máximo que puder.

— Ou? — Cordé perguntou.

— O exato oposto disso — respondeu Dormé. — Amidala agora é charmosa. Use isso. Encontre alguém que se opõe ao chanceler, não violentamente ou de modo extremo, mas o bastante para afetar a imagem pública entre você e ele, e então se concentre nessa oposição até você formar uma identidade própria.

— Isso exclui Bonteri — Versé disse. — Ela não é muito próxima dele, mas também nunca se opôs diretamente.

Padmé ficou um pouco decepcionada. Ela gostava muito da Senadora Bonteri e ficaria honrada em trabalhar com ela. Mas também sabia que não havia dúvida de sua posição no círculo íntimo de Palpatine. Mesmo se ele tivesse permitido, ela não queria se limitar dessa maneira.

— Não se preocupe — ponderou Padmé. — Tenho o senador certo em mente.

A Senadora Amidala estava vestida para a ocasião. Ela desistira dos ornamentos que lembravam seu planeta. Não havia nada sobre a cabeça hoje, apenas tranças presas tão bem no lugar que Dormé fizera as presilhas praticamente desaparecerem. Seu vestido era enganosamente simples. Ela vestia uma túnica azul-clara por baixo com um colarinho que não a impedia de virar a cabeça, e largas mangas que se dobravam sobre o vestido azul-escuro que ela usava por cima. A ilusão estava no bordado do vestido, com o mesmo tom azul-claro da túnica. Poderia ter sido feito por qualquer máquina de um planeta mecanizado. Apenas olhando de perto era possível notar que as costuras haviam sido feitas à mão — a única concessão de Padmé para Naboo. E ela não pretendia que ninguém chegasse tão perto.

Durante a sessão, Padmé estava inquieta de tanta impaciência. Ela precisou forçar a si mesma a prestar atenção. As votações na agenda do dia não eram menos importantes simplesmente porque a senadora de Naboo tinha planos. Mesmo assim, parecia que a votação não terminaria nunca, e quando o Chanceler Palpatine anunciou o fim dos procedimentos, Padmé estava mais do que pronta para ir embora.

Dormé a interceptou antes que pudesse sair da cápsula, checando rapidamente para ter certeza de que o vestido e o cabelo estavam no lugar, depois desejou-lhe sorte.

Padmé andou com passos medidos. Não havia razão para parecer apressada. Versé havia se debruçado sobre as gravações e acessado algumas redes, o que Padmé sabia ser uma invasão de privacidade, embora dessa vez tenha feito vista grossa. Cordé a ajudara a preparar suas falas, oferecendo argumentos teóricos para Padmé contestar até as duas terem certeza de que haviam coberto todas as opções. Suas damas de companhia podiam já não seguir seus passos como antes, mas Padmé não estava mais sozinha do que já esteve quando era rainha de Naboo. Mariek estava certa, todos aqueles meses atrás na escadaria da casa do lago: tudo era diferente, mas Padmé também era diferente. E estava descobrindo o que isso realmente significava.

Finalmente, ela avistou seu alvo se dirigindo para um dos jardins da cobertura, exatamente onde a análise de Versé dizia que ele estaria. Ele vestia um tom de verde hoje, o que Padmé notou apenas porque Cordé dissera que parecia ser sua cor favorita. Seu traje era simples, embora ele tenha permitido a si mesmo a indulgência de uma capa assimétrica. Padmé chegou perto o bastante para não precisar gritar e ergueu a voz.

— Senador Organa — ela disse. A voz saiu mais vibrante do que os tons neutros que a Rainha Amidala usava. O som se moveu melhor através das sílabas de seu nome. A Senadora Amidala chegou mais perto quando Organa parou para ouvi-la.

— Senadora Amidala — ele respondeu. — Como posso ajudá-la?

Ela chegou ainda mais perto, modulando o tom para acomodar essa proximidade.

— Gostaria de me juntar ao seu comitê sobre o transporte de materiais de construção para os planetas da Orla Média — Amidala declarou.

Organa claramente não estava esperando aquilo.

— O que você sabe sobre o transporte de materiais de construção? — ele perguntou. Ela suspeitou que Organa estava ganhando tempo enquanto tentava entender sua motivação, embora seu tom de voz permanecesse educado.

— Nada — Amidala admitiu. — E se eu não me juntar ao seu comitê, então suspeito que isso será tudo que vou continuar sabendo.

Ele a olhou por um longo momento. Geralmente, as pessoas não olhavam diretamente em seu rosto. Olhavam para a ornamentação de Naboo em seu cabelo, em seu estilo, em sua maquiagem. Era por isso que a política das dublês funcionava tão bem. Todos conheciam a aparência de Amidala, então ninguém nunca pensava em Padmé. Ela se sentia exposta sem seus métodos usuais de disfarce-em-plena-luz-do-dia, embora tenha feito isso de propósito. Nunca quisera que alguém a *enxergasse* antes, não daquele jeito. E poderia nunca mais se expor a ele assim, mas precisava que ele a visse agora.

— Poderia me acompanhar? — ele disse, oferecendo um braço.

Ela aceitou e o seguiu para dentro do jardim. Padmé ainda não conhecia aquele lugar, preferindo sempre voltar para a residência e estudar política ou descansar. Mas entendeu imediatamente por que ele visitava com regularidade suficiente para Versé rastreá-lo. Alderaan não era tão verde quanto Naboo, mas o planeta ainda se orgulhava de suas maravilhas naturais. Coruscant provavelmente parecia para ele da mesma forma que para ela: lotada, barulhenta e sem nenhuma vida vegetal. Os jardins eram um pobre eco daquilo a que os dois estavam acostumados, mas o cheiro era próximo o bastante, e quando você respirava fundo, podia sentir a diferença no ar.

Eles dobraram uma esquina ao redor do jardim, parando aqui e ali enquanto Organa mostrava a ela seu bosque favorito de árvores chinar, onde gostava de se sentar depois da sessão geral e se lembrar de seu lar. Aquilo era, Padmé percebeu, o jeito dele de permitir que ela o enxergasse. O profissional brusco havia sumido, assim como a presença inquietante da rainha, e os dois agora eram apenas colegas compartilhando algo em comum. Ao fim, eles completaram a volta pelo jardim e pararam em frente à porta que os levaria de volta para os corredores apertados do Senado e os escritórios lotados.

— O comitê se reunirá amanhã, depois da sessão geral — ele informou. — A seleção da sala ainda não foi definida, então eu enviarei um assessor.

Foi uma gentileza dele não enviar sua unidade NON, considerando tudo que aconteceu.

— Obrigada, senador — Amidala agradeceu. Aquilo foi muito, muito próximo da voz de Padmé. Ele inclinou a cabeça e se retirou.

Padmé permaneceu no jardim por mais alguns longos momentos verdes antes de voltar para a residência. Ela tinha uma atualização para receber de Sabé e as outras certamente queriam saber como foi o encontro. Além disso, precisaria ler um pouco sobre permacreto e como transportá-lo. Ela chamou Mariek e Dormé no comunicador e disse a elas para a encontrarem no transporte.

— Sucesso? — Dormé perguntou quando estava perto o bastante para não ser ouvida por mais ninguém.

— Sim — respondeu Padmé. — Contarei tudo quando voltarmos para a residência. Não é tão interessante para eu querer contar mais de uma vez.

— É interessante o bastante para você concordar em discutir isso em um comitê — Mariek apontou.

— Todas nós devemos fazer sacrifícios — Padmé disse, mas a verdade era que ela não se importava nem um pouco com o que havia concordado em fazer. Ela estaria ajudando a construir algo novamente, assim como seu pai havia lhe ensinado, mesmo se fosse apenas indiretamente. E estaria fazendo um aliado ao mesmo tempo.

Sabé ficou contente em vê-la, mesmo que apenas pelo holograma, mas um pouco menos contente quando Padmé anunciou com quem ela havia se aliado.

— Corrija-me se estiver errada — Sabé pontuou —, mas não estou investigando Organa por seu envolvimento em sua tentativa de assassinato?

— Estou ainda mais certa de que ele não tem nada a ver com isso — salientou Padmé. — Ele apenas estava no lugar errado na hora errada. Ou o lugar certo, nesse caso.

— Por favor, diga que Clovis não está no mesmo comitê — Sabé pediu.

— Ele não está — Padmé assegurou-lhe. — Ele está andando pelas facções financeiras. É só questão de tempo até a Federação de Comércio notá-lo, e não pretendo estar perto dele quando isso acontecer.

— Espero mesmo que não — Sabé retrucou. — E falando em nossos pretensos assassinos favoritos, encontrei algo sobre as redes de notícias que publicaram aquelas primeiras histórias sobre você. A cadeia de corporações é muito extensa em todos os casos e a maioria das empresas já não está mais ativa, mas todas pertencem a subsidiárias da Federação de Comércio.

— Eles estavam me difamando? — Padmé indagou.

— Quando é por escrito, acho que o nome disso é libelo — Sabé respondeu. — Mas, sim.

— O terceiro julgamento de Nute Gunray está em andamento. Começou um pouco antes de eu chegar em Coruscant. Acho que eu não deveria me surpreender.

— Ele certamente guarda rancor — falou Sabé. — Vou ficar de olho no julgamento, tanto naquilo que é relatado quanto naquilo que as pessoas estão falando na imprensa. Gunray tem você na mira pessoalmente e não quero que ele chegue perto o bastante para acertar o tiro.

— Ele não precisa chegar tão perto assim — Padmé disse. — Mas agradeço o sentimento. Como está Tonra?

— Com saudade de casa, mas adorando a comida de uma lanchonete que ele achou na praça perto do apartamento — Sabé declarou. — Ele fica tentando me levar lá, mas eu tenho minha política pessoal de nunca comer em um lugar que produz tanta fumaça.

Padmé riu com ela e, por um momento, elas poderiam estar sentadas no apartamento real no palácio de Theed, discutindo os eventos do dia. Um sinal tocou no comunicador de Sabé.

— Desculpe, preciso ir — Sabé informou. — Um dos meus novos contatos quer conversar.

— Fique segura — Padmé disse.

— Sim, eu vou — Sabé prometeu.

Padmé encerrou a conexão e pediu os documentos que Versé havia preparado para ela.

PARTE III

SENADORA INGÊNUA PÕE AS ASAS DE FORA E CAI DE CARA EM PERMACRETO

Comentaristas políticos de Coruscant ficaram chocados quando a Senadora Amidala (setor Chommell) apareceu no comitê de transportes de materiais de construção do Senador Bail Organa (Alderaan). Ninguém podia esperar que Amidala, que vem sendo notoriamente volúvel e imprevisível desde sua chegada em Coruscant, se juntaria a uma operação tão monótona. Então, muitas teorias flutuam por aí sobre suas motivações, ou melhor, as motivações de quem estiver por trás dela.

O Senador Organa, embora tenha uma reputação imaculada, frequentemente entra em conflito com o chanceler. Parece improvável que Palpatine tenha enviado Amidala para descobrir algum escândalo do senador de Alderaan. É possível que Amidala esteja tentando agradar procurando por um. Podemos apenas especular a que loucuras seus novos "interesses" a levarão.

— TriNebulon News

CAPÍTULO 11

HAVIA DOIS PROBLEMAS PRINCIPAIS com o permacreto. O primeiro era que sua mistura necessitava de uma grande quantidade de água, o que nem todos os planetas tinham prontamente e que era impraticável para transportar. O segundo era que a mistura em si era pesada e precisava de grandes naves para transportar as cargas. Isso significava que muitos sistemas usavam suas próprias variações locais da fórmula e todas essas eram drasticamente inferiores.

O terceiro problema com o permacreto era menor, mas irritante mesmo assim: Padmé tinha certeza de que era o assunto mais entediante para se discutir em toda a galáxia.

Mas ela o discutiu. Depois da sessão geral, que foi quase totalmente tomada pela delegação de Malastare que fazia discursos que o chanceler não podia ou não queria interromper, Padmé seguira o assessor do Senador Organa até uma pequena sala no edifício do Senado. Lá, ela tomou um assento à mesa e começou a escutar.

Havia apenas senadores presentes, embora Padmé soubesse que vários deles estavam gravando os procedimentos para repassar a seus assessores mais tarde. Alguns deles haviam trazido droides para fazer anotações por eles, mas Padmé dispensou isso como uma opção porque ela não confiava particularmente em nenhum dos droides que encontrara em Coruscant. Então, ela se lembrou da unidade astromec azul e branca que viajava com Varbarós a bordo da nave real de Naboo. Aquele pequeno droide tinha um gravador e ela sabia que ele era confiável. Fez uma anotação mental para lembrar de pensar nisso mais tarde e voltou a atenção para a mesa.

Depois de uma hora de conversas sem nenhum progresso, a reunião se encerrou para que os senadores pudessem seguir para outros compromissos. Padmé os seguiria para fora da sala, mas Organa chamou sua atenção e fez um gesto para onde ele estava. Padmé se levantou para ver o que ele queria.

— Senadora — Organa disse —, você achou nossa reunião de alguma utilidade?

— Sim — Padmé respondeu. Ela não aprendera muito mais sobre materiais de construção do que já havia aprendido com suas leituras, mas entendeu melhor como os tópicos eram apresentados e como os elementos de negociação eram incorporados à discussão.

— Permita-me apresentar a Senadora Mon Mothma — ele disse, indicando uma mulher de cabelos ruivos à sua esquerda.

— Senadora — Padmé cumprimentou, inclinando a cabeça. Padmé não ofereceu a mão para cumprimentá-la e Mon Mothma também não.

— É um prazer conhecê-la. — A voz da senadora era suave, mas havia uma inquestionável presença nela. Quando falava, as pessoas ouviam. Ela sabia disso e estava aprendendo a usar esse efeito. — Eu era muito nova no Senado quando você fez seu discurso como rainha de Naboo. Tem sido interessante observar sua transição para a política galáctica.

Anos de prática impediram que a frustração de Padmé aparecesse em seu rosto. Ela ainda não estava acostumada a ser menosprezada por causa de sua juventude e desejou nunca fazer o mesmo com alguém só por falta de experiência.

— Tem sido um aprendizado — ela disse educadamente. — E sinto falta das conexões mais pessoais que servir o meu próprio planeta me permitia manter. Saber o nome e os rostos daqueles para quem você está trabalhando é um luxo, mas considero, sim, uma bênção a escala com que a República pode servir seus membros.

— É claro — Mon Mothma disse. — Não é tarefa fácil deixar seu próprio planeta natal de lado para servir a um propósito maior.

Algo se encaixou com tanta força na mente de Padmé que ela ficou preocupada de que Organa e Mon Mothma pudessem ler facilmente seus pensamentos. Não era sua inexperiência, exatamente, que fazia com que eles fossem tão frios com ela. Eles pensavam que ela era mais leal a Naboo do que à República, e que não estaria à altura de enfrentar esse tipo de conflito de interesse. De fato, suas ações passadas que levaram à queda do Chanceler Valorum em uma tentativa de equilibrar o campo de jogo contra a Federação de Comércio mostraram o quanto estava disposta a dispensar o protocolo do Senado. Naboo era parte de quem ela era, mas parecia que eles esperavam que Padmé exorcizasse essa parte, ou ao menos a isolasse, antes que pudessem confiar nela totalmente. Mas ela não tinha muita certeza de que estava disposta a fazer isso.

— Estou ansiosa para servir assim — Padmé disse, embora não gostasse de ser desonesta.

Ela não conseguia dizer, apenas olhando a expressão de Mon Mothma, se a outra senadora acreditou nela, mas o olhar que trocou com o Senador Organa não foi tão desdenhoso quanto a análise inicial de Mon Mothma sobre Padmé.

— Eu avisarei quando será nossa próxima reunião — Organa declarou. — Espero que tudo esteja preparado para ser apresentado ao Senado antes de a sessão ser encerrada.

— Estarei à espera — Padmé falou, e deixou que eles se retirassem da sala primeiro.

Ela não seguiu para seu escritório ou de volta para a residência. Em vez disso, começou a vagar pelos corredores. Não exatamente sem destino — em teoria, ela poderia estar se dirigindo ao jardim. Padmé não estava particularmente com pressa, mas perdida em pensamentos.

— Ah, Senadora Amidala! — Uma voz invadiu suas deliberações e ela parou de andar. Era Mina Bonteri.

— Olá — Padmé respondeu com uma cordialidade genuína. — É muito bom vê-la novamente.

Padmé percebeu que disse aquilo com total honestidade. Ao menos a Senadora Bonteri estava disposta a conversar com ela como uma igual, mesmo se houvesse algo mais que ela não compartilhava. Era justo: Padmé mantinha privada sua própria opinião sobre vários assuntos.

— Venha tomar um chá comigo — Bonteri convidou. — Meu escritório fica logo ali.

— Eu adoraria — agradeceu Padmé.

O escritório de Bonteri era decorado com quadros de seu planeta natal. Padmé não era especialista, mas algumas das obras pareciam distintamente menos refinadas do que outras. Talvez Onderon se orgulhasse de usar todos os materiais para arte, não apenas os de melhor qualidade.

— Meu filho que fez — Bonteri contou enquanto Padmé contemplava uma pintura particularmente estranha de... uma speeder bike? — Ele provavelmente está destinado a outras coisas, mas tinha quatro anos quando pintou esse quadro e gostava de cores fortes e de fazer uma bagunça. Gosto do trabalho dele, então o mantenho aqui mesmo que ele tenha seguido para outros hobbies.

— Ah — Padmé disse. E então, ela riu. — Em Naboo, nós incentivamos todas as crianças a experimentar com sua expressão artística para que possam determinar onde se encontram seus talentos.

— E onde se encontravam os seus? — Bonteri perguntou. Ela derramou água quente em um bule de metal simples e pegou duas xícaras de um armário.

— Oratória e poesia — respondeu Padmé. — Qualidades não cultivadas normalmente, devo admitir. A maioria dos pais preferiria que seus filhos fossem bons em criar algo que não fossem palavras. Acho que minha mãe preferiria que eu seguisse na música, mesmo com minha aptidão não sendo muito forte.

— Você foi rainha de um planeta e sua mãe preferiria que você fosse musicista? — Bonteri indagou.

— Naboo é um mundo único — Padmé admitiu.

— E pais nunca são particularmente bons em deixar seus filhos seguirem o próprio caminho. — Bonteri olhou para os quadros de seu filho e sorriu. — Mas no fim acabam deixando.

— De fato — Padmé concordou. — E meus pais se orgulham das minhas conquistas, apesar de desejarem que eu fique mais perto de casa.

— O seu pai tem muitos amigos no Senado, não é mesmo? — Bonteri perguntou.

— Ele tem — Padmé respondeu. — Foi assim que consegui ganhar um patrocínio para o programa legislativo júnior quando eu tinha oito anos. Ele faz muito trabalho de ajuda voluntária e contatos no Senado são úteis para isso.

— Você não desejou se juntar a ele?

— Acho que me juntei, à minha própria maneira — Padmé disse. — No mínimo, sou outra senadora que ele sabe que pode confiar.

— Acho que isso é o máximo que muitos de nós pode esperar, hoje em dia — Bonteri continuou. — Acontece que demora tanto para realizar alguma coisa por meio dos canais oficiais. Por que você não procurou os amigos de seu pai?

— Porque quero me firmar sozinha — Padmé disse. — Já sou vista como uma extensão do chanceler por alguns, e não quero ser vista como uma extensão do meu pai por outros.

— Mas você não se importa de ser vista como uma extensão da rainha de Naboo? — Bonteri perguntou.

— Eu fui rainha de Naboo — Padmé frisou. — Sempre farei parte daquele sistema, apesar de acreditar que também posso ser algo mais.

Bonteri serviu duas xícaras de chá e passou uma delas para Padmé. O aroma não era familiar. Bonteri tomou um gole e Padmé a seguiu. O sabor era mais floral do que ela gostaria, mas não inteiramente desagradável.

— Existe um número crescente de senadores que sente que essa lealdade ao planeta natal, independentemente da votação, não é uma coisa ruim — Bonteri disse lentamente. Ela olhou nos olhos de Padmé, mas Padmé manteve o rosto impassível e tomou outro gole do chá.

— Um senador deveria manter certo equilíbrio — ela afirmou. — Deveria amar seu planeta de origem, mas enxergar a galáxia como um todo.

— Será que isso é realmente possível? — Bonteri perguntou. — Enxergar toda a galáxia e continuar sendo objetivo?

Padmé considerou suas palavras. Bonteri geralmente era muito mais aberta do que Mon Mothma, mas ficou claro que Mon Mothma acreditava na República em primeiro lugar. O que Bonteri estava sugerindo não era traição, mas era perigoso, e ela não conseguia dizer em qual lado da questão Bonteri se encontrava.

— Acho que devemos tentar — Padmé finalmente disse.

Bonteri terminou seu chá e Padmé não sabia se tinha passado ou não no teste. Também não sabia se realmente *queria* passar ou fracassar no teste, mas Bonteri não pareceu decepcionada com ela, então considerou que tinha se saído bem o bastante.

— Você terá de trabalhar mais duro do que os outros — Bonteri disse. — Você já manipulou as regras do Senado uma vez ao derrubar o Chanceler Valorum e depois voar de volta para Naboo para resolver seus próprios problemas assim mesmo utilizando a força militar.

— Estou ciente — Padmé afirmou. — É mais difícil manter a objetividade quando o seu próprio povo está morrendo, mas quero fazer parte de um Senado que sente o mesmo por *todos* os povos.

— Você é uma idealista — pontuou Bonteri. — Isso não é uma coisa ruim.

— Eu sei — Padmé declarou. — Trabalhei muito por isso.

— Mais chá? — Bonteri perguntou, levantando o bule.

— Obrigada — Padmé disse. — Gostaria de saber como vão os seus planos para a reforma educacional, se você tiver tempo.

Bonteri tinha tempo, então elas passaram trinta prazerosos minutos imaginando como reformariam o sistema se tivessem dinheiro, tempo e pessoal ilimitados, e depois um tempo menos prazeroso calculando o que era possível com os recursos que Bonteri tinha na realidade.

— Poderíamos fazer muito mais se as pessoas nos ouvissem — Padmé disse.

— As pessoas estão ouvindo — Bonteri respondeu. — Só não estão prestando atenção.

O comunicador de Padmé emitiu um sinal e ela se lembrou de que precisava voltar para casa para dar a Cordé e Dormé os relatórios sobre a reunião do comitê. Dificilmente uma delas teria de substituí-la presencialmente na sala, mas elas precisavam saber todos os detalhes para o caso de estarem atuando como dublês em alguma função não relacionada e alguém tocasse no assunto. Era complicado e provavelmente um exagero de preparação, mas Padmé contara com suas damas de companhia por tempo demais para deixar de usá-las agora.

— Preciso ir — ela declarou. — Obrigada pelo chá.

— Disponha, senadora — Bonteri disse. — Estou sempre disponível se precisar desabafar suas frustrações sobre nosso processo parlamentar.

Seu próprio comunicador emitiu um sinal e ela fez uma careta.

— Bom, quase sempre disponível.

Padmé considerou o que Bonteri disse durante a volta para a residência. Alguns senadores valorizavam sua lealdade a Naboo, enquanto outros não confiavam nela por causa disso. Alguns apreciavam sua personalidade distante, enquanto outros exigiam que fosse mais sociável. E alguns nunca iriam gostar dela, independentemente do que fizesse, porque acreditavam nas mentiras que a Federação de Comércio espalhava sobre ela. Seu objetivo não mudou: em vez de alterar a si mesma completamente para atender às restrições que seus colegas consideravam apropriadas, ela continuaria como estava fazendo. Precisaria de uma facção para apoiá-la em algum ponto, mas decidiria como isso seria quando chegasse a hora.

Typho estava esperando por Padmé na nave, claramente frustrado pelo tempo em que havia ficado longe de sua supervisão direta. Não importava quantas vezes ela lhe lembrasse que os guardas senatoriais eram altamente treinados e excepcionalmente leais, ele ainda preferia quando a responsabilidade por sua segurança ficava com ele ou com Mariek. Não era exatamente igual ao Capitão Panás quando ficava furioso por causa de sua proteção, mas era familiar o bastante para ser um conforto. Padmé resolveu facilitar as coisas para Typho nos dias seguintes. Elas haviam abusado dele ultimamente e a tensão estava começando a aparecer.

— Obrigada por esperar, sargento — ela disse para ele agora. — Sei que você não gosta quando fico por conta própria.

— A sua reunião terminou há mais de uma hora, milady — ele observou. — Checar remotamente não é o mesmo que uma confirmação física.

— Vou me lembrar disso da próxima vez — Padmé disse.

— Próxima vez? — ele pareceu resignado com seu destino.

— Sim, próxima vez — afirmou Padmé. — Haverá outras reuniões e também vou precisar de um tempo para pensar sozinha quando terminarem.

— Talvez possamos tomar providências quanto a isso — Typho disse. — Se você fosse a um local fixo, eu poderia...

— Estive pensando em trazer aquele astromec comigo — Padmé interrompeu. — Não faz parte do procedimento exatamente, mas muitos senadores têm seus próprios droides.

— R2-D2 não é uma unidade de defesa — Typho pontuou.

— Não, mas ele pode fazer gravações e chamar ajuda se for preciso — Padmé retrucou. — Além disso, ele pode dar um eletrochoque em qualquer um que chegar mais perto do que eu gostaria. Vai fazê-los pensar que sou um pouco rústica, sendo acompanhada por um mecânico, mas...

— Todos nós temos nossos disfarces — Typho comentou. Padmé podia vê-lo incorporando o astromec em seu plano de defesa. — Existe uma vantagem em usar droides para segurança. As pessoas suspeitam quando há guardas ao seu redor, mas é muito mais comum que não prestem atenção em um droide.

— Aí está, viu? — Padmé disse. — Posso pensar na minha própria segurança, se precisar.

— Estou muito orgulhoso, milady — Typho declarou ironicamente. — Mas ainda vou precisar falar com Mariek antes que possamos deixá-la tentar.

— É claro, Sargento Typho — ela concordou.

Juntos, eles embarcaram no transporte e Typho instruiu o condutor a retornar para a residência senatorial. Padmé olhou para Coruscant enquanto voavam. O Templo Jedi brilhava sob o sol poente e Padmé sentiu uma pontada de culpa. Ela havia parado de procurar por Shmi Skywalker e isso porque não sabia como continuar. Sentia que havia quebrado uma promessa, embora nunca tenha realmente prometido nada, e não sabia o que fazer a não ser confiar no sistema de que Sabé havia encontrado evidências em Tatooine. Ela não gostava de desistir das coisas.

Padmé olhou além das luzes brilhantes dos níveis superiores e ricos de Coruscant e para baixo nas partes mais pobres e perigosas do planeta-cidade. Ela não conseguia enxergar muito longe. Sentiu que era isso mesmo que Coruscant queria. Naboo havia tentado isso antes, dividindo a população contra si mesma, e o resultado foi quase o fim do planeta. Padmé resolveu prestar atenção, não apenas ouvir, e não apenas olhar, mas enxergar.

CAPÍTULO 12

SABÉ TOMOU UM GOLE do seu caf claramente inferior e tentou não parecer impaciente. Aquele contato em particular estava sempre atrasado, mas fornecia informações confiáveis, então ela achava que seu tempo seria produtivo. Kooib-s Guvar era uma holojornalista de uma das redes de notícias mais prestigiadas de Coruscant, mas também trabalhava para um estabelecimento de reputação muito pior, escrevendo para os tabloides em troca de créditos extras. Já que jogava dos dois lados, ela sempre tinha ótimo acesso. Tonra fez o primeiro contato, se passando por um estudante de jornalismo que estava ansioso para fazer *qualquer coisa* para entrar no mercado, e a encaminhou para Sabé antes que as coisas ficassem sérias demais.

O local do encontro foi o lugar que Tonra gostava tanto, uma lanchonete que não era totalmente horrível chamada Dex's. Sabé teve de admitir que a comida não era de todo ruim. Mais importante, a clientela era barulhenta e em constante movimento, o que proporcionava uma boa cobertura. Agora Sabé estava em uma das cabines: duas cadeiras duras de plasteel com uma mesa no meio. Tonra preferia o balcão, onde podia se sentar em um banco e observar o dono cheio de braços trabalhando na cozinha, mas Sabé não gostava de ficar com as costas expostas.

— Tsabin — Kooib-s disse, deslizando no banco em frente a ela.

Kooib-s era uma fêmea humanoide sem pelos que era apenas um pouco mais alta que Sabé. Ela tinha uma pele salpicada em púrpura, brilhantes olhos azuis, um nariz largo e dentes pontiagudos. Suas mãos tinham sete dedos e Sabé presumiu que seus pés também tinham, embora obviamente não pudesse pedir que ela os mostrasse. No topo da cabeça havia pequenos chifres vermelhos formando um círculo que terminava em uma ponta fina como uma agulha a dois centímetros de seu crânio. Ficar olhando era uma indelicadeza, mas Sabé ficou hipnotizada pela aparência de Kooib-s. Geralmente, ela não se interessava por não humanos, mas acontecia de vez em quando, particularmente com fêmeas interessantes.

— O que você tem para mim? — Sabé perguntou, chamando o droide de serviço e pedindo mais dois cafs. As xícaras foram depositadas na mesa imediatamente e Kooib-s pegou uma e cheirou.

Ela fez uma careta e colocou a xícara de volta na mesa.

— A senadora de Chandrila vai dar uma festa na semana que vem. Existe uma suspeita de que ela vai usar essa festa como disfarce para discutir algo com alguns senadores escolhidos a dedo, mas não sabemos o que é.

— Por que você se importa com o que a senadora de Chandrila faz em uma festa particular? — Sabé perguntou.

— Porque não é uma festa particular — Kooib-s disse. — Vai ser a primeira vez que ela dá um baile de gala público, então os jornalistas estarão lá com força total.

— Então como ela pode esperar ter uma discussão privada? — Sabé vinha lendo sobre Mon Mothma, e a mulher não era nem um pouco estúpida.

— Ela planeja convidar alguém para ser uma distração — Kooib-s confidenciou.

Sabé suspirou. A lista de possíveis distrações era bastante curta.

— Você sabe que vou acabar descobrindo — Kooib-s disse.

— Descobrindo o quê? — Sabé era nova naquele jogo em particular, mas estava muito acostumada a manter o rosto neutro.

— O que é que você quer? — Kooib-s perguntou. — Por que está tão interessada no Senado o tempo todo?

— Gosto de saber o que se passa no governo — Sabé respondeu entre dentes cerrados. — Sou uma cidadã engajada.

— É claro que é — Kooib-s zombou. — E eu sou uma dançarina na Ópera das Galáxias.

Sabé olhou para ela de cima a baixo.

— Você poderia ser.

— Nossa, Tsabin! — Kooib-s reagiu, colocando a mão sobre aquilo que Sabé presumiu ser o centro de seu sistema cardiopulmonar. A jornalista riu. — É melhor deixar o flerte para Tonra. Ele é muito melhor nisso.

— Isso não é particularmente reconfortante — Sabé disse.

— Você só precisa vê-lo em ação — Kooib-s afirmou, sorrindo. — Não sou a única que se encaixaria muito bem na ópera.

Ela jogou seu caf no chão debaixo da mesa, para a consternação dos droides de serviço, e depois saiu. Sabé pagou a conta, mas ficou um pouco mais tomando sua xícara, embora já estivesse fria.

Ela precisava encontrar um novo contato. Se Kooib-s os estava investigando, mesmo que apenas para mantê-los atentos, ela poderia chegar perto demais de seu real propósito. Sabé não gostaria de perder Kooib-s, mas era melhor fazer um jogo seguro. Ninguém podia saber que o maior interesse de Sabé no governo era a Senadora Amidala. De agora em diante, eles apenas usariam Kooib-s Guvar se tivessem exaurido todas as outras opções.

O droide estava flutuando perto dela, claramente esperando que Sabé se levantasse e liberasse a mesa, então ela fez exatamente isso. Segurou a porta aberta para um pequeno garoto de cabelos e olhos escuros que equilibrava uma grande bandeja de entrega nas mãos. Ele olhou brevemente para ela e depois para seu punho, onde Sabé usava o comunicador que a conectava com Tonra. Era um equipamento caro que ela havia tentado fazer parecer mais barato, mas o garoto claramente não se deixou enganar. Ele olhou novamente nos olhos de Sabé e ela apertou os lábios.

— Perdão, madame — ele disse, abaixando-se sob o braço dela e saindo apressado pela rua.

Sabé o observou por um tempo, fazendo uma anotação mental para modificar o comunicador assim que possível, depois voltou para o apartamento que ela e Tonra haviam alugado. Ela usou o pequeno banheiro, apanhou um saco de frutas durang secas na cozinha e se trancou no closet de seu quarto. Escaneou o apartamento em busca de dispositivos de escuta e depois ativou o sinal que chamaria a atenção de Padmé, ou de Versé, se Padmé não estivesse em casa.

— Sabé? — o holograma de Versé apareceu na sua frente.

— Preciso falar com Padmé quando ela chegar em casa — Sabé disse. — É importante demais para combinar um horário, então vou ficar esperando.

— Pode levar horas — Versé observou.

— Eu trouxe comida — Sabé mostrou a ela.

— Certo. Vou avisá-la.

O holograma foi desativado, lançando o closet na escuridão. Sabé se espreguiçou o melhor que podia e se ajeitou para esperar.

Padmé chegou em casa querendo nada além de conversar com pessoas em que ela confiava. Seu encontro com Mon Mothma se tornava cada vez mais inquietante conforme ela pensava sobre aquilo, e seu enigmático chá com a Senadora Bonteri apenas a deixou ainda mais paranoica. Ela mal havia tirado seu vestido senatorial e colocado sua túnica de descanso verde-clara quando Versé entrou.

— Sabé quer falar com você — Versé avisou. Vendo que Dormé e Cordé estavam ocupadas guardando o vestido no armário, ela começou a desfazer o cabelo de Padmé. — Ela disse que esperaria ao lado do transmissor em vez de combinar um horário.

Padmé suspirou.

— Faz quanto tempo? — ela perguntou.

— Um pouco mais de duas horas — Versé respondeu. — Ela tinha comida.

— Não espere por mim para jantar — pediu Padmé. — Só mantenha algo quente.

— Certo — Versé confirmou. — E você também recebeu isto.

"Isto" era um hologravador descartável, do tipo que podia ser programado para reproduzir uma mensagem e armazená-la, mas não tinha capacidade para transmitir. Padmé o ativou e se surpreendeu quando um pequeno holograma de Mon Mothma apareceu em sua mão.

— Senadora Amidala — o holograma começou —, eu gostaria de convidá-la, junto com suas três damas de companhia, e quantos guardas achar necessário, para um evento de gala que darei na próxima semana.

— Nós três? — Cordé questionou, mas depois ficou em silêncio quando a mensagem continuou.

Padmé ouviu os detalhes e passou o dispositivo para Dormé, que os anotaria na agenda.

— Vou conversar com Sabé primeiro, depois lidamos com isso — ela disse.

As três se curvaram e depois a deixaram sozinha. Padmé tirou de sua mesa o transmissor que estava conectado com o apartamento de Sabé e o ligou.

— Quais são as novidades? — disse quando a figura de Sabé apareceu.

— A Senadora Mon Mothma vai dar um baile de gala — Sabé informou.

— Eu sei. Acabei de receber o convite. É para mim, as três damas de companhia e alguns guardas.

— Quanta generosidade — Sabé ironizou. — Minhas fontes acham que Mothma vai usar o baile de gala como disfarce para ter conversas privadas com senadores alinhados a ela, apesar de não saberem em qual assunto eles se alinham.

— Ela não pode fazer isso em público — salientou Padmé. — A não ser que tenha uma...

— Distração — Sabé completou.

— E que melhor distração do que a Senadora Amidala — Padmé disse. Não foi uma pergunta.

— Você vai? — Sabé perguntou.

— Eu tenho que ir. E eles estarão esperando por três damas de companhia, então colocar uma no meu lugar seria arriscado demais. Todas elas já passaram um tempo no edifício do Senado como apoio visível para a persona da senadora. "Padmé" não tem o anonimato que costumava ter, principalmente se alguém estiver contando as damas de companhia.

Padmé bateu com os dedos na superfície de sua penteadeira, sua mente vasculhando as possibilidades.

— Não posso ser o foco da atenção da festa — ela finalmente disse. — Tenho que ouvir o que eles estarão conversando. Preciso ver pessoalmente. O tom de voz e a linguagem corporal, não apenas um relato de como foi. Tive uma conversa muito estranha com Mon Mothma hoje, e uma ainda mais estranha com Mina Bonteri depois. As duas queriam conversar sobre minha lealdade com a República, mas acho que existe algo maior em jogo, e preciso saber o que é.

— Quantos guardas você pode levar? — Sabé perguntou. A imagem tremeluziu e Padmé percebeu que ela estava anotando tudo.

— Quantos eu achar necessário — Padmé respondeu, usando as palavras do convite. — Tenho um grupo de seis, como é padrão, mas nunca uso todos ao mesmo tempo.

— Eu poderia ir junto como um dos guardas — Sabé declarou. — E depois poderíamos trocar de lugar quando garantirmos a segurança.

— Você quer fazer uma troca durante a festa, num local desconhecido? — Padmé esclareceu. — Faz muito tempo que não fazemos isso.

— Temos uma semana para nos preparar — Sabé disse. — Isso é aproximadamente cento e sessenta e sete horas a mais do que tivemos para nos preparar para a invasão de Naboo.

— Você acha que consegue aprender tudo sobre o Senado nesse tempo? — Padmé perguntou. — Você vai precisar dormir em algum momento.

— Eu consigo — garantiu Sabé. — Eu era a melhor como sua dublê porque eu era a melhor imitando você. Mesmo se eu não souber todos os detalhes, posso falar as coisas que você falaria.

— Eu ainda me sentiria mais confortável se você ficasse aqui por uma semana para que pudéssemos prepará-la — Padmé pediu. — Tonra ficará bem sozinho?

— Sim — Sabé respondeu. — Ele não vai ficar contente, mas vai ficar bem.

— Acho que Typho e Mariek também não vão ficar contentes — Padmé disse. — Considerando que Panás nos treinou especificamente com a manobra da dublê em mente, eles ficam muito ansiosos quando a usamos.

— Ao menos dessa vez você vai contar para eles — Sabé observou. — Isso vai fazer com que se sintam melhores.

— Espero que esteja certa — Padmé disse. — Versé transmitirá os detalhes de como vamos trazê-la para a residência logo que tivermos um plano. Você não precisa ficar esperando do lado do transmissor.

— Ótimo. É um pouco apertado aqui neste closet e posso ouvir Tonra andando do lado de fora. Acho que ele está começando a ficar nervoso.

— Vá contar o plano para ele — Padmé declarou. — Entraremos em contato.

Sabé assentiu, e então sua imagem piscou e desapareceu. Padmé tomou um momento para se recompor. Ela olhou para o espelho e percebeu que Versé havia retirado todas as presilhas, mas não teve tempo de desenrolar seu cabelo. Parecia bizarra e imaginou por que Sabé não dissera nada. Padmé levou alguns momentos para consertar a bagunça e depois prendeu seu cabelo em uma trança simples caindo sobre as costas. Ela vestiu um par de sapatos macios e saiu em busca do jantar.

As outras já estavam na metade de suas pimentas Rodianas recheadas quando ela chegou na mesa, e Cordé tirou a cobertura do prato que elas mantiveram quente para Padmé.

— O que Sabé queria? — Mariek perguntou.

Padmé repassou os detalhes das informações sobre a festa e o plano que elas criaram.

— Três damas de companhia, três guardas — Mariek disse. — Vai ficar muito bem quando os jornais publicarem fotos de nós. Teremos que usar a versão completa do uniforme de Naboo com o chapéu para que o rosto de Padmé fique obscurecido.

— Essa é sua única objeção? — Typho perguntou.

— É claro que não — Mariek respondeu. — Mas elas já decidiram que farão isso, e dessa vez elas nos contaram, então vou oferecer apenas críticas construtivas.

— Obrigada, capitã — Padmé agradeceu.

— Olhe pelo lado bom, Typho — Dormé argumentou. Ela pousou a mão sobre o braço do sargento. — A senadora vestirá uma armadura que repele tiros de blaster, e você estará de pé ao lado dela por quase toda a noite.

— Até ela fugir de mim para ouvir seja lá o que quer ouvir — Typho disse. — Mas a armadura me deixa contente.

— Prometo ficar perto de você o máximo que eu conseguir — Padmé afirmou. Ela sorriu travessamente. — Mas imagino que você vai nos dar um espaço para trocarmos de roupa.

Ele ficou corado.

— Como vamos fazer para Sabé entrar na festa? — indagou Dormé, graciosamente retomando o assunto.

— Será que uma simples troca não funcionaria melhor? — Cordé perguntou. — Quer dizer, e se um dos seus guardas saísse, encontrasse Sabé em algum lugar, e então Sabé voltasse no lugar dele?

— Concordo — Mariek disse. — Não pode ser no apartamento, obviamente, mas tenho certeza de que encontraremos algum lugar.

— Quem você vai enviar? — Padmé perguntou.

— Corin — Typho respondeu. — Ele é o único baixo o bastante.

— Vou alterar um uniforme para que caiba em você e Sabé — declarou Dormé. — E começar a escolher o que Amidala vestirá. Será preciso um vestido elaborado para justificar um ornamento de cabeça e a maquiagem que vamos precisar. E precisarei me certificar que o conjunto de maquiagem pode ser transportado para eu poder reaplicar durante a festa.

— Duas vezes — Typho observou. — Talvez seja preciso trocá-las de volta durante a festa.

— Como nos velhos tempos — Mariek disse com um sorriso. — E muito mais fácil quando o planeta não está prestes a ser invadido por Neimoidianos assassinos.

— Isso facilita um pouco — Padmé disse. — Versé, quero que você descubra o máximo que puder sobre o local da festa. Precisamos saber que tipo de segurança interna vamos encontrar. Se você precisar enviar alguém para ver pessoalmente, envie o Tonra.

Com isso, Padmé finalmente começou a comer sua pimenta. Versé vinha mexendo com a programação do droide cozinheiro outra vez. Aquela pimenta estava significativamente mais ardida do que as tentativas anteriores, enquanto Versé tentava compensar o código base Coruscanti do droide. Ela sorriu, com a boca ainda cheia, e Versé respondeu também com um largo sorriso. As outras terminaram suas refeições e Padmé as dispensou para suas tarefas. Logo estava sozinha, embora Typho não tivesse se distanciado mais do que a porta.

Sua vergonha secreta era o quanto ela gostava da manobra das dublês. Era perigoso, usada apenas quando elas absolutamente precisavam. Elas realizaram versões modificadas da manobra várias vezes desde que chegaram em Coruscant, mas fizeram apenas uma troca de verdade — com Padmé e a dublê presentes — naquela vez quando o droide NON deu defeito — um defeito ainda não explicado, apesar de todos saberem da afinidade da Federação de Comércio com droides. Agora elas fariam de novo, para saciar a curiosidade e a ambição política de Padmé, e mesmo tendo certeza de que era a coisa certa a fazer, Padmé não sabia se podia confiar no próprio julgamento. O plano colocava Sabé, de quem ela gostava profundamente, em perigo. Tantas coisas podiam dar errado; elas podiam estragar tudo de mil maneiras diferentes e o dano seria irreparável.

E ela *adorava* aquilo.

Adorava a excitação de ver alguém falando com Sabé pensando que era Amidala. Adorava a maneira como as pessoas simplesmente olhavam através dela, Padmé Naberrie, como se não fosse nada. Adorava tomar aquele vazio e usá-lo para seus objetivos. E, sim, era para sua segurança e, sim, suas intenções eram tão nobres quanto foram em Naboo. Ela ainda se lembrava de como olhara para o Capitão Panás sobre a cabeça de Sio Bibble e ele assentira indicando que era o momento.

Nós somos corajosas, Vossa Alteza.

Elas todas eram corajosas. Era assim que as damas de companhia eram escolhidas, ou ao menos era um forte aspecto disso. Era por isso que Saché tinha cicatrizes por todo o corpo: porque elas eram corajosas. Padmé nunca se permitiria esquecer, nunca se permitiria diminuir o que suas amigas fizeram por ela porque elas confiavam em Padmé e acreditavam que o que ela fazia era correto. Elas ficaram ao lado de sua rainha e agora também estavam ao seu lado, e Padmé faria qualquer coisa que pudesse para ter certeza de que era digna de sua lealdade.

Ela procurou seu pingente no pescoço, esquecendo por um momento que não o usava mais. Havia dado a Sabé como um presente, duas garotas em um planeta observando o céu acima se encher de naves que as cercavam. Fora um gesto infantil, embora não menos genuíno por sua inocência, e um dos últimos gestos desse tipo que havia feito. A Federação de Comércio se encarregara disso. Sabé havia tentado devolver o colar depois da Batalha de Naboo, como Padmé havia proposto, mas quando o momento chegou, Padmé mudou de ideia e disse para Sabé ficar com ele como um agradecimento de um planeta que nunca iria reconhecer completamente o que ela havia feito.

Agora Padmé usava um presente diferente, um que era pessoal e não tinha nada a ver com o povo de Naboo. Era feito à mão, como são os melhores presentes, e significava sorte e lembrança. Padmé não gostava de contar com a sorte e raramente precisava de ajuda para se lembrar de qualquer coisa, mas ajudava ter algo para focar seus pensamentos.

Padmé terminou o resto de seu jantar, apesar de já ter esfriado. Ela checou para saber se Typho estava bem, e quando ele assentiu, foi até a janela e permitiu a si mesma se perder no brilho das luzes.

CAPÍTULO 13

A Senadora Amidala usava um vestido tão profundamente vermelho que quase se tornava preto. As mangas eram longas, quase se arrastando no chão quando ela andava, e o colarinho ornamentado tinha centenas de pontos dourados costurados no tecido. Seu cabelo estava preso em dezenas de tranças, cada uma enrolada firmemente e presa na parte de trás da cabeça. Daí se erguiam três círculos de metal entrelaçados, sobre os quais fios iridescentes foram trançados em uma teia que brilhava suavemente. Quando ela se virava e a luz batia nas dobras do tecido, tons escarlate e carmesim cintilavam por dentro, mas se você a olhasse rapidamente, não perceberia nada disso.

Ninguém olhava rapidamente para a Senadora Amidala.

Quando ela e sua comitiva começaram a descer os largos degraus da escadaria, todas as cabeças se voltaram na direção delas. Padmé respirou fundo. Se iriam olhar, então seria nos seus termos. Ela se certificou de atingir todos os holofotes no ângulo certo, movendo-se lentamente enquanto a pesada saia sibilava ao redor de seus pés. A saia não atrapalhava muito seus movimentos — o design de Naboo era o melhor possível —, mas parecia que atrapalhava, e a aparência apenas a deixava mais poderosa naquele momento.

Ela encontrou Mon Mothma na multidão. Um sorriso de satisfação apareceu no rosto da senadora de Chandrila quando todas as câmeras nos jardins se voltaram para monitorar a entrada de Padmé.

Vou mostrar a vocês, Padmé pensou. *Vou mostrar o que podemos fazer juntas.*

Elas foram conduzidas por um dos assessores de Mon Mothma — que discretamente as escaneou durante o processo — até uma mesa à vista de todos os terraços, onde elas poderiam se arrumar antes de se juntarem aos convidados da festa. Versé ficou encarregada do pedido das bebidas de cada uma. Ela retornou depois de alguns momentos com um pequeno droide atrás dela, um droide que prontamente derramou uma taça de vinho Toniray sobre a barra do vestido de Amidala. A senadora se retirou para um toalete com duas de suas damas de companhia e um guarda, mas não antes de oferecer uma graciosa dispensa ao alarmado droide de protocolo que apareceu para ver o que se passava. Versé já havia reprogramado o droide garçom e o enviado de volta.

Dormé havia feito um trabalho incrível e já tinha feito isso duas vezes naquela noite. Ela praticara em Cordé por uma semana, reduzindo o tempo que levava para aplicar a maquiagem e construir o penteado, até conseguir fazer tudo sozinha em menos de dez minutos. Quando ela, Padmé e Sabé se trancaram no toalete depois de checar a segurança, Dormé poderia fazer toda a troca enquanto dormia.

— Você é um pouco assustadora — Typho sussurrara em seu ouvido quando a senadora, a dama de companhia e o guarda reapareceram e voltaram a se juntar à mesa.

— Eu sei — Dormé disse. — Essa é uma das razões para você gostar tanto de mim.

O baile de gala acontecia em um dos jardins públicos dos níveis superiores de Coruscant. De dia, o espaço era um mercado de alta classe, com um saguão central circular e largos degraus se erguendo em três lados. Os jardins ficavam nesses níveis, cada um suportando um bioma diferente. As lojas que geralmente se alinhavam pelas passarelas foram escondidas, e em seus lugares havia confortáveis cadeiras, mesas com comes e bebes, e os residentes mais bem conectados que Coruscant poderia oferecer.

A Senadora Amidala era um alvo popular para qualquer um com uma câmera, mas Sabé notou que muitos senadores também a procuravam para cumprimentá-la. Ela agradeceu pelas sessões de estudo intensivo com Padmé. Ela conhecia a maioria de seus nomes dos relatórios que leu, mas associar os rostos era totalmente novo.

— Senadora Amidala, que ótimo encontrá-la — veio uma voz à sua direita.

Sabé se virou, uma operação nada fácil com aquele vestido, e percebeu que elas estavam prestes a encarar seu primeiro teste real naquela noite. Ela esperava que Padmé tivesse baixado o chapéu sobre o rosto.

— Senador Farr — Sabé falou com o tom modificado que Padmé havia desenvolvido para Amidala usar em funções sociais. Era muito mais flexível do que a antiga voz da rainha. A afeição que agora carregava suas palavras não era fingida: ela também gostava do senador Rodiano que era um dos amigos mais antigos de Padmé.

Onaconda Farr estava resplandecente vestindo um terno azul brilhante que fazia seus olhos faiscarem ainda mais do que o normal sob a luz daquela noite. Ele sorria, ao menos à maneira dos Rodianos, e já segurava uma taça na mão esquerda.

— É muito bom poder finalmente vê-la, minha querida — Farr disse. Ele se aproximou um passo a mais do que Sabé consideraria uma distância segura, mas como um velho amigo, ele tinha o direito. — Eu esperava encontrá-la antes, mas imagino que você quis se estabelecer sozinha primeiro?

— Sim — Sabé disse. As damas de companhia e guardas se posicionaram na lateral da passarela para permitir que os outros pudessem passar enquanto os senadores conversavam. Padmé permaneceu atrás, junto com Typho. — Fico contente por você entender. Já é difícil o bastante ser uma novata, e por mais agradecida que eu fique com sua orientação e mentoria, não gostaria de ser vista como dependente das conexões de meu pai, entre outras coisas.

— De fato — Farr concordou. — É uma escolha inteligente, mesmo que nós dois gostaríamos que fosse diferente. Eu era, é claro, muito próximo de Valorum. Mas você está se saindo bem?

— Sim — Sabé respondeu. — Estou começando a me sentir em casa.

Sabé era a melhor dublê por várias razões, e a principal era o fato de que podia dizer verdades como Amidala que carregavam convicção porque eram verdades também para ela própria. Ela *estava* se sentindo em casa em Coruscant. Era um trabalho complicado e estressante, mas ela estava encontrando seu ritmo. Até mesmo estar ali naquela noite como Amidala fazia parte de sua atuação, e ela se sentiu completa pela primeira vez desde que pisara em Tatooine.

— Excelente — Farr disse. — Por favor, não hesite em me chamar, se assim desejar. Certamente já passamos do período de suspeição e não precisamos mais nos evitar. A essa altura, todos saberão que você é independente, ou então nunca saberão.

Alguém chamou seu nome em outro nível, e o Rodiano educadamente se despediu e se retirou. Sabé ouviu Dormé exalar fundo, mas ninguém mais teve qualquer reação.

Elas continuaram a cumprimentar os convidados. Amidala cumprimentou a Senadora Bonteri e o Senador Clovis, esse último também invadindo a definição de Sabé de distância segura. Cordé também chegou mais perto, desviando um pouco da atenção dele, mas Sabé relaxou apenas quando ele se retirou. Padmé teria problemas com aquele garoto se não tivesse cuidado. É claro, Sabé também tinha certeza de que Padmé podia tomar conta de si própria. Era mais provável que Clovis tivesse problemas com ela.

Havia câmeras por toda a parte, como sugeria a análise de Versé. Além dos droides e da segurança que fazia parte do parque, Mon Mothma incluíra suas próprias medidas. Vários dos senadores e todos os holojornalistas haviam trazido droides pessoais. Padmé deixara R2-D2 para trás, decidindo que não era um bom momento para fazer sua primeira aparição pública. As damas de companhia também eram guardas pessoais, mesmo que quase ninguém soubesse disso, e suas memórias eram quase tão eficientes quanto a do pequeno astromec.

Finalmente, Sabé encontrou um banco largo o bastante para ela se sentar com seu vestido. Elas haviam decidido que fazia mais sentido que Amidala ficasse parada, mas o lugar onde originalmente haviam se acomodado era perto demais da entrada para ser prático. As pessoas viriam até ela e formariam uma multidão, e essa multidão chamaria mais atenção. Também providenciaria cobertura para quando dois dos guardas se retirassem para caminhar. Sabé se virou e estendeu os braços para que Dormé e Versé a ajudassem a se sentar sem esmagar o vestido, e então ela se instalou, como se estivesse no trono de Naboo, exceto que dessa vez ela era muito mais o centro das atenções do que fora como dublê da governante.

Dormé e Versé se sentaram ao seu lado enquanto Cordé permaneceu de pé — supostamente para ir buscar qualquer coisa que precisassem — e Mariek tomou seu lugar do outro lado, de pé em uma postura de descanso. Padmé e Typho se moveram atrás do banco, deixando que o cabelo e o colarinho de Amidala obscurecessem suas presenças.

Mon Mothma apareceu, com sua própria comitiva vindo atrás. Duas ou três holocâmeras desceram até uma distância onde podiam escutar o encontro.

— Senadora Amidala — Mon Mothma cumprimentou. — É muito bom ver todas vocês aqui ao mesmo tempo. Há muita discussão sobre suas companheiras, como tenho certeza de que você sabe.

Essa era a deixa para Dormé. Ela se levantou e se curvou para a senadora.

— Espero que possamos responder qualquer pergunta sobre nosso serviço para a senadora, a República e nosso próprio planeta natal de Naboo — ela disse. — É uma oportunidade maravilhosa para nós, e nossa primeira chance de aparecer em público desde que chegamos com a Senadora Amidala.

— Obrigada por nos incluir no convite, senadora — Cordé agradeceu. Ela também se curvou.

— É claro — Mon Mothma disse. — Vocês precisam me desculpar. Como anfitriã, tenho de receber a todos, e parece que realmente todos apareceram.

— Vai ser um prazer conversar com você mais tarde, senadora — Amidala declarou. — Depois que cumprir suas obrigações.

Mon Mothma se retirou, e ainda mais droides cinegrafistas se juntaram ao redor de onde Amidala estava sentada. Sabé sentiu um movimento atrás dela e entendeu que Typho e Padmé estavam saindo. Silenciosamente, ela lhes desejou sorte, e então concentrou toda sua atenção e charme no campo de batalha à sua frente.

Vestir calças era um alívio incrível. Padmé acompanhava facilmente o ritmo do Sargento Typho, os dois se movendo fluidamente pelos níveis lotados enquanto analisavam onde teriam o melhor ponto de vista. Ninguém abria caminho, como fariam para Amidala, mas Padmé não precisava que ninguém fizesse isso. Era muito mais confortável dobrar esquinas sem precisar de alguém para manter sua integridade física.

— Já tinha me esquecido do quanto o treinamento do Capitão Panás funcionava para os dois lados — Typho disse através do comunicador instalado no chapéu cerimonial de seu uniforme. — Passamos tanto tempo treinando para as damas de companhia interpretarem você que esquecemos quantas pessoas você consegue interpretar.

— Isso provavelmente fazia parte do plano — Padmé respondeu. — Sinto falta dele, sabe? Vocês são excelentes, e confio plenamente em vocês. Mas, mesmo assim. O seu tio era uma pessoa única.

— Imagino que não foi fácil para você perder o capitão e as outras damas de companhia — Typho disse. — Sei que foi por razões completamente diferentes, mas é uma perda mesmo assim, e você precisou seguir com uma equipe de apoio totalmente nova.

— Sempre senti que estava tirando o Capitão Panás de sua família. Ele se concentrava tanto em mim, no trono, que nunca fazia mais nada — Padmé disse.

— Ele sempre foi assim — Typho observou. — Mariek me disse que a obsessão dele com a sua segurança foi a melhor coisa que poderia ter acontecido porque deu a ele algo para trabalhar. Mesmo com o jeito como terminou.

— Eu tento dar espaço para sua família, mas você sabe que se precisar de alguma coisa, você pode pedir, não é?

— Eu sei — Typho disse. — E Mariek e Versé também sabem. E acho que Quarsh também, em algum nível. Acho que vai melhorar depois que o canhão de íons estiver pronto e todos nós tivermos um tempo para nos ajustar.

— Tem sido desafiador para todos nós, mudar a equipe da rainha para a equipe da senadora — Padmé confessou. — Mas acho que estamos nos saindo bem.

— Concordo — Typho disse. — Agora, já que eu tecnicamente sou seu superior no momento, por que você não faz uma varredura no bioma do deserto enquanto eu subo um nível para fazer a varredura da floresta? Deixe seu comunicador aberto.

— Vou ter de limpar o uniforme de Corin depois — Padmé lamentou, suspirando. Parecia que ela sempre acabava lidando com uma bagunça quando se disfarçava. Ao menos, limpar o uniforme seria mais fácil do que esfregar marcas de carbono de um droide.

Typho sorriu para ela e começou a subir para o nível da floresta. Padmé seguiu para o bioma do deserto, admirando quão bem projetados eram os jardins: até o ar era mais seco. Ela andou com passos decididos entre arranjos de cactos e grupos de convidados, procurando visualmente por Mon Mothma o mais casualmente que conseguia.

— Eu a encontrei — Typho anunciou no comunicador. — Nível da floresta, terceira seção.

— Cobertura? — Padmé perguntou, voltando para a escadaria que acabara de usar e começando sua subida.

— A maioria arbustos pequenos, mas tem algumas árvores maiores — ele relatou.

— Estou a caminho — Padmé disse. — Veja se consegue encontrar um bom lugar para se esconder.

— Já estou procurando — afirmou Typho. — Ela está com Organa e seu amigo Farr, e mais alguns que não consigo ver claramente.

— Bonteri? — Padmé perguntou. Ela alcançou o nível da floresta e começou a se mover no meio da vegetação em vez de usar a passarela.

— Não que eu possa ver — Typho disse. — Acho que eles escolheram este nível porque as holocâmeras teriam que ficar diretamente em cima deles para gravarem. Eu mal consigo enxergar qualquer coisa.

— Como está o som? — Padmé perguntou. Sua respiração estava um pouco acelerada por ter atravessado o bioma rapidamente, embora tenha pulado um tronco sem dificuldade. Ela pensou que deveria provavelmente acrescentar algum tipo de exercício físico e treinamento de segurança em sua rotina diária, mesmo que apenas para se manter no nível dos seus guardas.

— Muito bom — ele disse. — Você já está aqui?

— Bem atrás de você — Padmé respondeu, ainda um pouco ofegante. Para seu crédito, Typho não se assustou.

Eles se moveram em silêncio por um momento, tentando encontrar um bom ponto de vista, mas a cobertura das árvores era eficiente demais para bloquear a visão.

— Isso não vai funcionar — Padmé disse. — A razão de fazermos tudo isso — ela fez um gesto mostrando seu disfarce — é podermos *vê-los*. — Ela olhou para cima com uma expressão contemplativa no rosto. — Você consegue me aguentar em seus ombros?

— Consigo até você agarrar aqueles galhos — ele respondeu. — Venha, vou te dar um impulso.

Ele juntou as mãos e se preparou para apoiar o peso. Ela pisou em suas mãos e subiu, usando o tronco da árvore para se equilibrar, até ficar de pé sobre os ombros dele.

— Um pouco para sua esquerda — ela disse.

Typho deu dois passos para sua esquerda e Padmé esticou o braço na direção do galho. Ela o apanhou e ergueu seu corpo. Quando estava pronta, se apoiou no tronco outra vez e olhou para baixo na direção de onde os senadores estavam agrupados. Daquele ponto de vista, ela tinha uma visão clara do grupo. Padmé vasculhou a área ao seu redor em busca de câmeras ou medidas de segurança, e quando não encontrou nada, voltou a atenção para o chão.

— Só não tenho certeza de que podemos confiar nela — Farr estava dizendo.

Padmé se sentiu um pouco magoada. Ela pensava que pelo menos o velho amigo de seu pai confiaria nela.

— Ela está recebendo transmissões fortemente criptografadas vindas de fora do planeta, e ela não menciona essas transmissões — Farr continuou.

Padmé franziu o rosto, confusa por um momento. Ela não estava recebendo nenhuma transmissão que não fosse de Sabé, e apesar de Sabé estar usando um sinal criptografado, ela não fez tentativa nenhuma de disfarçar o fato de que as transmissões vinham de Coruscant.

— Ela está tentando recrutar a Senadora Amidala para seja lá o que estiver fazendo — Organa disse.

De repente, tudo fez sentido para Padmé. Eles não estavam falando sobre ela, estavam discutindo a Senadora Bonteri.

— E devemos deixá-la? — Mon Mothma perguntou. — Pode facilitar o convencimento da Senadora Amidala.

— Acho que você não deveria subestimá-la — Organa disse. — Ela não vai permitir que você a use, e é esperta demais para não perceber o que você estará fazendo se tentar.

— Ela é leal? — Mon Mothma perguntou. — Naboo é leal?

— Eu acho que ela é — respondeu Farr. — Acho que Naboo também é. Eles seguirão o que ela determinar.

— Acho que podemos arriscar perguntar a ela diretamente — Organa disse. — Hoje, se conseguirmos separá-la de sua comitiva.

Padmé sentiu um frio na barriga.

— Ah, não — ela sussurrou.

— O que foi? — Typho perguntou.

— Estou descendo — ela disse.

— Devagar, não pule — Typho ordenou, embora saltar fosse mais rápido. — O chão é muito irregular para aterrissar bem.

— Você está conectado com Mariek? — Padmé perguntou enquanto descia.

— Não neste canal. — Typho ergueu as mãos para guiar os pés dela de volta para seus ombros e grunhiu quando o peso dela se apoiou nele. — Mas posso trocar. Por quê?

— Diga a ela para pedir que Dormé e Sabé me encontrem no toalete — Padmé disse. — O Senador Organa quer ter uma conversa séria com Amidala, e ele não pode ter com Sabé pelo mesmo motivo que Sabé não poderia subir nesta árvore. Eles vão confiar em *mim*, então precisam ter a conversa comigo.

Padmé se apoiou no tronco da árvore e deslizou pelas costas de Typho da maneira mais graciosa que podia naquela pressa, ou seja, não muito. Ela não ficou lá para ouvir Typho transmitindo a mensagem, mas se dirigiu para a escadaria com a pressa mais casual que conseguia. Um guarda apressado chamaria atenção e ela precisava evitar isso agora mais do que nunca. Padmé desceu os degraus, passou pelo bioma do deserto e voltou para a escadaria circular no centro do jardim. No meio da descida, ficou presa atrás de um grupo de Ithorianos vagarosos que se recusavam a dar passagem, mesmo depois de notarem sua presença. Ela precisou de quase cinco minutos para educadamente abrir caminho entre eles, e nesse ponto tinha certeza de que Organa estaria na dianteira.

Finalmente, terminou a descida. Padmé viu Dormé e Sabé se dirigindo para o toalete e arriscou olhar do outro lado do saguão para a escadaria que o Senador Organa provavelmente usaria para descer. Ele não estava lá, então ela se aproximou e começou a acompanhar Amidala à sua direita. Elas estavam quase lá.

O Senador Organa apareceu em uma entrada completamente diferente, bem em frente a elas. Ele tentou iniciar uma conversa com Amidala, mas rapidamente percebeu para onde ela se dirigia e abriu caminho para deixá-la passar. Ele deu um passo à esquerda, não longe o bastante para abrir espaço para sua guarda, e olhou diretamente no rosto de Padmé.

Ele parou.

Ela não.

Padmé se desviou dele e seguiu Sabé pelos últimos passos até o toalete. Antes de a porta se fechar, ela ouviu uma leve risada.

CAPÍTULO 14

A Senadora Amidala deu uma volta completa no jardim das águas enlaçada no braço do Senador Organa. Eles observaram as elegantes piscinas, cada uma flutuando em diferentes níveis por intrincados campos repulsores. Eles admiraram as flores que cresciam na superfície de um lago que brilhava com uma suave luz púrpura. Depois se demoraram sob uma árvore que tinha bolhas em vez de folhas e ouviram o leve som das bolhas se soltando e flutuando na direção do nível seguinte. Estranhamente, não pareciam incomodados com as holocâmeras, principalmente graças ao bloqueador de sinal que o Senador Organa usava em seu cinto, escondido entre as dobras de sua capa.

E enquanto andavam, eles discutiam muitas coisas.

— Você está em seleta companhia, senador — Padmé disse a ele. Eles pararam para deixar um grupo maior passar. Vários deram boa noite ao Senador Organa, mas ninguém se demorou. — Apenas algumas pessoas sabem até onde minhas guarda-costas mais leais podem chegar, e apenas uma outra pessoa já descobriu isso por conta própria enquanto estávamos no meio de uma manobra.

— Foi pura sorte, eu diria — ele respondeu. — Se eu não a tivesse flagrado naquele exato momento, sob aquela luz e com aquela expressão no rosto, não teria me ocorrido.

— Geralmente consigo controlar minha expressão muito melhor — Padmé admitiu tristemente. — Estávamos em uma posição mais delicada do que o normal, apesar de que, dessa vez, a única coisa em jogo era meu orgulho profissional.

— Quem é a outra pessoa? — Organa perguntou.

— Seu nome era Qui-Gon Jinn, um Jedi — Padmé disse. Como sempre, um sentimento de tristeza quase arrebatadora ameaçou tomá-la quando pensou nele. Qui-Gon fora paciente e compreensivo com ela, nunca pedindo mais do que estava disposta a ceder, e ele dera tudo de si no final. — Ele morreu defendendo Naboo durante a batalha pelo planeta contra a Federação de Comércio. Os Jedi fizeram um memorial para ele lá, e nós o honramos como um herói.

— Sinto muito por sua perda, mas devo admitir que gosto de saber que estou em excelente companhia — Organa disse. Ele fez uma pausa, claramente considerando como formular sua próxima pergunta. — A sua vida realmente é tão perigosa para ser necessário medidas tão extremas, ou isso é algum tipo de paranoia?

— Um pouco dos dois, eu acho — Padmé respondeu. Ela sabia que foi a paranoia que fez Panás abraçar a velha tradição tão ferozmente, mas o sucesso do plano era inegável. — Mas sempre que penso que estou apenas sendo paranoica, algo acontece.

— Como o quê? — Organa perguntou.

— Você se lembra de como nos conhecemos, senador? — Padmé perguntou. — Na segunda vez?

Organa riu.

— Você entrou na porta errada do edifício do Senado — ele observou. — E quase acabou incinerada.

— Nós fomos enviadas para lá, senador — Padmé disse. Ela vinha falando com seu próprio tom de conversa, mas caiu na voz de Amidala quando tocou em um assunto tão sério. — Minha unidade NON foi programada para nos levar até lá naquela hora. Na verdade, você falou com Cordé. Eu era a dama de companhia e você nem olhou para mim, mas isso é bastante comum. De qualquer modo, toda aquela situação foi um atentado contra minha vida.

— Você diz isso com uma calma impressionante — Organa comentou.

— Não foi uma tentativa particularmente bem-sucedida — Padmé disse a ele. — E não foi a primeira.

— Olha, isso só me deixaria menos calmo — Organa disse. — Mas agora entendo a necessidade de uma segurança tão intensa. Todos os senadores e políticos levam vidas complicadas, mas a sua parece determinada a superar o resto de nós.

— Você estraga os planos comerciais de uma conspiração galáctica e eles guardam rancor para sempre — Padmé disse sarcasticamente.

— Você custou a eles uma quantia inconcebível de dinheiro — Organa afirmou. — *Antes* de começarem a pagar os honorários advocatícios de Nute Gunray.

— Às vezes isso faz me sentir um pouco melhor — Padmé disse. — Como você acabou estando lá naquele dia?

— Você suspeitou das minhas intenções? — Organa questionou. Ele não parecia ofendido.

— Confiei em você desde aquele dia no jardim do Senado — Padmé confessou. — Mas emprego pessoas altamente treinadas cujo trabalho é suspeitar de senadores estranhos que eu encontro em corredores escuros.

— Eu estava deixando o prédio e vi seu transporte descendo os limites de segurança — ele disse. — Eu me perguntei por que sua unidade NON não a avisou, mas quando se tornou óbvio que você não daria meia-volta, eu a segui. Não podia chamar o seu comunicador porque não sabia seu canal privado, então a intervenção direta era a única opção.

— Isso certamente vai fazer a Capitã Mariek se sentir melhor em relação a você — Padmé disse. — Agora, creio que você tinha algumas perguntas para mim?

— No Senado, a lealdade é algo sutil e sempre em mudança — Organa afirmou. — Mas existem certos limites.

— Como atacar um planeta soberano e mantê-lo como refém? — Padmé perguntou. — Não, espera, isso é aceitável, desde que possa pagar seus aliados para votarem a seu favor.

— A lealdade à República é imprescindível — Organa disse. Ele conseguiu não fazer aquilo soar condescendente, o que Padmé apreciou. — Lealdade à democracia.

— E se a democracia não retornar o favor? — Padmé perguntou.

— Então você precisa restaurar o processo democrático — Organa disse. — Sei que o Senado não se mexeu rápido o bastante para Naboo, mas a nomeação para chanceler do seu senador parou todas as discussões sobre todos os assuntos, com exceção daquela eleição. Você consegue trabalhar através dos canais oficiais.

— E o que faz você pensar que eu não vou? — Padmé perguntou.

— Suas ações como rainha de Naboo — Organa respondeu. — As suas ações agora. Você fica de fora de quase todos os comitês e não faz parte de nenhuma facção.

— Minha escolha de aliados me manteve viva em mais de uma ocasião, Senador Organa. Levo muito a sério a entrada em alguma facção — Padmé disse. — E para ser inteiramente honesta, estou fortemente considerando a sua, acontece que achei que vocês não me aceitariam.

— Nós a aceitamos agora — Organa informou. — Minha palavra carrega muito peso e Mon ficará grata pela distração de hoje quando souber que você a forneceu deliberadamente. Entre nós dois e o Senador Farr, você receberá uma posição.

Ela não duvidou dele nem por um momento.

— Não vou espionar a Senadora Bonteri — Padmé declarou. — E não vou desistir de minha amizade com ela. Admito que também estou curiosa sobre as atividades dela, mas não vou repassá-las a você, a menos que eu considere que a situação exija.

— Nós ficamos satisfeitos com isso — Organa disse. — Só peço que seja sempre você conversando conosco, nunca uma de suas dublês.

— Isso é justo — Padmé assentiu. — Nós apenas tomamos nossas medidas de segurança hoje porque Mon Mothma me convidou aqui para servir como distração para a sua conversa. Não havia perigo, eu simplesmente precisava estar livre para me movimentar.

— Imagino que você esteja prestes a se tornar muito menos interessante para as redes de notícias — Organa declarou. — Mon Mothma pode ter alguns contatos para ajudá-la a se livrar deles.

— Mesmo aquelas que pertencem a subsidiárias da Federação de Comércio? — Padmé perguntou. Quatro anos como senadora não poderiam dar a Mon Mothma tanta influência.

Organa olhou para ela, surpreso.

— Você para alguma hora para dormir? — ele perguntou.

— É claro — Padmé respondeu. Ela não revelaria todos os seus segredos.

— Ela vai tirá-los do seu rastro — Organa disse. — Até mesmo a Federação de Comércio toma cuidado quando se trata de Chandrila.

— Fico satisfeita em saber — Padmé afirmou, embora se perguntasse qual seria o preço daquilo e quem pagaria. — Você me acompanha de volta para meus guardas? Dormé prendeu meu cabelo com muita pressa e bem apertado. Estou começando a ficar com dor de cabeça.

— Estou surpreso por você conseguir se mexer vestindo tudo isso — Organa disse.

— Anos de prática — ela respondeu. — Além disso, você tem o bloqueador de sinais sob sua capa. Imagine o tipo de tecnologia que posso esconder se precisar.

Elas não ficaram lá por muito mais tempo depois que Organa devolveu Padmé aos outros. Mon Mothma falou brevemente com ela, prometendo uma atualização em breve, e lhe agradeceu por ser uma distração tão excelente para as redes de notícias. Padmé apertou sua mão e fez seu melhor para não notar o pequeno sorriso do Senador Organa.

Sabé as deixou na porta para os jardins, mas Padmé conseguiu falar com ela brevemente antes de desaparecer.

— Obrigada, minha amiga — ela agradeceu. — Acho que esta foi a última vez que chamei você para se passar por mim.

— Foi quase divertido dessa vez — Sabé disse. — A falta de um perigo mortal me possibilitou curtir um pouco estar no comando.

— Só estou feliz por tudo ter dado certo — Padmé declarou. — Tire alguns dias para descansar, se você precisar. Espero que tudo fique mais tranquilo agora que Mon Mothma me tomou sob sua asa.

— Farei isso — Sabé disse.

Ela beijou Padmé no rosto e desapareceu no vibrante fluxo das luzes noturnas de Coruscant. Padmé se voltou para Typho e o deixou conduzi-la para o transporte.

— Obrigada a todas — ela disse, relaxando na companhia de suas amigas. — Agora, vamos para casa.

⚜

Na volta para o apartamento, Sabé sentia como se todos os seus nervos estivessem vibrando. Era sempre assim quando uma troca finalmente acabava. Ela conseguia manter a calma desde que estivesse atuando como a dublê, independentemente do que estivesse em jogo. Mas no momento em que ficava livre para ser ela própria outra vez, todas as suas emoções a atingiam ao mesmo tempo, e isso sempre a deixava inquieta. Sabé também estava com fome, já que não pôde comer nada durante a festa, mas decidiu esperar até chegar em casa antes de parar para comer.

Ela estava em seu alerta máximo, provavelmente se movendo como algum tipo de viciado em stim, e revivendo todas as cenas da festa em sua mente. Ela enganara Onaconda Farr! Que, na verdade, a conhecia e ficou do lado de Padmé. Depois, manteve a compostura diante da constante atenção das câmeras e holojornalistas na maior parte da noite, sem pestanejar. Sabé sentia que podia fazer qualquer coisa, ser qualquer pessoa, ser a Senadora Amidala, ser a rainha de Naboo outra vez. Sua adrenalina subiu e ela pensou que provavelmente era melhor que estivesse voltando para casa. Estava pior do que uma viciada agora e precisava de algo para trazê-la de volta à terra.

O apartamento estava escuro quando a porta se abriu e ela pensou que talvez Tonra estivesse fora. Então notou suas botas, alinhadas ao lado do espaço onde as botas dela ficavam, e percebeu que ele provavelmente já estava na cama. Sabé tirou suas botas o mais silenciosamente que podia e foi até a cozinha na ponta dos pés para ver se encontrava algo para comer. Ela tinha acabado de começar e vasculhar um dos armários quando as luzes se acenderam e teve um sobressalto.

— Tonra! — ela exclamou, virando-se para ele. — Você me assustou.

— Tudo tem sua primeira vez — ele disse. Tonra estava vestido para dormir, sua figura alta encostando-se no batente da porta enquanto olhava para ela. — Você está bem?

— Sim — Sabé respondeu. Ela desistiu de procurar comida de verdade e abriu uma barra de ração. Não era muito saborosa, mas cumpria seu papel rapidamente. — Estou bem, Padmé está bem. Está tudo bem.

— Estou contente em saber — ele disse. — Senti sua falta nessa semana.

Ela não o contatara. Nem uma única vez. Era o procedimento, é claro, mas agora ela desejava que eles tivessem combinado um protocolo para se encontrarem enquanto estava fora. Deve ter sido um inferno para ele esperar e não saber de nada.

— Eu também senti sua falta — ela confessou. — É tão fácil se perder na órbita de Padmé, mas senti falta do trabalho que fazemos aqui.

— Ela já é sua amiga há muito tempo — Tonra disse. — Faz sentido você ficar envolvida nas coisas dela quando a encontra.

— É mais do que isso — Sabé afirmou. Ela terminou a barra de ração e limpou as migalhas das mãos. Nunca era fácil explicar, mesmo para pessoas mais próximas, a ligação que todas as damas de companhia compartilhavam.

— Você a ama — Tonra disse. Sabé congelou.

— É claro que sim — ela concordou. Ela olhou em seus olhos. — É uma relação complicada. Padmé pode me enviar para morrer e eu irei. E ela sabe disso. Nós trabalhamos tão duro para manter um equilíbrio que nunca realmente teremos. Até onde posso ver, ela sempre escolherá Naboo, e eu sempre a escolherei.

— Sinto muito — ele disse.

Sabé não suportava aquela piedade. Mais importante, não precisava dela.

— Mas eu não sinto — ela respondeu. — Sou o braço direito de Padmé Amidala Naberrie e sempre serei, mesmo se algum dia ela decidir seguir seu caminho em algum outro lugar. Eu não trocaria minha relação com ela por nada na galáxia.

— Nem mesmo por alguém que escolheria você? — Tonra perguntou. Ele era uma pessoa grande, mas pareceu menor quando disse aquilo e completamente vulnerável. — Alguém que a amasse, ou ao menos pensasse que ama?

Houve tempo em que Sabé teria dispensado aquele tipo de coisa imediatamente. Tonra nunca fora exatamente reservado sobre seus sentimentos, mas ouvi-lo abrindo-se daquela maneira era algo inteiramente novo. Antes, seu serviço para a rainha dificultava sustentar uma relação exterior. Mas agora era uma situação completamente diferente, mesmo se muitos dos sentimentos dela permanecessem inalterados.

— Bom, mas aí é que está — Sabé pontuou. Ela deu um passo em sua direção. — Eu nunca tenho que escolher entre vocês. A escolha já está feita. Cabe a você decidir se quer fazer parte daquilo que sou.

Sabé nunca foi tão honesta com um potencial parceiro antes, embora Tonra já fosse seu parceiro de várias maneiras que eram muito importantes. Talvez fosse por isso que ela estava sendo tão direta com ele. Ela queria que ele soubesse onde estava se envolvendo, e havia repentinamente decidido que gostaria muito que ele se envolvesse.

Tonra não se moveu, nem mesmo um pouco, então Sabé atravessou a cozinha até onde ele estava, bem ao seu alcance, e esperou que ele se decidisse.

— Bom — ele declarou, finalmente —, acho que gostaria de tentar.

— Ótimo — ela disse.

Então ela fechou as mãos no colarinho da túnica dele, puxou seu rosto perto do dela e o beijou.

A intenção de Sabé era que fosse um tipo de teste, para ver se aquilo realmente daria certo, mas se transformou em algo mais profundo quase que imediatamente. As mãos dele encontraram seu quadril, depois suas costas, e ele a pressionou contra seu peito ao mesmo tempo que ela tentava puxá-lo ainda mais perto do que já estava. A boca dele suavizou e ele se afastou por um momento para respirar e pressionar beijos gentis contra o pescoço dela. Sabé não conseguiu segurar um gemido quando ele beijou bem no meio dos dois lados do colarinho de seu uniforme, e ela sentiu ao mesmo tempo em que ouviu quando ele riu.

A boca dele retornou para a dela, agora mais exigente, e já que Sabé também tinha suas exigências, ela se deixou empurrar na direção do balcão. Quando não podia ir mais adiante, as mãos de Tonra apertaram ao redor dos quadris dela e ele a ergueu até ela sentar na beirada com as pernas enlaçadas no corpo dele.

— Essa altura é muito melhor para você — ele disse.

— Cala a boca — ela retrucou. Mas Tonra estava certo. Daquela altura, era muito mais fácil agarrar a barra da túnica dele e puxá-la sobre sua cabeça.

Ele riu.

— Até onde você estava pensando em seguir no futuro imediato? — ele perguntou. E começou a desabotoar os vários botões que mantinham o uniforme de Sabé no lugar. Ele sabia onde todos estavam, é claro, e sua familiaridade o fez ser altamente eficiente, embora parecesse achar cada novo pedaço de pele exposta uma sublime distração.

Ela parou com as mãos sobre o cinto dele e sorriu.

— Eu aviso se quiser que você pare — ela disse.

Aquela foi a última frase completa que um dos dois disse por um tempo.

PARTE IV

AMIDALA RESPIRA NOVOS ARES APÓS DILEMA DA CONSTRUÇÃO

Após um início um pouco titubeante em sua carreira na política galáctica, a Senadora Padmé Amidala de Naboo parece estar se adaptando. Agora fazendo parte de vários comitês de prestígio, a ex-rainha planetária se tornou uma voz para outros povos, além de seu próprio, de maneira louvável: ajudando-os a construir o próprio teto sobre suas cabeças.

Trabalhando junto com senadores de renome como Mon Mothma de Chandrila e Onaconda Farr de Rodia, a jovem Amidala está ajudando a servir a galáxia ao mesmo tempo que respeita seu planeta natal por meio de seu estilo e vestuário, chamado de "elegante" e "chique tradicional". A Senadora Amidala é o novo rosto de que o Senado precisa.

Qualquer rumor sobre piratas no setor é, até o momento, infundado.

— TriNebulon News

CAPÍTULO 15

Os seis meses seguintes do serviço da Senadora Amidala no Senado Galáctico foram muito mais tranquilos. Seus novos aliados possibilitavam que ela fosse convidada a fazer parte de mais comitês e que as moções que ajudava a escrever recebessem um tempo real de discussão na assembleia. Ela ainda não tinha apresentado nenhuma moção pessoalmente, mas agora que estava trabalhando com pessoas de quem gostava, descobriu que não se importava de agir nos bastidores por enquanto, principalmente porque mais leis que ela apoiava estavam sendo aprovadas.

Padmé não concordava com tudo que Mon Mothma pregava e as duas frequentemente discutiam na privacidade de seus próprios escritórios. A senadora de Chandrila era contrária à violência, o que Padmé admirava, mas tendo que defender seu planeta no passado, ela se encontrava mais aberta a conflitos diretos. Aquele era um assunto que sabia que nem todos em Naboo concordariam. O povo de Naboo se orgulhava de seu pacifismo quase tanto quanto se orgulhava de seu viés artístico, mas a invasão da Federação de Comércio — e a aliança resultante com os Gungans mais militaristas — causara uma leve mudança na política de Naboo. Mon Mothma desaprovava aquilo e nunca deixava passar uma oportunidade para confrontar Padmé sobre o assunto.

— Então devemos armar todos os cargueiros? — Mon Mothma disse ao fim de um debate sobre pirataria nas vias galácticas do hiperespaço.

Ainda não havia um comitê oficial, apesar da previsão de Cordé, mas os piratas eram uma ameaça específica para qualquer legislação sobre transporte. Eles escolhiam seus alvos a dedo e pareciam aceitar riscos além do razoável para atacar qualquer comboio com materiais de construção, comida ou outras necessidades práticas. Eles não tinham superioridade numérica para realizar os ataques que faziam, mas atacavam mesmo assim. Padmé começava a suspeitar de toda essa história, mas ainda não estava confiante para expor essas suspeitas fora de uma reunião de comitê.

— Se você se lembra — Padmé disse friamente —, minha proposta era proteger alvos de alta prioridade com naves de ataque da República.

Ela sabia que Mon Mothma estava apresentando um argumento extremo, mas na frente de testemunhas e conselheiros em quem ela confiava, era um luxo poder argumentar com mais veemência do que a assembleia do Senado permitia.

— E quando os piratas se organizarem em forças ainda maiores? — Mon Mothma perguntou.

— Talvez então possamos apanhá-los de vez — Padmé disse. — Do jeito que está, seus ataques menores são muito difíceis de rastrear, mesmo para droides-sonda. Se eles se reunirem, poderá ser mais fácil para nós rastreá-los.

— O risco é muito grande... — Mon Mothma começou a dizer, mas o Senador Organa a interrompeu.

— Acho que estamos fugindo um pouco do assunto — ele observou.— Se vocês se lembram, estamos discutindo como poderíamos melhor incorporar a oferta de reservas de combustível de Malastare para facilitar o envio de permacreto para Coyerti.

Eles voltaram para uma discussão menos acirrada e Padmé pensou, não pela primeira vez, ter detectado um leve sorriso no rosto de Mon Mothma. Isso não seria surpresa. Diferente das terríveis discussões sobre o canhão de íons em Naboo, Padmé gostava daqueles debates. Discutir com alguém que quase concordava com ela na maioria dos assuntos ajudava a aperfeiçoar sua argumentação e ela estava aprendendo bastante. Padmé descobrira que as posições de Mon Mothma eram extremas no início das conversas e quase sempre se moviam para o centro quando chegavam a um acordo. Era uma habilidade útil que Padmé sabia que precisava dominar.

Mas não era fácil. Ela tinha dificuldade em transformar seus debates em hipóteses acadêmicas em vez de assuntos reais que afetavam as pessoas. Ela não gostava de falar uma coisa querendo dizer outra, mesmo como um meio para chegar a algum acordo.

— Não acho que isso seja algo ruim — Onaconda Farr dissera a ela.

Foi um raro momento de vulnerabilidade de Padmé, quando confessara suas inseguranças para o amigo de sua família, não para seu colega senador. Ele foi esperto o bastante para entender isso e a aconselhou de acordo.

— Você não é nem um pouco ingênua — ele continuara. — Ou, no mínimo, você está ciente dos assuntos em que é ingênua, o que é mais do que posso dizer sobre mim mesmo, com certeza. Ser uma pessoa honesta e boa não a torna uma senadora pior. Você encontrará seu equilíbrio.

— E se eu não encontrar rápido o bastante? — Padmé perguntou.

— Você tem bastante tempo — ele disse, mas aquele era o único ponto em que Padmé não tinha certeza de que ele estava certo.

De acordo com Sabé, a opinião pública sobre Padmé estava melhorando. Ninguém em Coruscant realmente se importava com o Senado ou os procedimentos senatoriais, mas eles liam as redes de notícias e Amidala ainda aparecia nelas com alguma regularidade. Mas o tom havia mudado. Antes, menosprezavam seu estilo elaborado de se vestir dizendo que era excentricidade de uma jovem aristocrata, agora falavam disso como honra à tradição e adaptação dos costumes de Naboo durante sua estadia na capital. Eles já não usavam sua personalidade para atacá-la. Era frustrante, porque as redes de notícias estavam relatando os mesmos assuntos de antes — só que agora de um ângulo diferente.

— Bom — Sabé disse —, ao menos fica mais fácil para todas nós com Mon Mothma no comando da situação.

— É tão inútil! — Padmé argumentou. — As redes de notícia deveriam ser imparciais, não controladas por investidores tendenciosos, mas elas controlam a opinião pública de todo mundo e manipulam a verdade. E se Mon Mothma e eu rompermos nossa aliança? Nós voltaríamos para onde começamos, apesar de que acho que ela não seria tão mesquinha quanto Nute Gunray.

— As redes precisam ganhar dinheiro de alguma forma — Sabé disse. — Você poderia trabalhar para controlar as notícias se quisesse, mas acho que nós duas sabemos que você tem outros planos.

Era um ponto difícil. A moção do Chanceler Palpatine para aumentar o trabalho da República contra a escravidão passou vários meses sem ser levada ao plenário, apesar das promessas do chanceler de que estava trabalhando para isso. Quando finalmente foi apresentada, a moção era tão leve que Padmé sabia que não serviria para nada. E então não recebeu votos suficientes e desapareceu de volta ao comitê. Padmé continuou acompanhando os desenvolvimentos, mas ficou de fora do comitê como Palpatine havia pedido.

— Naboo não pode ser vista como envolvida demais, minha querida — ele havia reiterado quando ela pediu outra vez para se juntar ao comitê depois do voto fracassado. — É o preço que pagamos por termos um chanceler e uma senadora. Estou fazendo meu melhor para representar sua voz porque sei o quanto isso significa para você, mas se nossa parceria em um assunto tão potencialmente radical se tornar de conhecimento público, temo que apenas surgirão mais obstáculos em nosso caminho.

Ela não concordara com ele inteiramente, mas respeitava sua posição e confiava nele o suficiente para obedecer, ao menos por ora. Mas não parou de pensar nisso e frequentemente fazia anotações sobre o assunto para o dia em que pudesse discursar em público.

Mesmo com essas pedras no caminho, Padmé se estabelecera bem entre os vários dignitários do Senado. O Senador Clovis ainda aparecia em seu escritório — sempre de surpresa, para a frustração incessante de Mariek — para conversar com ela, mas eles não tinham nada em comum em suas operações diárias. Ele seguia os interesses do Clã Bancário e ela não conseguia dizer se ele tinha interesses próprios, ou se as prioridades de Scipio diferiam das prioridades do Clã.

— Ele é muito inteligente — disse a Cordé em uma tarde depois de Clovis ir embora. Mariek o acompanhara até a saída e retornara, resmungando sobre ser educado e avisar com antecedência. — Mas não sei se ele algum dia agirá com independência.

— Nem todo mundo tem seu estilo de comunicação — Cordé observou. — Alguém precisa acompanhar os votos, ou haveria ainda mais gritaria no Senado do que já existe.

— Talvez — Padmé ponderou. Certamente, um senador teria pouca utilidade se apenas acompanhasse os votos. Até mesmo o representante da Federação de Comércio, Lott Dod — que quase certamente era um fantoche de Nute Gunray —, usava sua posição para discursar de vez em quando, apesar de Padmé não confiar nem um pouco no Neimoidiano.

Mesmo assim, quando a sessão terminou e os vários senadores se preparavam para retornar a seus planetas para o recesso parlamentar, Padmé pôde olhar para suas conquistas desde sua chegada em Coruscant com alguma medida de orgulho. Como senadora, ela não tinha as conexões e influência que Palpatine tinha, mas estava a caminho de conquistá-las.

Padmé ajudou Dormé a terminar de arrumar aquilo que levariam de volta para Naboo, empilhando as malas em uma plataforma flutuante para R2-D2 conduzir até o vestíbulo, onde Cordé supervisionava a embarcação da carga. Era um trabalho calmante, dobrar roupas e embrulhar joias. Ela sentia falta de trabalhar com suas mãos, algo que todas as pessoas de Naboo eram treinadas desde o nascimento para fazer e apreciar.

Era a única coisa que ainda a incomodava, apesar de tudo estar indo bem em Coruscant. Mesmo sendo senadora por apenas oito meses, ela se via caindo na persona da Senadora Amidala com muito, muito mais determinação do que jamais teve como rainha. Quando era rainha, ela sabia que seu tempo chegaria ao fim e que algum dia Padmé Naberrie retornaria para a população em geral e teria de construir uma vida para si mesma. Agora ela percebia que a Senadora Amidala poderia ser quem ela era para sempre. Não havia limites para o mandato dos senadores e Padmé sabia que ela era boa no trabalho que fazia. Mas sentia o cargo lhe pesando. Sempre que precisava comprometer seus ideais. Sempre que mentia por omissão para o bem maior. Ela não sabia se esse era o tipo de futuro que desejava, construindo coisas com palavras em vez de ações ou materiais físicos.

Ela sentia que aquela Amidala era outro papel em que estava atuando. Como sempre, estava feliz por servir e sentia — de forma um pouco egoísta — um grande prazer nas vitórias que ajudava a conquistar na assembleia do Senado. Mas sabia que havia outras coisas a conquistar e, pela primeira vez em sua vida, começava a querer isso. Ela não sabia quantas novas identidades ainda lhe restavam.

Não era nenhuma invasão de computadores que lhe permitia se reinventar de cidadã para princesa, para rainha, para senadora; apenas força de vontade. Aquele recesso era exatamente o que ela precisava. Era hora de visitar sua família, conversar com a rainha e considerar seu futuro com muita, muita seriedade.

Seu comunicador tocou assim que Dormé terminou de arrumar as roupas e Padmé a dispensou para aceitar a ligação em particular. Ela ativou o holograma e o Senador Organa apareceu diante dela.

— Senadora Amidala — ele disse —, ainda bem que a encontrei antes que partisse.

— Aconteceu alguma emergência? — ela perguntou. Padmé tentou afogar a pontada de ressentimento que sentiu diante da ideia de que teria de ficar. Afinal de contas, era seu trabalho.

— Não, nada desse tipo — ele respondeu. — Minha esposa, a rainha de Alderaan, pede desculpas pelo convite tardio, mas queria que eu perguntasse se você consideraria nos visitar por um tempo antes de retornar a Naboo. Ela sabe que fica fora do seu caminho, mas você e suas companheiras seriam muito bem-vindas.

— Eu ficaria honrada — Padmé disse. Ela caiu na formalidade diante da palavra *rainha*, por força do hábito. — Você poderia me dar um tempo para conversar sobre isso com meu pessoal? Eles passaram muito tempo longe de casa e eu não gostaria de atrasá-los.

— É claro — o Senador Organa disse. — Eu viajarei apenas amanhã.

Eles se despediram e Organa desconectou. Antes que Padmé pudesse se levantar para sair, outra mensagem veio, com um código que ela não podia ignorar. Ela respirou fundo antes de atender.

— Chanceler Palpatine — ela começou. — Espero não ter feito você esperar. Eu estava em outra ligação.

— Imagine, minha querida — ele disse. — Sempre tenho tempo para você.

Aquilo era claramente falso, já que havia vários aspectos do trabalho do chanceler que o deixavam incomunicável por horas, mas ela agradeceu a intenção.

— Como posso ajudá-lo, chanceler? — Padmé perguntou.

— Gostaria que você repassasse alguns comentários meus para a Rainha Réillata — ele disse. — Quando retornar para casa.

— Será um prazer — Padmé afirmou. — Mas passaremos uma semana em Alderaan antes de seguirmos para Naboo, então talvez seja melhor você enviar uma mensagem em separado.

Palpatine geralmente exibia um ar de desinteresse quando falava via holograma. Padmé suspeitava que era porque havia um constante fluxo de informação circulando em seu escritório e sua atenção estava sempre dividida. Mas quando ouviu o comentário dela, seu foco se concentrou sobre Padmé completamente, e ela sentiu que estava suprimindo um arrepio.

— Não sabia que você havia se aproximado tanto de Bail Organa para visitá-lo em casa — ele declarou.

— O convite veio da rainha — Padmé explicou, embora não soubesse por que isso importava. — Ela deseja conversar comigo como ex-monarca, não como senadora.

— Entendo — Palpatine disse. Padmé quase podia ver os cálculos acontecendo em sua mente, embora não soubesse dizer o que exatamente calculavam. — Então vou enviar minha mensagem para a Rainha Réillata pessoalmente — ele continuou. — Mas, por favor, repasse meus cumprimentos para seus pais e sua irmã quando finalmente retornar.

— É claro — Padmé assentiu.

A imagem do chanceler desapareceu sem mais nenhuma palavra. Padmé permitiu a si mesma um momento de pura raiva egoísta, sentindo a emoção fervendo através de seu sangue. Ela não podia ajudar as pessoas escravizadas com dinheiro e não podia ajudar com política. Essas eram suas duas maiores áreas de influência, e ela tinha tão pouco poder que o chanceler nem mesmo se despediu propriamente. Ela sentiu um breve lampejo de desespero, o mais próximo que já chegou de desistir. E então desligou o comunicador.

Padmé respirou fundo e seguiu para a sala de jantar. Havia grandes janelas com vista para a cidade, mas hoje o céu estava tão nublado que era difícil ver muita coisa além das vias de tráfego de sempre. Ela fez uma chamada geral no comunicador, pedindo que as damas de companhia e os guardas se juntassem a ela quando pudessem. A maioria apareceu quase imediatamente, embora Cordé tenha se atrasado por causa de sua tarefa na plataforma de embarque.

— Nós fomos convidados para Alderaan — Padmé disse logo de início. — Todos nós, por um breve tempo antes de seguirmos para casa. Eu queria consultar vocês, porque sei que estão ansiosos para o feriado tanto quanto eu e não quero separá-los de suas famílias por mais tempo do que for preciso.

Padmé sentiu uma pontada de culpa. Por mais que quisesse aceitar o convite, sua própria irmã tivera uma filha apenas alguns dias antes e Padmé queria muito ver as duas. Ao mesmo tempo, ela não conseguia parar de calcular os benefícios de viajar para Alderaan. Parecia que sempre teria duas mentes quando se tratava de família e trabalho.

— Ficarei contente em levá-la para onde precisar ir — Varbarós disse. — Nunca estive em Alderaan antes.

— Obrigada — Padmé agradeceu. Ela olhou as pessoas ao redor e falou como sua amiga, não sua senadora. — Por favor, sejam honestos sobre o que querem fazer.

Cordé e Dormé trocaram olhares, e Dormé pousou a mão no braço de Typho.

— Nós acompanharemos você, senadora — Typho anunciou. — Capitã, talvez mais um guarda?

— Eu também vou — afirmou Versé antes que sua tia pudesse falar.

Padmé e Mariek olharam uma para a outra. Fazia meses que a capitã de sua guarda não via seu marido.

— Uma visita rápida? — Mariek perguntou.

— Sim — Padmé disse. — Não mais do que uma semana.

— Então, que seja — ela respondeu. — Enviaremos todos os guardas para Naboo no transporte, exceto Typho e eu, e Varbarós pode nos levar e ver o máximo de Alderaan que quiser.

— Obrigada — Padmé declarou. Ela se virou para Cordé. — Podemos reorganizar as malas no caminho? Odeio causar mais trabalho, mas visitaremos uma rainha, então acho que vamos precisar de algumas roupas formais, e sei que elas ficaram no fundo.

— Daremos um jeito — Cordé disse. — Eu fiz uma lista de tudo, então se precisarmos encontrar alguma coisa, R2 vai conseguir encontrar a mala específica rapidamente.

— Excelente — Padmé declarou. — Obrigada por serem flexíveis. O Senador Organa tem me ajudado muito e acho que esse convite é tanto dele quanto de sua esposa. Estou feliz por poder aceitar e sei que isso é porque vocês estão dispostos a me ajudar.

Padmé fez questão de falar com cada um dos guardas individualmente. Depois voltou para seu quarto para ligar para o Senador Organa e informá-lo de sua decisão. Ele passou os planos de viagem de seu piloto e deu a ela o horário de sua partida, depois disse a ela que a veria em breve.

Terminado aquilo, Padmé apanhou o transmissor privado que usava para contatar Sabé e iniciou a chamada.

— Houve uma pequena mudança nos planos — Padmé disse quando o rosto de sua amiga apareceu. — Nada desastroso. Nós fomos convidados para passar alguns dias em Alderaan.

— Pelo senador? — Sabé perguntou.

— Pela rainha, sua esposa — Padmé respondeu. — Mas acho que a ideia foi dele. Não posso imaginar por que ela saberia qualquer coisa sobre mim se ele não contasse.

— Isso muda nosso procedimento? — Sabé e Tonra também estavam voltando para Naboo para o recesso parlamentar, mas haviam planejado viajar por conta própria.

— Estive considerando algumas mudanças para quando a próxima sessão começar — Padmé disse. — Podemos conversar com mais detalhes quando voltarmos a Naboo, mas acho que, se quisesse, você poderia viajar para Alderaan comigo. Você e Tonra.

Houve uma pausa enquanto Sabé considerava aquilo. Padmé sabia que ela era inteligente o bastante para ouvir todas as coisas que não estava dizendo. Coruscant não era tão perigosa quanto esperavam, e talvez os esforços de Sabé seriam melhor utilizados fazendo outra coisa além de posar como Tsabin e perseguir fantasmas e invasores pelas redes de notícias.

— Seria bom voltar a ser eu mesma por um tempo — Sabé declarou. — E acho que Tonra não reclamaria dessa pausa, se puder ser um guarda senatorial outra vez.

— Não sei se vai ser preciso guardar muita coisa — Padmé disse. — Mas sempre fico feliz em poder vê-lo.

Sabé deu um passo para o lado e o próprio Tonra apareceu no holograma. Ele provavelmente já estava de pé ao lado dela. Padmé sabia que de qualquer maneira sua amiga contava tudo que dizia a ele, então seria mesmo mais eficiente que ele simplesmente ouvisse tudo em primeira mão. Aquilo deixava o closet ainda mais apertado, mas eles claramente não se importavam com a proximidade e nem se importavam que ela soubesse.

— Não me importo de fazer essa parada — Tonra disse. — Será que eu poderia usar a nave real para enviar transmissões para minha família no caminho? Não pude me comunicar muito com eles, mas gostaria de avisá-los sobre o adiamento.

— É claro — Padmé afirmou.

Sabé voltou para a imagem e Padmé repassou todas as informações da viagem. Elas decidiram que seria mais fácil se Sabé e Tonra chegassem na residência à noite, depois de escurecer, e então poderiam embarcar no dia seguinte junto com todos. A familiar sensação de paranoia subiu pelas costas de Padmé enquanto faziam os planos, mas ela tentou não prestar muita atenção nisso. Quarsh Panás nunca foi capaz de silenciar essa sensação, mesmo não havendo nenhuma ameaça imediata e, embora sua dedicação tenha salvado vidas, não veio de graça. Ela não queria seguir seu exemplo cegamente.

Quando tudo estava decidido, Padmé se despediu — com um entusiasmo consideravelmente maior do que o normal, já que estariam reunidos em breve — e encerrou a transmissão. Ela notificou os droides de que haveria mais duas pessoas para o jantar e café da manhã e que duas camas adicionais deveriam ser preparadas. Depois, escreveu para seus pais e para a rainha para informá-los de que se atrasaria e a razão para isso.

Dormé apareceu olhando para dentro do quarto.

— Versé vai nos ensinar como trapacear no Sabacc. Você gostaria de participar? — ela perguntou.

— Eu adoraria — Padmé respondeu. Ela já conhecia muito bem as trapaças tradicionais, mas era possível que Versé tivesse aprendido algo novo e, de qualquer maneira, Padmé nunca gostava de negar passar um tempo com suas amigas.

CAPÍTULO 16

ALDERAAN ERA AZUL E verde vista da órbita, com nuvens brancas na estratosfera que obscureciam a vista da terra abaixo. Embora o bioma geral e a composição ecológica fossem semelhantes aos de Naboo, Alderaan não tinha lua e não era possível confundir os dois, mesmo àquela distância. A nave estelar real de Naboo em formato de bumerangue esperava pela liberação da aterrissagem, dando a todos a bordo tempo suficiente para observar o planeta. O mundo girava e a nave passou para seu lado noturno. Agora era mesmo impossível confundir Alderaan com Naboo: as luzes que indicavam centros populacionais não permitiriam.

— Estamos recebendo a liberação para a aterrissagem agora — Varbarós disse para Sabé e todos que estavam ao alcance de sua voz.

Sabé havia passado a maior parte da viagem na cabine, observando a pilota manusear os instrumentos. Ela sabia que Padmé ficaria feliz em vê-la, mas ainda não conhecia as novas damas de companhia muito bem e não queria atrapalhar suas rotinas enquanto se preparavam para uma visita real. Fazia mais de um ano desde que estivera em uma nave classe-J, e ela gostava de ter tempo para voltar a se familiarizar com os controles e com Varbarós.

Ela contava a história de quando resgatou Tonra das garras de sua fonte jornalística Kooib-s Guvar quando a torre de controle da capital de Alderaan finalmente respondeu com a liberação.

Sabé observou Varbarós conduzir a descida com precisão até a plataforma de aterrissagem. Eles aterrissaram ao nascer do sol, o que significava percorrer o lado noturno do planeta e descer logo após a linha que separava o lado iluminado. A plataforma apareceu com muito destaque sob a luz da manhã, mesmo com o sol atrás deles, e Varbarós tocou o solo tão delicadamente que apenas o conhecimento de Sabé sobre a operação da nave indicou que eles não estavam mais voando.

— Obrigada, Varbarós — Sabé disse. — Não se meta em muitos problemas enquanto estivermos no palácio.

— Farei meu melhor — Varbarós afirmou. Ela permaneceria a bordo em seu quarto, embora estivesse livre para visitar as cidades da superfície do planeta se quisesse.

Sabé se vestiu como guarda de Naboo outra vez, tanto por simplicidade quanto por qualquer outra coisa. Ela saiu da cabine em direção à rampa de desembarque e encontrou Tonra, também de uniforme, e Typho. A rampa se estendeu e eles desceram para tomar suas posições na parte de baixo. Enquanto andava, Sabé ouviu a porta se abrir com um silvo atrás dela e soube que Padmé havia chegado.

Padmé desceu com Cordé e Versé de cada lado enquanto Dormé e Mariek vinham logo atrás. As damas de companhia estavam vestidas de azul e cinza, e seus capuzes estavam abaixados como sinal de respeito à monarca do outro planeta. O vestido de Padmé era da cor púrpura, embora Sabé considerasse essa definição uma simplificação da complexidade de cores, já que a saia era feita de dezenas de camadas de tecido, cada uma com um tom diferente. A saia se movia facilmente enquanto ela andava, embora fosse bem mais pesada do que parecia, e não dificultou em nada durante a inclinação. O corpete era apertado e a linha do pescoço estava decorada para combinar com a saia, dando a impressão de que uma bem-comportada nuvem púrpura havia descido sobre os ombros de

Padmé. Seu cabelo estava solto, mas os cachos estavam presos aqui e ali com flores brancas trazidas de uma unidade hidropônica de Coruscant. As damas de companhia podiam estar vestindo mynocks ao redor do pescoço que ninguém olharia duas vezes para elas.

A comitiva que esperava para recebê-los na plataforma não incluía a rainha. Padmé não a esperava, já que ela própria raramente recebia visitantes em qualquer lugar que não fosse a sala do trono quando governava Naboo. Ela sabia que os costumes locais seriam diferentes, mas um pouco de familiaridade ajudava bastante a se sentir confortável ali, e ela agradecia por isso. Afinal de contas, aquela seria uma visita recreativa, não política. Padmé esperava ansiosa por aquele descanso.

Em vez da rainha, era o Senador Organa quem esperava por eles, com um pequeno grupo de guardas ao seu redor. Eles pareciam inteiramente cerimoniais, e sob inspeção mais próxima, Padmé não conseguia nem dizer se carregavam armas. Ela sabia que Alderaan era um planeta pacífico, assim como Chandrila, mas ela esperava ao menos uma pequena demonstração de força.

— Senadora — Organa cumprimentou quando todos já estavam na plataforma. — Bem-vinda a Alderaan.

— Obrigada — Padmé agradeceu. — O seu mundo é muito bonito.

— Vamos — ele disse, sorrindo. — Sei que não viajou apenas para me ver.

— Para ser justa, eu vejo você com alguma frequência — Padmé afirmou, e retribuiu o gesto.

Ele falava com ela como fazia quando se reuniam em seu escritório para discutirem operações do Senado fora do horário de trabalho — casual e relaxado —, e ela retribuiu sua informalidade em igual medida. Padmé não sabia se era apenas sua natureza ou se Alderaan era mais relaxado quanto a esse tipo de coisa. Esperava que uma monarquia hereditária fosse *mais* formal, não menos, mas sabia que logo descobriria quais eram os procedimentos mais comuns. Ela seguiu Organa até seu airspeeder, e Cordé e Mariek a acompanharam. O restante do pessoal seguiria em um veículo separado.

Os speeders viajavam a uma boa velocidade na direção do palácio, mas não tão rápido quanto o tráfego de Coruscant. De fato, o tráfego ao redor do palácio estava bastante leve. Olhando para baixo, Padmé viu que havia largas avenidas alinhadas com árvores e parecia que a maneira mais comum para se locomover era caminhar por aquelas vias. Naquela hora da manhã, muitas pessoas já estavam fora e Padmé podia ver agrupamentos delas, provavelmente parando para uma conversa amigável, de pé ao longo das travessas ou sentadas em algum dos vários pequenos jardins que salpicavam pelo caminho. Isso deixava o céu prazerosamente limpo.

— O tráfego aéreo aumenta quanto mais você se afasta do palácio — Organa disse quando Padmé comentou sobre isso. — Principalmente quando se aproxima das plataformas de embarque de carga. Mas tentamos manter a vista intacta o máximo possível.

— Posso entender a razão — Mariek disse. — É uma vista excelente.

— A vista me lembra um pouco de nossa casa — Cordé declarou. — Só que nossas montanhas são mais gentis e nossa capital é cercada por cachoeiras.

— Eu já vi as imagens — Organa disse. — Naboo também é um lugar adorável, mas acho que todos somos parciais quando se trata de nosso planeta natal.

O airspeeder aterrissou em uma pequena plataforma e todos desembarcaram. O Senador Organa os acompanhou para dentro do palácio através da entrada principal e o grupo seguiu na direção da sala do trono.

Os corredores do palácio de Alderaan eram largos e acolhedores. Nada ali foi construído para intimidar ou dominar. Em uma galáxia onde aqueles com poder frequentemente construíam na vertical, com cada camada cobrindo os pecados da anterior em uma corrida cega para as estrelas, o desenho horizontal do palácio transmitia honestidade e patrimônio e, acima de tudo, liderança e responsabilidade.

Logo eles chegaram diante das grandes portas duplas que se abriam para a própria sala do trono, e lá dentro havia um caminho acarpetado em azul que se estendia na direção de um par de tronos, embora apenas um estivesse ocupado.

— Senadora, acompanhantes — Organa disse —, permitam-me apresentar a rainha de Alderaan, Breha Organa.

O estudo do protocolo que Padmé fez durante a viagem indicava que uma ex-monarca não precisava se curvar para a rainha de Alderaan, mas ela inclinou a cabeça para ser educada. Padmé sabia que atrás dela sua comitiva executaria os protocolos impecavelmente.

— Vossa Majestade — Bail Organa disse com um profundo afeto que fez o coração de Padmé se aquecer —, é uma honra apresentar minha colega do Senado Galáctico da República, representando o sistema soberano de Naboo e seu setor, a Senadora Padmé Amidala.

Padmé deu um passo à frente e Breha a olhou nos olhos pela primeira vez. A rainha de Alderaan era mais velha que Padmé em mais de dez anos, mas tinha uma aparência atemporal que Padmé reconhecia ser o resultado de uma excelente equipe de estilistas. Ela usava um vestido prata e azul de gola alta, com uma larga saia e um corpete reforçado para cobrir os pulmonódulos que Padmé sabia que a mantinham viva. Suas tranças estavam presas acima da cabeça, com a coroa de Alderaan entrelaçada nos próprios fios, e ela usava um véu que descia pelas costas e cobria o restante de seu cabelo escuro.

— Estamos contentes por você poder nos visitar — Breha disse. Sua voz era vibrante e agradável ao ouvido, e ela falava como alguém acostumado a atrair atenção para si. — A política planetária não deixa muito tempo para viagens fora do planeta, então sempre fico feliz em receber os colegas do meu marido aqui.

— Eu me lembro dessas limitações — Padmé disse. Ela deixara seu planeta apenas nas situações mais graves, e mesmo assim sob protesto. — Uma senadora tem mais tempo livre, mas a diferença é apenas reconhecível porque também já vi como é a agenda do seu lado.

— De fato — Breha concordou. — Sei que veio diretamente de sua nave, mas vocês chegaram a tempo de um café da manhã tardio no terraço, e se formos agora mesmo, poderemos ver os últimos momentos do nascer do sol sobre o lago.

Se eles seguissem para seus quartos agora, nunca ficariam sincronizados com o tempo certo. Padmé simplesmente aceitaria o convite e torceria para que o caf de Alderaan fosse bem forte.

— Isso soa maravilhoso — ela disse.

Breha desceu da plataforma e tomou o braço de Padmé. Ela rapidamente a apresentou para alguns de seus ministros e Padmé apresentou Mariek, quase atropelando o nome "Capitã Panás", pois para ambas aquele nome ainda pertencia a outra pessoa. Após uma rápida checagem para ter certeza de que suas saias não ficariam entrelaçadas — ambas eram profissionais —, a rainha os conduziu na direção da porta de trás da sala do trono. Padmé olhou para suas damas de companhia e percebeu que Bail se posicionou para caminhar ao lado de Sabé enquanto Tonra seguia com Typho ao seu lado. Era de se esperar, ela pensou. Não era como se Sabé fosse entregar qualquer segredo da profissão.

Era uma curta caminhada até o terraço, e Breha ainda apontou várias obras de arte que Padmé desejou voltar depois para apreciar melhor. Ela se demorou um pouco em uma escultura de água particularmente intrincada, mas seu estômago traidor emitiu um ronco silencioso.

— Aqui estamos — Breha disse, conduzindo-os até um arco alto e de volta para a luz do sol.

A vista era de tirar o fôlego. Um lago, muito parecido com algo que ela poderia encontrar em Naboo, estendia seus dedos entre diferentes montanhas, com a grama da superfície refletindo o sol, assim como Breha havia prometido. As diferenças com o terreno de Naboo começavam quase que na linha da água, onde os altos picos das montanhas se erguiam no lugar dos montes mais gentis de Naboo. As montanhas eram altas e nevadas, e uma delas estava envolvida em nuvens como aquelas que Padmé havia visto da órbita.

— Aquele é o Pico Appenza — Breha disse. Ela pousou a mão sobre o peito quando falou e Padmé achou que aquele parecia ser um gesto automático. — É a montanha mais famosa de Alderaan.

— É lindo — Padmé afirmou.

— E traiçoeiro. — O Senador Organa chegou mais perto para puxar a cadeira de sua esposa e depois acomodá-la. Seus dedos tocaram os dela por um momento mais longo do que o necessário.

Breha pediu que todos tomassem seus lugares e a comida foi trazida. O caf era, como esperado, bem forte, e Padmé sentiu sua mente clarear um pouco quando as substâncias recarregaram seu cérebro.

— Aquela montanha foi o que me tirou os pulmões e o coração — Breha disse baixinho quando seu marido estava fora do alcance de sua voz e conversando com Sabé e Mariek.

— De tudo que ouvi de você, a montanha não conseguiu o seu coração — Padmé observou.

— Ah, tenho certeza de que já fizeram canções sobre isso — Breha disse. — Como eu dei meu coração para Alderaan. Só que, dessa vez, os poetas estão sendo literais. E um pouco macabros. Apesar de que fui eu mesma quem decidiu não cultivar minha pele de volta.

— Nós todos mostramos nossa dedicação de maneiras diferentes — Padmé disse. — O cargo de rainha de Naboo requer uma certa suspensão da personalidade. Às vezes, sinto que ainda tento suprimir minha individualidade, apesar de, claro, existirem muitas pessoas que diriam que fui pessoal demais em minhas ações como monarca.

— É reconfortante saber que monarcas eleitos e monarcas hereditários compartilham as mesmas críticas — Breha disse. — Quando recusei a cirurgia da minha pele, eles disseram que eu estava sendo muito exibida.

O ministro da cultura, sentado à esquerda de Padmé, estava ficando um pouco verde, então Breha mudou o assunto para poupar seu estômago.

Elas conversaram sobre as complexidades de ser rainha, divertindo-se com os aspectos de seus governos que eram semelhantes e dissecando todas as maneiras como diferiam. O Senador Organa interrompeu em certo ponto para contar a história da primeira vez em que foi apresentado na corte real, e Mariek respondeu contando a dela. Quando todos terminaram de comer e as mesas foram retiradas, Padmé estava ainda mais feliz por ter aceitado a visita.

— Não temos mais nada planejado para o resto do dia, se você e seu pessoal quiserem descansar — Breha disse, recostando-se na cadeira e virando o rosto para o sol de Alderaan. — Teremos concertos e visitas aos museus em Aldera, assim como uma viagem para uma das nossas montanhas mais gentis no decorrer da visita.

Padmé olhou ao redor da mesa e viu Cordé entrelaçar seus dedos sobre o colo, que era o sinal indicando que não haveria problemas se elas se separassem.

— Você poderia mostrar os quartos para quem desejar descansar agora? — Padmé perguntou. — De minha parte, eu gostaria de voltar para algumas das obras de arte que nós passamos. Tenho a sensação de que eu passaria a vida inteira olhando para as obras aqui sem nunca conseguir ver tudo.

— Ficarei feliz em acompanhá-la — Breha avisou. Uma ministra, que Padmé achou que fosse da economia, mas ela parecia muito com a ministra da agricultura, então não tinha certeza, fez um movimento como se fosse protestar, mas acabou desistindo.

Elas voltaram para a escultura de água e Padmé se perdeu enquanto a contemplava. Incorporando forma, estética e som, a escultura era fascinante de todos os ângulos e igualmente interessante quando Padmé fechou os olhos.

— Estive pensando sobre aquilo que você disse sobre a suspensão da personalidade — Breha disse quando Padmé abriu os olhos outra vez. Claramente, ela não quis interromper, mas agora elas voltaram a andar. — É quase o oposto comigo. Ser rainha requer toda a minha personalidade, com ou sem montanha traiçoeira. Talvez essa seja a maior diferença entre nossos estilos de governo.

— Bom — Padmé disse. — Eu não tenho muita influência sobre quem será minha sucessora. Na verdade, sou incentivada a manter o máximo de neutralidade quando estou em público.

Breha riu.

— Você está certa quanto a isso — ela declarou. — Bail e eu temos conversado muito sobre isso. Minha mãe deu à luz a mim, mas meu pai estava presente no planeta por toda sua gravidez e por vários meses depois. Bail não tem esse tipo de flexibilidade, e estamos relutantes em confiar que certos ministros renunciarão ao poder se tivermos que ceder a eles por um breve período.

Padmé se lembrou da ministra da economia — ou agricultura — e concordou com a linha de raciocínio de Breha. Manter um governo, seja herdado ou eleito, era uma questão de equilíbrio, e ceder o poder era muito mais fácil do que tomá-lo de volta. Breha podia confiar que seu marido seria altruísta, mas outros poderiam ceder à tentação.

— O que você vai fazer? — Padmé perguntou.

— Ainda não tomamos essa decisão — Breha respondeu. — Desde que haja continuação do nome Organa, as casas mais antigas aceitarão.

— Minha irmã acabou de ter uma filha, sua primeira — Padmé contou. — Essa foi a única razão para eu hesitar antes de aceitar seu convite. Isso deixou minha mente pensando sobre o futuro de um jeito diferente do que estou acostumada.

— Minha mãe me contou que teve uma mudança semelhante em seu modo de pensar depois que eu nasci — Breha disse. — E imagino que eu também terei, independentemente de como meu filho venha para mim.

— Sola não tem interesse em ter um parceiro — Padmé declarou. — Isso é normal em Naboo. Mas acho que eu gostaria de ter aquilo que meus pais tiveram. Ou uma versão daquilo. Não sei se quero misturar política e família, mas acho que isso depende de muitas coisas.

— Esse é um benefício da monarquia não hereditária — Breha disse, com um sorriso nos olhos. — Seus filhos não estarão ligados à política igual os meus.

Elas pararam por um momento em frente a um quadro mostrando uma paisagem. Era o Pico Appenza, mas as cores eram sombrias e perigosas, e o lago era escuro e frio.

— Venha — chamou Breha. — Se gostou da escultura de água, você precisa ver e ouvir o trabalho com ar da mesma artista.

Padmé deixou a rainha de Alderaan tomar seu braço novamente. Ela seguiu o andar fácil de Breha e foi conduzida para um novo terraço, embora aquele fosse muito mais protegido do que o terraço em que o café da manhã foi servido. A razão ficou imediatamente aparente quando suaves sons alcançaram os ouvidos de Padmé. Antes de perceber a escala total da escultura de ar, ela pôde ouvir sua música gentil, flutuando sob o límpido céu azul matutino e os incessantes ventos de Alderaan.

— Naboo e Alderaan têm muito em comum — Padmé ponderou. — Ambos valorizam muito as artes e o bom governo.

— E ambos são pacifistas — Breha observou. — Apesar de eu ter ouvido falar que Naboo está instalando armamentos defensivos.

— Um canhão de íons — Padmé disse. Nunca houve tentativa para manter isso em segredo. — A Federação de Comércio tem boa memória e uma quantidade aparentemente infinita de droides.

— Acho que seria fácil ficar aqui, em um mundo que não vê conflitos há gerações, e julgar vocês — Breha disse. — Mas não farei isso.

— Naboo não tomou essa decisão facilmente — Padmé confessou. — Perdi um dos meus conselheiros mais queridos porque ele queria medidas mais firmes e eu não as permiti, e meus pais ainda estão furiosos por termos tomado qualquer medida. Mas tínhamos que fazer algo.

— Não sei o que nós faríamos — Breha disse. — Mas devo confessar: já comecei a pensar nisso.

Padmé não pediu mais detalhes. Havia certas coisas que cada planeta — cada governante de planeta — precisava encarar sozinho.

— Meu único conselho é priorizar aquilo que seu planeta mais valoriza — Padmé afirmou. — Para Naboo, era a arte e nossas próprias vidas, então chegamos a um meio-termo. — Ela se lembrou de Quarsh Panás e acrescentou: — Só não fique tão obcecada a ponto de se esquecer de ser flexível.

— Alderaan é um velho planeta, conectado por muitas grandes tradições — Breha disse. — Mas podemos mudar se for preciso.

Padmé não respondeu e as duas permaneceram em silêncio, ouvindo o vento soprar.

CAPÍTULO 17

A SEMANA EM ALDERAAN foi quase um verdadeiro feriado. Não havia perigo e nenhuma agenda, embora ambos os senadores tivessem que separar um tempo para suas correspondências e a rainha precisasse manter o bom funcionamento de seu governo. Mas fora desses horários, uma sensação de ociosidade quase indulgente tomou conta de Sabé e ela não tinha certeza se gostava disso. Sua vida vinha sendo movimentada desde que passara no primeiro dos testes do Capitão Panás tantos anos antes e, no último ano, sua mente estivera quase constantemente trabalhando. Parar tudo aquilo agora era, para dizer o mínimo, inquietante. Em certo ponto, durante um concerto em uma das salas de música de Alderaan, ela entrelaçou os dedos com Tonra por um minuto inteiro antes de ele olhar para ela e ela se lembrar de que estavam em público. Sabé não era particularmente uma criatura reservada por natureza, mas havia cultivado uma certa persona, e romper com isso era muito estranho.

— Você está tentando fazer algo comigo? — Tonra perguntou um pouco mais tarde, apanhando sua mão e a segurando sobre a cabeça dela.

— Não — ela respondeu, depois continuou: — Talvez? Não sei. Não estou constrangida.

— Sei disso — Tonra disse. Ele riu.

— Pare de rir de mim — ela exigiu.

— Você disse que não estava constrangida! — ele disse.

— Bom, mas agora estou! — Ela soltou a mão, se retirou debaixo dele e se sentou à beira da cama.

Os dois estavam no quarto dele porque Sabé estava dividindo o dela com Dormé, mas já que eram todos convidados da rainha, Tonra recebeu uma suíte em virtude de seu posto. Ninguém se deu ao trabalho de corrigir a atribuição de quartos um tanto antiquada feita pelo droide de protocolo que servia como camareiro de Breha. Comparado com o apartamento em Coruscant, era indescritivelmente luxuoso. Tonra deu um pouco de espaço a Sabé. Ele era muito bom nisso, e geralmente ela também era, mas com a diminuição da tensão em todas as outras áreas de sua vida, ela mal sabia como lidar consigo mesma, muito menos com outra pessoa.

— Gosto de você assim — ele disse. — A parte em que você tem emoções e me deixa vê-las imediatamente.

— Não vai durar muito — ela respondeu.

— Eu sei — ele disse. — Mas é possível gostar de uma coisa mesmo sabendo que não vai durar.

Sabé pensou sobre rainhas e tempo de mandatos e processos criminais para déspotas obcecados com dinheiro, e então percebeu que talvez não fosse disso que ele estava falando.

— Vou ficar bem — ele prometeu. — Volte aqui.

— Você tem um timing terrível, capitão — ela disse, deslizando entre os lençóis. — Deveria ter esperado até eu terminar de entender tudo.

— Provavelmente — ele concedeu.

Quando o sol raiou, Sabé estava quase se sentindo como antigamente. Era o último dia em Alderaan. Por causa do horário da viagem e da mecânica orbital, eles partiriam pouco depois do pôr do sol em Alderaan para chegar em Naboo no meio do dia. Estariam cansados, mas isso era normal para viagens interplanetárias e Sabé estava ansiosa para finalmente chegar em casa.

Ela deslizou para fora da cama e se vestiu, depois voltou para seu quarto. Foi até o banheiro e terminou suas preparações para o dia. Sabé selecionara uma longa túnica branca com um largo cinto azul para usar sobre as calças da mesma cor, além de suas botas de sempre. Quando voltou para o quarto, Dormé já havia retornado e já estava vestida com um conjunto de túnicas verdes. Já que não precisava usar o capuz abaixado, ela tomou um pouco mais de tempo com seu cabelo, mas a prática a deixara muito eficiente.

— Padmé gostaria que você tomasse café da manhã com ela — Dormé disse. — Serão apenas vocês duas.

As damas de companhia eram as almas da discrição, o que significava que Sabé e Dormé não tinham muitas fofocas para compartilhar. Ela sentia falta da fácil relação que tinha com suas companheiras, mas respeitava muito Dormé e as outras para criar qualquer caso.

— Obrigada — Sabé agradeceu. — Você precisa de ajuda para arrumar as malas enquanto cuida das coisas da senadora?

— Ficarei bem, obrigada — ela disse. — As túnicas facilitam bastante as viagens.

A mala de viagem de uma dama de companhia geralmente tinha o mesmo tamanho de uma mala que levava apenas um único vestido de Padmé, graças ao estilo único de Naboo, que Sabé conhecia muito bem, mas não custava ser educada e oferecer ajuda.

Ela atravessou o corredor até a suíte onde Padmé estava e bateu à porta. Um droide abriu e deixou Sabé entrar depois de um breve momento de contemplação mecânica.

— Bom dia! — Padmé ainda não estava vestida para o dia, indicando que aquele café da manhã seria bem informal.

— O mesmo para você — Sabé respondeu.

— Entre e sente-se — Padmé disse, indicando a mesa onde duas tigelas fumegantes esperavam.

A suíte de Padmé era maior do que a de Sabé porque incluía uma sala de visitas, que seria onde elas comeriam. Assim como os outros quartos do palácio — e em toda Alderaan, até onde ela sabia —, a decoração era elegante com um estilo minimalista, mas muito bonito. As janelas se abriam para a cidade, mas até mesmo aquela vista era linda.

Sabé se sentou e esperou Padmé fazer o mesmo antes de começar a comer. Padmé salpicou algumas das frutas cítricas da estação em sua tigela, mas Sabé as dispensou quando oferecidas.

— Sei que eu disse que conversaríamos em Naboo — Padmé começou. — Mas achei que aqui poderia ser melhor.

Seria difícil para elas arranjarem uma conversa em particular quando voltassem para casa. Sabé tinha visto a agenda de Padmé e já estava transbordando.

— Você vai voltar para Coruscant? — Sabé perguntou.

— Vou, ao menos para mais uma sessão — Padmé respondeu. — Trabalhando com os senadores Organa e Mon Mothma, pude ver o que é preciso para ser boa nisso. Aprendi que posso me adaptar, mas não sei se quero realmente fazer isso. Eles conseguem reduzir políticas a ideias, e eu acho difícil esquecer das pessoas que serão afetadas. Ao mesmo tempo, também não sei quem Naboo enviaria no meu lugar. A rainha pode pensar que sou a melhor opção, mas não tenho essa certeza.

— Nós sempre podemos roubar a nave — Sabé disse. — Tenho certeza de que podemos convencer Varbarós, e então poderíamos ir para onde quiséssemos.

— Quando fala sério sobre alguma coisa, você sempre começa com a premissa mais ridícula — Padmé retrucou. — Isso tem alguma coisa a ver com o relatório que eu recebo do R2 todas as manhãs sobre você voltando escondida para seu quarto?

— Não estava me escondendo. Aquele droide camareiro até ofereceu para trocarmos de quarto no segundo dia, mas todos já tinham desfeito as malas — Sabé disse. Ela fez uma pausa enquanto pensava e Padmé se preparou para ouvir algo ridículo. — Mas acho que se a gente roubasse mesmo a nave, isso atrapalharia todo o trabalho que você dedicou na sua legislação antipirataria.

Padmé fez uma careta. Ela não havia conseguido formar seu próprio comitê, já que a posição oficial do Senado era que a pirataria não era um problema só. Eles se recusavam a reconhecer o padrão de ataques que indicava a Padmé que o problema era maior do que alguns ataques contra comboios carregando comida ou materiais de construção. Tudo que ela podia fazer era continuar argumentando hipoteticamente com Mon Mothma e torcer para que, quando chegasse a hora de tomar uma ação real, alguém a ouviria.

— Acho que você é a única pessoa em Coruscant que lê todas as notícias do Senado — ela observou.

— Você lê — Sabé disse, como se fosse óbvio. — Então eu também leio.

— Você já desejou que nunca tivéssemos nos conhecido? — Padmé perguntou. Sabé congelou. — Quer dizer, você já desejou nunca ter aceitado a oferta do Capitão Panás e simplesmente ter vivido uma vida privada em Naboo?

Qualquer um que as ouvisse poderia se surpreender com seu tom formal, pensando ser falta de afeto. Na verdade, a própria fundação de sua amizade — sem mencionar sua segurança pessoal em mais de uma ocasião — se abrigava naquela formalidade. Era difícil explicar, principalmente porque elas eram igualmente boas em provocar uma à outra, mas não era menos genuíno só porque observadores achavam aquilo incomum.

— E me tornar a terceira melhor tocadora de hallikset em minha família? — Sabé disse. — Nem por um momento.

— Seus irmãos são famosos — Padmé comentou.

— E eu sempre ficaria à sombra deles — retrucou Sabé. — A sua sombra é muito melhor, acredite em mim.

— Independentemente de quanto tempo eu fique em Coruscant, acho que devemos reconsiderar o seu papel — Padmé continuou, ignorando o comentário.

— Como assim? — Sabé serviu-se de uma xícara de chá e acrescentou mais adoçante do que o normal. Ela achou o chá em Alderaan mais forte do que gostaria.

— Não sei se esse nível de segurança é necessário — Padmé disse. — As redes de notícias recuaram e não houve nenhuma indicação de perigo desde a primeira tentativa, e isso foi há vários meses. Nós podemos pensar em algo para você fazer, mas sinto que eu a enviei para o exílio, primeiro em Tatooine e depois em Coruscant, e você poderia voltar.

— Nós iríamos voltar para Tatooine depois de Coruscant — Sabé a lembrou. — Tonra pode ter mudado de ideia, embora eu duvide, mas eu não mudei.

— Eu me lembro — Padmé disse. Ela fez uma careta como se doesse fisicamente continuar falando. — Mas ainda tenho esperança de que a moção do chanceler terá uma chance melhor na próxima rodada, e se rumores se espalharem de que estou interferindo diretamente em Tatooine, vou acabar exatamente no mesmo lugar: independente demais para qualquer um confiar em mim. Odeio ter de fazer esse tipo de escolha.

— Certamente não invejo você — Sabé disse. — Mas ao mesmo tempo, também acho que você deveria me manter sob disfarce por mais um período, e Tonra comigo. O julgamento de Gunray vai logo terminar e, dependendo do resultado, isso vai mudar as ameaças contra você. Se eu estiver solta, posso manter minhas fontes das redes de notícias, e minhas outras fontes que você não conhece, e descobrir o que se passa.

— Odeio Neimoidianos — Padmé declarou sombriamente, mergulhando a colher na tigela. Era raro que ela visivelmente cedesse a suas emoções, mesmo com Sabé, quando estavam fora do planeta. — E odeio o quanto eu odeio Neimoidianos.

— Eles foram responsáveis por muitas mortes e sofrimento — Sabé disse. — Acho que você tem o direito de odiá-los.

— Eu não deveria generalizar uma espécie inteira — Padmé observou. — Foi esse tipo de pensamento que quase dividiu Naboo ao meio, e mesmo acontecendo há muito tempo, levou uma eternidade para consertar as coisas.

— Não sei por que alguém acharia que não pode confiar em você — Sabé disse. — Você é tão honesta que chega a doer.

— Honestamente, acho que é *exatamente* por isso que eles não confiam em mim — Padmé comentou. — Eles ficam esperando que eu mude de lado.

— A política me cansa — Sabé admitiu. — Nunca foi assim, mas agora acontece. Mas ainda gosto dela, por alguma razão.

— Possivelmente porque estamos próximas demais — Padmé disse, com tanta seriedade que Sabé tinha certeza de que foi uma piada. — Estamos nessa há muito tempo e não há escapatória.

— Agora, quem é que está sendo ridícula? — Sabé perguntou. Ela terminou seu chá e comeu o resto do café da manhã. Aquele momento roubado entre as duas estava quase no fim.

— Você gosta muito dele? — Foi uma pergunta tímida, e não veio da senadora, mas de Padmé Naberrie. — Quer dizer, de Tonra?

— Sim — Sabé disse.

— Você gosta dele o suficiente?

— Não sei — Sabé respondeu. — Nós conversamos sobre isso, então não é como se eu o estivesse enganando. E eu o alertei. Muito. E ele me conhece, conhece a nós duas, há muito tempo.

— Você o está protegendo. — Não foi uma pergunta. Como sempre, elas percorriam o limite de sua peculiar conexão com perfeita simetria.

— Não quero ser insensível — disse Sabé. — Então, de certa forma, também estou me protegendo.

Padmé também terminou seu café da manhã e olhou para a janela. Seria mais um dia glorioso.

— Não sei o que eu faria — Padmé disse. — Protegi meu coração contra tudo por tanto tempo, sempre ciente da dinâmica e do fluxo do poder. Tive a sorte de encontrar tantas pessoas que entendem e me dão esse espaço. Tenho medo de que, se alguém passar pelas barreiras, eu o deixaria entrar e isso seria catastrófico.

— Isso não é um vazamento de reator — Sabé observou.

Padmé nunca falava com ela sobre assuntos do coração, em grande parte, Sabé suspeitava, por respeito à privacidade. Ela se perguntou em quem Padmé estava pensando que a fez tocar no assunto agora, ou se Padmé estava apenas intrigada pela ideia daquilo que imaginava que Sabé estava vivendo. Ela não era do tipo ciumenta, mas sempre foi curiosa, e Sabé raramente fazia qualquer coisa primeiro.

— Talvez você devesse deixar alguém se aproximar um pouco — Sabé sugeriu. — Para ver como vai ser.

— Você acha que isso daria certo? — Padmé perguntou.

— Teria de ser alguém que entendesse você — Sabé respondeu. — O que seria um desafio encontrar, mas se você quisesse, poderia ao menos procurar.

— Talvez eu faça isso. — Padmé revirou os ombros e se desfez da Naberrie. — Você me ajuda a me vestir?

Sabé respirou fundo, completamente confortável.

— Minhas mãos são suas — ela ofereceu.

Era um vestido simples para o último dia, com poucas joias e cabelo tão fácil que Padmé quase poderia ter feito sozinha. Sabé também deixou pronto o vestido de viagem para que Padmé pudesse trocar quando a noite chegasse. Em seguida, Cordé e Versé entraram para fazer as malas. Desta vez, Sabé não saiu. Ela ao mesmo tempo tinha e não tinha um lugar entre as damas de companhia, mas iria aproveitar a proximidade da senadora enquanto podia. Tentava parecer corajosa vivendo naquele apartamento em Coruscant e Tonra sempre foi uma excelente companhia, mas sentia falta de sua amiga e da segurança que Padmé sempre conseguia transmitir. Dormé juntou-se a elas.

— Varbarós disse que a nave está pronta quando você estiver — ela reportou. — Ela aproveitou o tempo para trocar alguns componentes que a vinham irritando nos últimos meses, e ontem deu uma rápida volta ao redor do sistema para checar tudo.

— E seus guardas já prepararam tudo. — Quem disse isso foi Mariek, que havia entrado no quarto sem bater, já que elas nem perceberiam o som no meio da correria.

— Excelente — Padmé disse. — Espero que todas vocês tenham gostado de nosso tempo aqui, mas tenho que admitir que ficarei feliz em ver as cachoeiras de Theed outra vez.

Sabé se despediu e foi terminar de arrumar as próprias malas. A metade de Dormé do armário já estava vazia e Sabé não precisou de muito tempo para arrumar as suas coisas. Ela levou a mala para o corredor e viu a pequena unidade astromec saindo do quarto de Typho, empurrando a mala do sargento em uma plataforma flutuante.

— Ei — ela disse para chamar a atenção do droide. Ele se virou para mirar seus fotorreceptores sobre ela. — Você pode levar a minha mala para a nave também, seu dedo-duro azulado.

O droide emitiu uma sequência de bipes que se traduzia vagamente para "Vale tudo com a programação padrão", e Sabé colocou sua mala em cima da mala de Typho.

— Obrigada — ela disse, porque ainda era educada e também porque o droide havia salvado sua vida uma vez e ajudado a salvar o planeta inteiro em diferentes ocasiões.

O droide soltou um bipe feliz e seguiu seu caminho.

O dia foi tranquilo, com Padmé e Breha passando a maior parte do tempo em uma conversa particular. O Senador Organa procurou Sabé outra vez e ela não se importava com sua companhia. Ele sabia quando parar de falar e quando explicar cada detalhe minucioso da obra de arte que ela apreciava.

— Todos que colocaram os olhos sobre você a subestimaram, não é mesmo? — ele disse. Foi a coisa mais direta que ele disse a ela em toda a semana, mas Sabé já esperava.

— Eu os incentivo a isso — ela respondeu. — Sou pequena. Carrego apenas um único blaster. E geralmente estou vestindo algo muito menos prático do que isso.

Ela fez um gesto mostrando sua túnica e calças.

— A Federação de Comércio tem prioridades horríveis — Organa disse. — Não falo muito sobre isso em Coruscant porque me custaria muito capital político sem uma boa razão, mas aqui posso ser um pouco mais honesto. Não gosto de como eles operam, e sua disposição em usar droides para matar seres sencientes é inquietante.

— Não sei exatamente do que você está falando, senador — Sabé disse a ele.

— Fico contente por Padmé ter você para protegê-la — ele afirmou. — É bom saber que eles a subestimam, se é que são espertos o bastante para entenderem que você existe. Fico contente por ela ter você.

— É minha honra servir — Sabé disse, e ela sabia que ele entendeu.

Ao fim do dia, o último jantar foi feito e o último brinde foi oferecido. Eles observaram o glorioso pôr do sol sobre o lago e o pico nevado da montanha, e então a rainha e seu marido acompanharam a comitiva até a plataforma onde a nave esperava. Varbarós estava de pé no início da rampa para recebê-los a bordo. Suas despedidas foram curtas, mas sinceras, e então a Senadora Amidala se despediu formalmente da Rainha Breha Organa de Alderaan.

— Nós agradecemos novamente por sua recepção e hospitalidade — Padmé disse. A voz senatorial era muito mais acolhedora do que a voz da monarca e Sabé tinha certeza de que desenvolvê-la para situações como aquela havia valido a pena. — Será um prazer continuar trabalhando com você e com o senador do seu mundo para criarmos e preservarmos um legado de paz na galáxia.

— Será um prazer para nós também — a Rainha Breha respondeu. A Senadora Amidala fez uma leve reverência e depois embarcou na nave.

Enquanto a nave subia para a órbita, Sabé sentou-se na cabine da pilota outra vez e observou as estrelas emergindo. Elas anunciavam sua volta para casa, e logo viraram rastros de luzes enquanto a nave voava em seu caminho.

CAPÍTULO 18

As passarelas cobertas que levavam do espaçoporto real de Theed para as portas do palácio nunca foram tão acolhedoras. Cada passo que Padmé dava a levava cada vez mais para um território familiar, e ao olhar para a adorada arquitetura da capital, ela se sentiu melhor do que em meses. Alderaan foi um lugar incrível de visitar, mas não era o seu lugar e ela estava feliz por estar de volta a Naboo. Logo voltaria de verdade para casa.

Mas, primeiro, havia seu encontro com a rainha. Réillata foi muito graciosa em sua resposta quando Padmé a informou da visita a Breha, mas ela sabia que a rainha de Naboo estava ainda mais ansiosa para conversar com ela do que a rainha de Alderaan. Padmé entendia. Sua relação com o então Senador Palpatine e sua sucessora foi calma, com exceção da Invasão de Naboo, mas sempre que retornavam ao planeta, ela estava pronta para ouvir seus relatórios.

Mariek e Typho já haviam começado suas licenças, então foi Tonra quem serviu como escolta oficial até o palácio, embora, claro, a Rainha Réillata também tivesse enviado seus próprios guardas. Versé seguiu com sua tia e Varbarós havia ficado com a nave, como geralmente fazia. Então, a comitiva era menor do que poderia ser, e Padmé não pôde deixar de ter uma sensação de que algo que ela não conseguia descrever estava chegando ao fim.

Finalmente, eles alcançaram a escadaria do palácio, e de lá Padmé podia encontrar a sala do trono até dormindo. Com Cordé e Dormé vindo logo atrás — e Sabé, ainda mais distante na retaguarda —, ela entrou no salão bem iluminado e se curvou diante da mulher que esperava ali.

Depois de meses em Coruscant, a idade de Réillata já não parecia tão estranha para Padmé quanto antes. Conhecer Breha havia ajudado quanto a isso — uma rainha com quase vinte e três anos era jovem para a maioria dos lugares na galáxia. A cultura de Naboo não podia ser completamente mudada tão rápido, é claro, mas Breha deu a Padmé muita perspectiva sobre o assunto. As duas tiveram longas conversas sobre ter experiência e preparação, e embora Padmé ainda não pensasse que o sistema que a produziu fosse totalmente falho, ela agora tinha mais simpatia à ideia de Réillata de ter um segundo mandato mais tarde em sua vida.

— Senadora Amidala — a Rainha Réillata disse —, estamos felizes em recebê-la em casa e ouvir sobre tudo que você realizou. Por favor, venha e tome seu lugar.

Padmé seguiu para a cadeira vazia ao lado direito da rainha, e Dormé e Cordé se posicionaram de cada lado dela. Após um momento de hesitação, Sabé tomou a segunda cadeira à direita da rainha. Juntas, elas ficaram de frente a Sio Bibble do outro lado da sala, e Saché estava sentada ao lado dele. Era quase como nos velhos tempos, exceto que ninguém estava escondendo seu rosto.

— Governador — Padmé disse educadamente para Bibble. Ela se certificou de não falar com qualquer inflexão da voz da Rainha Amidala.

— Senadora, pedi que a Congressista Saché falasse em nome do governo planetário junto com o governador e comigo — a Rainha Réillata disse. — Entendo que a sua conexão com ela possa ser benéfica. Temos muito para discutir, e já que neguei a você uma visita verdadeira a seus pais antes de partir para tomar sua posição no Senado, eu esperava que pudéssemos tratar rapidamente de nossas conversas.

— Obrigada, Vossa Alteza — Padmé agradeceu. Foi um gesto atencioso da parte da rainha.

— Por favor, comece — a Rainha Réillata disse. Ela se inclinou para a frente, dando toda evidência de ser uma ouvinte atenta, e embora Padmé não pudesse ver seus rostos, ela sabia que as damas de companhia da rainha ouviam ainda mais atentamente.

— Preciso admitir, não tive um começo de mandato muito bom como senadora — Padmé confessou. — Havia grandes diferenças que precisei aprender e dominar, e a orientação foi longa e onerosa.

— Eu imaginava que a sua inclusão no programa legislativo júnior pudesse ajudar com isso — Sio Bibble disse.

— Uma pena, mas não. Apesar de ter feito várias das visitas informativas parecerem uma repetição — Padmé ponderou. — De qualquer modo, eu me juntei a vários comitês para melhor me incorporar no corpo governamental, incluindo um presidido pelo Senador Bail Organa de Alderaan. Gosto dele imensamente e o respeito ainda mais, mas minhas motivações iniciais para trabalhar com ele foram um pouco egoístas: ele tinha aliados que eu queria.

Parecia que uma eternidade havia passado desde o primeiro encontro entre os dois, mas no contexto geral de tudo, foi quase nenhum tempo.

— Em todo caso, fui moderadamente bem-sucedida nesse sentido — Padmé continuou. — Em meu primeiro ano de serviço como senadora, eu me posicionei para que minha voz fosse respeitada pelos senadores que controlam facções bem-posicionadas dentro do corpo votante. Tenho esperança de que continuarei trabalhando bem com eles, apesar de não saber se eu seria adequada para liderar uma facção assim, e também não sei como isso serviria aos interesses de Naboo.

A maioria das facções é chefiada por senadores do Núcleo, ou apoiada por ricas corporações.

— Não invejo a sua posição — Saché declarou. — Soa terrivelmente complicado.

— Nem eu — disse a Rainha Réillata. — Mas Naboo agradece o seu serviço.

— Obrigada, Vossa Alteza — Padmé agradeceu. — As moções que ajudei a passar lidam em sua maioria com o armamento de comboios para que possam combater uma onda de piratas atacando sistemas perto de vias do hiperespaço em nossa parte da Orla Média. Esses assuntos não são fáceis de discutir no Senado. Meus colegas são pacifistas, como eu gostaria de ser, ou são a favor da proliferação, e existe muito pouco espaço no centro da questão. Além disso, nossa posição oficial é de que os piratas estão todos agindo de modo independente, o que significa que sempre que lidamos com eles, precisamos de nova legislação.

— Não gosto da ideia de armar ninguém em grande escala — a Rainha Réillata ponderou. — Mas concordo com você quando diz que nossos ideais e nossas práticas nem sempre se alinham. Os Gungans nos salvaram tanto quanto nossos caças N-1, e se realmente fôssemos pacifistas, não teríamos apoiado nenhum dos dois.

— Esse é geralmente o argumento que eu também uso — Padmé disse. — Mas para alguém que não sofreu uma invasão, imagino que seja difícil de entender e eu não desejaria isso para ninguém. Tenho uma ideia, mas vou precisar de algo de Naboo e de seu total apoio.

— Conte-nos, por favor — a rainha pediu. — Se pudermos ajudar, creio que deveríamos. Você concorda, governador?

— Concordo — Sio Bibble assentiu. — Se estiver ao nosso alcance.

— A recuperação de Naboo da invasão da Federação de Comércio foi lenta porque não buscamos muita ajuda externa — Padmé disse. — Na época, decidimos que era o curso mais razoável e sustentável, e o tempo provou que estávamos certos. Entretanto, já nos recuperamos quase totalmente e eu gostaria de começar a usar uma porção de nosso estoque de comida para iniciativas de caridade.

— Quem você está propondo que seja alimentado por nós? — Réillata perguntou.

— Não sabemos muito sobre os piratas que estão atacando naves nas vias do hiperespaço da República — Padmé respondeu. — Mas temos algumas suspeitas sobre onde eles se originam, mesmo tendo abandonado seus planetas. Se concentrarmos o envio de ajuda para esses planetas, talvez menos deles fiquem desesperados o suficiente para recorrer à pirataria, e aqueles que o fizerem estarão menos protegidos.

— A fome foi a causa primária dos conflitos nos campos aqui — Sio Bibble declarou. — As pessoas fizeram todo tipo de coisa que normalmente nunca considerariam porque era a única maneira que podiam pensar para alimentar seus filhos.

— Concordo — Saché disse. — Senadora, nossas plantações logo poderão ficar ainda melhores de como estavam sob seu reinado. Os experimentos de Eirtaé são muito promissores. Ela aumentou a quantidade de alga-azul e as fazendas no sul já estão utilizando sua colheita. Elas quase diminuíram pela metade a estação de crescimento.

— Isso é incrível! — Padmé exclamou. — Ela me escreveu sobre isso, mas de um modo muito técnico, e confesso que eu tinha tanto na minha mente que não fiz as perguntas que deveria ter feito.

A carta de Eirtaé havia chegado na época do atentado contra sua vida e Padmé havia se esquecido inteiramente dela até aquele momento.

— Tenho certeza que Eirtaé não se importará em explicar para você pessoalmente — Saché disse. — Ela já apresentou suas descobertas preliminares para os congressistas, e ela faz isso com sua arte, para que mesmo aqueles que não são especialistas em botânica possam entender.

Era incrível, Padmé pensou, ouvir Saché tão à vontade falando tudo que pensava. Ela nunca foi tímida privadamente, mas parte de seu trabalho envolvia ficar longe dos holofotes. Agora que estava debaixo deles, ela estava prosperando. Padmé nunca a imaginou concorrendo ao cargo de rainha de Naboo, mas agora podia ver isso claramente. Se Saché quisesse, ela teria o apoio total de Padmé.

— Vou pedir aos ministros que calculem os números exatos — Sio Bibble disse. — Mas tenho certeza de que podemos criar um plano que vai satisfazer a Vossa Alteza e dar à senadora um espaço para manobrar.

— Obrigada, governador — Padmé agradeceu.

— O seu nome é Sabé, não é mesmo? — a Rainha Réillata perguntou, falando diretamente com Sabé.

— Sim, Vossa Alteza — Sabé respondeu. Ela não mostrou surpresa pela rainha saber seu nome, mas Padmé sabia por experiência própria quão bom foi seu blefe.

— Você está aqui para falar sobre auxílio ou armamentos? — a rainha perguntou.

— De certa forma — Sabé disse. Ela se inclinou para a frente para entrar no campo de visão de Padmé. — Senadora, com a sua permissão?

— É claro — Padmé afirmou.

— Venho trabalhando como parte da equipe de segurança da senadora em Coruscant — Sabé informou a rainha. — Junto com o Capitão Tonra, estive infiltrada em uma das vizinhanças decadentes da capital, reunindo informações sobre a opinião pública da Senadora Amidala.

— A opinião pública de Coruscant é tão importante para a senadora de Naboo? — a Rainha Réillata perguntou.

— É importante quando envolve um atentado contra a vida da senadora — Sabé disse, sem rodeios.

— A Federação de Comércio de novo não! — Sio Bibble explodiu. Ele mal conseguia controlar suas emoções sobre o assunto, mas Padmé não o culpava. Ele permanecera no planeta quando ela foi buscar ajuda e, ao fazer isso, essencialmente supervisionou um massacre.

— Temos uma razoável certeza de que sim — Sabé afirmou. — Apesar de nossa investigação ainda estar em andamento. Quando perceberam que matar a senadora seria impraticável, eles escolheram assassinar seu caráter. As redes de notícias a evisceraram em todos os assuntos possíveis e, por causa disso, nenhum dos senadores a levavam a sério.

— Imagino que isso foi parte da razão de você precisar do Senador Organa? — a rainha perguntou.

— Foi — Padmé admitiu.

— Houve um declínio de atividades ameaçadoras desde que a Senadora Amidala começou a trabalhar com o Senador Organa e a Senadora Mon Mothma de Chandrila, mas com o quarto julgamento de Nute Gunray chegando ao fim, não posso dizer que o assunto está resolvido — continuou Sabé. — Além disso, não sabemos o que vai mudar quando o julgamento for concluído, independentemente de como terminar.

— Concordo — disse a rainha. — Precisamos fazer o possível para assegurar sua segurança. Senadora, você me acompanha até o terraço?

— É claro, Vossa Alteza — Padmé disse, levantando-se. Todos também se levantaram, com a rainha e suas damas de companhia um segundo depois. — Governador, foi muito bom revê-lo — Padmé declarou.

— De fato, senadora — ele respondeu.

Ele se curvou para a Rainha Réillata e saiu da sala. Saché atravessou até onde Sabé estava e tomou seu braço.

— Venha — ela disse. — Temos muita coisa para atualizar.

Ela parecia tanto com a garota entusiasmada de doze anos que um dia foi, que Padmé quase acreditou que ela não tinha motivações políticas para conversar com Sabé. Elas se curvaram para a rainha e se retiraram.

Padmé foi para o lado da rainha e as duas começaram a caminhada cuidadosa até o terraço. O vestido da rainha era rígido e não era o mais fácil de andar.

— Sinto que você não está ansiosa para retornar a Coruscant — a Rainha Réillata disse quando não havia ninguém para ouvi-las, exceto suas damas de companhia.

— Não desejo me esquivar da minha responsabilidade — Padmé a assegurou. — É que não tenho certeza se sou a pessoa certa para o trabalho.

— Você deu todas as evidências de que é perfeita para o trabalho.

Elas entraram no terraço e Padmé tomou um momento para admirar a beleza de seu próprio sol que ela tanto sentia falta.

— Eu era vista como alguém imprevisível — ela admitiu. — Todos no Senado sabem que pedi a troca do Chanceler Valorum, e quando meu próprio senador foi eleito para substituí-lo, minhas ações pareceram deliberadas. Tive de me afastar do Chanceler Palpatine para provar minha autonomia, embora ele tenha vários projetos que são importantes para mim em um nível pessoal.

— É esse tipo de dedicação que eu acho que faz de você uma excelente escolha.

— A percepção é que sou leal demais a Naboo — Padmé observou. — Manobrei o Senado para nos libertar da Federação de Comércio. E agora existem estranhos movimentos no Senado. Temo que existam aqueles entre nós que estão começando a duvidar da eficácia da República, e temo duplamente que, a menos que eu tome muito cuidado com minhas ações, eu serei tachada como um deles.

— Eles temem que, se você forçou a mão da República antes, poderia fazer isso de novo — a Rainha Réillata disse.

— E estão certos — Padmé afirmou. — Mas eu faria isso por qualquer planeta, não apenas por Naboo.

Elas caminharam até a beira da varanda e observaram os campos e quedas d'água que cercavam Theed. Havia flores nos gramados e pássaros no céu.

— Acho que precisa retornar — a Rainha Réillata disse. — Você deve voltar e mostrar a eles que Naboo tem a maturidade política de fazer aquilo que é necessário ser feito. Como você mesma disse, não desejo o desastre para qualquer planeta, mas se você puder mostrar ao Senado que fará de tudo por qualquer um, então talvez eles entendam que a lealdade de Naboo permanece inalterada.

— Para ser honesta, eu já havia decidido retornar — Padmé confessou. — Não gosto de recuar de nenhum desafio ou fugir do meu dever quando precisam de mim. Eu queria ter certeza de que você entende o alcance total da situação.

— Eu entendo — Réillata disse. — Existem outros que eu poderia enviar, mas demoraria mais um ano até eles começarem a ter resultados. Você já trabalhou tanto e sei que tem sido um fardo para você, mas você tem a gratidão da rainha.

Padmé olhou para a vista e considerou as palavras de Réillata. Ela sabia que faria exatamente o mesmo na posição da rainha, embora nunca tenha enfrentado um dilema assim durante seu reinado.

— Você sabe por que concorri a um segundo mandato, senadora? — Réillata perguntou.

— Não — Padmé respondeu. — Mas admito que me fiz essa pergunta.

— Eu me sentia nervosa durante todo o meu primeiro mandato de rainha — Réillata disse. — Mas eu gostava. Gostava de ajudar as pessoas. Ao fim do mandato, eu havia me convencido de que não estava ajudando o suficiente. Minha maior força era minha voz de cantora, e pensava que isso era uma bobagem para uma rainha. Então não concorri outra vez, porque eu não era perfeita para o cargo. Anos mais tarde, no meio de uma apresentação, percebi o quanto aquilo era ridículo. Eu podia cantar árias na frente de centenas e me identificar com cada pessoa na sala. Podia ouvir tão bem quanto falar. Então, conversei com minha família e concorri novamente. Você foi uma figura de grande estatura em comparação, mas não tenho mais medo. Espero que você continue servindo a Naboo e espero que continue gostando.

Padmé deixou as palavras da rainha ecoando em sua mente. Ouvir que Réillata não estivera pensando apenas na juventude de Padmé quando concorreu ao segundo mandato significava muito para ela, embora não conseguisse articular exatamente como. Padmé sabia que foi uma boa rainha e que seria uma ainda melhor se tivesse permanecido no cargo, mas não era assim que Naboo funcionava. Ela foi a rainha que Naboo precisava que ela fosse. Agora, aparentemente, ela precisava ser a senadora pela mesma razão, e cabia a ela compensar qualquer deficiência que pensava que tinha, igual Réillata fizera e continuava fazendo. Nenhum sistema podia ser perfeito — um método não era inerentemente melhor do que outro. A política não era um jogo de absolutos, exceto que aqueles que servem nunca podem parar de trabalhar enquanto cumprem seu mandato.

E Padmé cumpriria o seu.

— Obrigada, Vossa Alteza — Padmé disse depois de um longo e precioso momento de silêncio. — E obrigada por apressar essas reuniões para eu poder voltar para minha família assim que possível.

— O prazer foi meu. Ouvi as notícias sobre sua irmã. Sei que deve estar ansiosa para revê-la.

E Padmé estava mesmo. Sua irmã enviara algumas holoimagens, mas não era a mesma coisa.

— Eu estou, Vossa Alteza — ela admitiu.

— Já conversamos tudo que precisávamos, senadora — Réillata declarou. — Tenho muito para pensar e você também, mas não há motivo para esperar por respostas no palácio quando uma simples holomensagem pode chegar a você. Vá para sua família.

— Obrigada, Vossa Alteza — Padmé disse.

Ela fez uma última reverência e depois se virou para conduzir Cordé e Dormé de volta ao palácio. Ela chamou Sabé no comunicador para dizer que estava indo embora, e então Tonra as levou até o speeder que a Rainha Réillata havia providenciado para seu uso enquanto estavam em Naboo. Padmé estava ansiosa demais para enviar um holograma para sua mãe, então apenas digitou uma mensagem e deixou seus pais saberem que ela estaria em casa na hora do jantar.

CAPÍTULO 19

A CASA ONDE PADMÉ Naberrie cresceu ficava longe da capital de Naboo. Assim como a maioria das casas em Naboo, era feita de pedra e tinha um telhado em forma de domo. Seu pai, Ruwee, a construíra sozinho, antes de se tornar professor na universidade, e sua mãe havia dado ao lugar aquela sensação de tempo e espaço e acolhimento que formava a fundação dos verdadeiros lares. Era grande o bastante para toda a família, que havia recentemente se expandido, mas pequena o bastante para Padmé sentir que não estava entrando em outra residência grandiosa sempre que passava pela porta.

Era um lar. Ela nunca viveu em outro lugar que fosse tão aconchegante e cheio de amor. Padmé era grata pelas residências oficiais que Naboo havia fornecido, mas nunca foram dela. Aquela era a casa que ela sonhava quando se sentia solitária em Coruscant participando do programa legislativo júnior, e aquela era a casa para onde ela sempre queria retornar, pelo máximo de tempo possível.

O pátio estava vazio quando Padmé, Tonra e Dormé chegaram. Cada um levava apenas uma pequena mala e não vestiam nada que os identificasse como membros do governo. Tonra ainda carregava seu blaster abertamente e Padmé podia apenas presumir que Dormé carregava o dela sob as roupas como ela própria fazia, mas Naboo estava em paz e ela não achava que havia real necessidade daquilo.

Padmé pretendia deixar sua arma em seu quarto durante sua estadia. R2-D2 viera com eles e permaneceu no pátio enquanto eles subiam os degraus até a porta da frente. Jobal Naberrie esperava ali com um grande sorriso no rosto.

— Oi, mãe — Padmé falou, e meses inteiros de frustrações se derreteram.

— Padmé — Jobal puxou a filha para um abraço. — Ah, é tão bom ver você. Entrem, entrem.

Padmé passou a ponta dos dedos contra o pedaço de madeira talhada que formava o batente da porta e entrou diretamente nos braços de seu pai.

— Pai — ela disse quando ele a abraçou, e essa era toda a saudação de que ambos precisavam.

Jobal os conduziu para uma sala de estar cheia de grandes janelas. As paredes eram azuis e tigelas com flores vermelhas decoravam vários detalhes arquitetônicos. Havia cadeiras e uma mesa sob uma das janelas, com um bule de chá quente e uma bandeja de pequenos sanduíches. Mas Padmé tinha olhos apenas para uma coisa.

— Sola — ela disse, e atravessou a sala correndo até se ajoelhar diante de sua irmã.

— Olá, Padmé — Sola cumprimentou. Ela sorriu e virou o bebê embrulhado em um cobertor para que Padmé pudesse ver melhor. — Esta é Ryoo.

— Ela é linda — Padmé declarou, tocando o rosto da sobrinha.

— Ela chora por duas horas no meio da noite sem nenhuma razão lógica — Sola disse. — Mas sim. Você gostaria de segurá-la?

Padmé queria e cuidadosamente tomou a bebê adormecida dos braços de sua irmã. Ela sentou-se no sofá ao lado de Sola e observou o rosto da sobrinha por um momento antes de ouvir seu pai tossindo suavemente. Tardiamente, ela percebeu que precisava fazer algumas apresentações.

— Mãe, pai, vocês se lembram do Capitão Tonra? — ela perguntou. — Ele lutou na Batalha de Naboo e esteve comigo desde então.

— Parabéns pela sua promoção, capitão — Ruwee disse.

— E esta é Dormé — Padmé continuou. — Ela é chefe do meu guarda-roupa, entre outras coisas.

Todos sabiam o que aquelas outras coisas envolviam.

— Obrigada a vocês dois por ficarem com nossa filha. Por favor, sentem-se. Nós tentamos manter a formalidade da política em um mínimo por aqui, ou então ninguém conseguiria fazer nada — Jobal disse. Tonra e Dormé obedeceram e Padmé segurou uma risada. — Nós esperávamos que o perigo fosse menor em Coruscant, agora que Padmé não é mais rainha.

— E é — Dormé a tranquilizou. — Mas ainda estamos sendo cuidadosos.

— Estou contente por ver que o legado do Capitão Panás continua — Ruwee disse. — Eu nem sempre concordava com seus métodos, mas ele mantinha a todos seguros para que pudessem manter minha filha segura, então passei a entendê-lo.

— Às vezes ele nos visita para um almoço — Sola comentou. — Eu tento sair de casa antes que eles comecem a gritar um com o outro.

Vendo o olhar confuso de Tonra, Padmé disse:

— Meu pai e o Capitão Panás gostam de debater a necessidade de ações militares. A Força de Segurança Real aumentou de tamanho sob meu mandato e acho que meu pai nunca me perdoou por isso.

— Foi necessário, infelizmente — Ruwee disse. — E isso nos salvou, eu sei. Mas com certeza podemos diminuir outra vez?

— Ruwee, deixe eles se acomodarem por mais de dois minutos antes de começar — Jobal observou.

— Tudo bem — Dormé assentiu. — É um risco ocupacional.

— E o papai é muito mais razoável do que a maioria dos senadores com quem trabalho — Padmé declarou. — Mas não se preocupe. Todos os meus amigos são pacifistas.

Ela pretendia que aquilo soasse como piada, mas assim que terminou de falar, percebeu o quanto era reconfortante, mesmo quando discordava de Mon Mothma. Isso a lembrava de onde seu alvo estava e o tipo de senadora que ela queria ser. Em seus braços, o bebê bocejou, e Padmé olhou para baixo. Ryoo havia acordado, mas não tinha começado a chorar, então Padmé fez caretas para ela em uma tentativa de fazê-la sorrir. Aquela forma de negociação também tinha suas nuances.

— A rainha deu alguma indicação de quanto tempo você precisaria servir no Senado? — Sola perguntou. Ela se levantou e foi até a mesa onde o bule de chá estava. — Alguém gostaria de um pouco de chá?

— Não — Padmé disse. — Só disse que gostaria que eu voltasse. E sim, por favor.

Sola serviu chá para todos, tendo aprendido há muito tempo que quando Padmé trazia convidados com quem trabalhava, eles tendiam a segui-la, independentemente do que Jobal dissesse sobre informalidade. Era um dos chás Karlini mais comuns e não precisava de nenhum aditivo para melhorar ou mudar o sabor. Embora não fosse o favorito de Padmé, era raramente exportado e, portanto, beber aquele chá era um dos rituais silenciosos que confirmava que ela estava de volta em casa.

— E você vai voltar? — Jobal perguntou.

Padmé hesitou. Ela olhou para sua mãe e seu pai, para as paredes da casa — ainda seu lugar mais confortável na galáxia — e sentiu o peso da bebê em seus braços. Ryoo havia libertado um braço do cobertor e estava agarrando o colar de Padmé. Ela guardou o pingente dentro do colarinho — era precioso demais para bebês —

e ofereceu uma das presilhas de seu cabelo. Ryoo a colocou diretamente na boca e Padmé a retirou rapidamente. Ela claramente precisava de mais experiência com aquilo. Sua irmã riu e repassou um dos brinquedos da bebê.

— Sim, mas não sei por quanto tempo — Padmé confessou. — A rainha depositou em mim sua confiança e tenho muitos projetos em andamento em Coruscant. É claro, sinto falta do meu lar, mas...

— Se preferir, não tocamos mais no assunto — Ruwee disse. — Em vez disso, você pode me ajudar com os jardins.

— Bom, o dia está muito bonito para se ficar dentro de casa — Sola concordou. — Deixe-me pegar o protetor solar de Ryoo, então podemos todos sair. Mesmo se o papai não conseguir convocar nenhum de nós, ele pode ensinar tudo que quiser enquanto trabalha, e sabemos o quanto ele gosta de fazer isso também.

— Sou um construtor e um professor — Ruwee disse. — O que você esperava?

Padmé entregou a bebê para sua mãe e foi caminhar com Dormé quando todos saíram para os jardins.

— Vocês estão bem? — ela perguntou, falando alto o bastante para Tonra também a ouvir. — Sei que visitar minha família pode ser um pouco constrangedor, mas eles realmente tentam ser inclusivos. Eu quis alertar antes, mas quando chegamos no planeta, tudo aconteceu tão rápido.

— Tudo bem, milady — Tonra disse. — Sabé nos avisou sobre o que deveríamos esperar.

— Só é preciso um ajuste — Dormé declarou. — E, francamente, é muito melhor do que a ideia do Senado de inclusão.

— Certo — Padmé disse. — Mas se vocês quiserem ir embora, sintam-se livres. A minha mãe preparará quartos de hóspedes para vocês se precisarem fugir um pouco do charme da família Naberrie.

— Ora, senadora — Dormé levou a mão ao peito como se estivesse chocada. — Mas que coisa para se dizer!

Deu tudo certo durante a visita. Como prometido, os pais de Padmé não tocaram mais no assunto de seu futuro no Senado, e tudo que custou a ela foram duas horas lixando vigas para a nova estufa que Ruwee estava construindo para que a escola local pudesse ter flores para estudar e desenhar durante a estação do frio. Ela levou R2-D2 para ajudar, mas o droide imediatamente se distraiu com a bebê e, em vez de contribuir com o projeto, passou o tempo entretendo Ryoo com uma variedade de sons e, até levar uma bronca, soltando relâmpagos controlados.

— Por que você tem uma unidade astromec? — Sola perguntou, assim que R2-D2 passou a brincar com sua filha de um jeito menos provável de resultar em eletrochoque ou curto-circuito.

— R2 é um herói de Naboo — Padmé disse. — Ele consertou nosso hiperpropulsor quando tentamos furar o bloqueio da Federação de Comércio, e foi uma parte importante da batalha para retomar o planeta. Ele passa a maior parte do tempo dentro da nave, mas tem sido estranhamente leal e tem uma variedade de funções úteis. Além disso, às vezes ele simplesmente me faz sorrir.

— Bom, R2 — Sola disse ao pequeno droide —, você precisa aprender a ser uma babá, mas acho que você leva jeito.

O droide emitiu um assobio e depois voltou sua atenção total para Ryoo.

— Você não é realmente a favor de armar comerciantes civis para ajudá-los a combater piratas, não é? — Sola perguntou, com um tom baixo na voz. — Isso é quase exatamente como o bloqueio da Federação de Comércio começou.

— Não — Padmé disse. — Os outros senadores com quem trabalho são inteiramente contra a violência, chegando até a pregarem a não defesa. Mas eles são, em sua maioria, de planetas do Núcleo.

São inteligentes e experientes, mas acho que esse é um ponto onde estou na frente e ainda não encontrei um jeito de graciosamente lhes chamar a atenção para isso.

— Então você está sem graciosidade jogando no outro lado dos argumentos deles? — Sola perguntou. — Isso pode ser perigoso.

— Não é tão sério assim — Padmé disse. — Nós mantemos essas conversas longe do plenário, então não há registro delas além daqueles que nós mesmos fazemos. É mais como um ensaio, para que quando Mon Mothma ou Bail Organa levarem o assunto para o restante do Senado, eles estejam cientes de como a discussão poderá acontecer.

— E você nunca leva os assuntos ao plenário? — Sola perguntou.

— Ainda não — Padmé admitiu. — Confesso que isso me irrita, mas decidi esperar um pouco mais antes de discursar diretamente para o Senado sobre alguma moção de minha autoria. Todos se lembram do que aconteceu da primeira vez que discursei, e aquele tipo de mudança no governo não é esquecido facilmente.

— Você nos salvou — Sola disse. — Foi isso que aconteceu.

— Eu sei — Padmé concordou.

— É melhor você ir e resgatar Dormé antes que o papai a adote — Sola disse, olhando na direção do jardim para onde Ruwee proclamava que Dormé era a melhor escultora que ele via em dez anos. — Os seus amigos são sempre tão talentosos.

— É por isso que acabam trabalhando comigo. Pode parecer algo mercenário se cercar de pessoas boas em coisas que você não é, mas isso acaba mantendo a vida interessante.

Padmé se levantou e foi ver se Dormé precisava ser resgatada. Suas damas de companhia geralmente cuidavam bem de si mesmas, mas assassinos experientes e políticos astutos eram uma coisa, e os pais de Padmé eram outra completamente diferente. Dormé segurava uma pequena vibrolâmina e estava esculpindo vinhas entrelaçadas nas partes das vigas que ficariam visíveis dentro da estufa.

— Ela tem mãos muito firmes — Ruwee disse. — E consegue enxergar o desenho inteiro em sua mente e depois desenhar no espaço que for necessário.

— E o que você achava que a chefe do guarda-roupa fazia? — Padmé perguntou. Dormé sorriu.

— Bom, quando minha filha terminar com a política galáctica, você não terá problemas para encontrar algo para fazer aqui — Ruwee disse.

— Obrigada — Dormé agradeceu. — Minha bisavó me ensinou como esculpir. É mais fácil para ela agora que já tem mais idade, e costurar faz suas juntas doerem. Estou ansiosa para vê-la quando Cordé e eu trocarmos de lugar daqui a alguns dias.

Dormé terminou de esculpir a vinha e voltou para acrescentar folhas e flores.

— Eu queria perguntar — Ruwee disse. — Como está Sabé? Esperávamos que ela viesse com você, mas acho que ela tem suas próprias visitas para fazer?

— Ela está bem — Padmé respondeu. — E sim, ela tem. Saché a levou para encontrar as outras, eu acho, e depois ela vai para casa.

— Suas amigas estão fazendo um trabalho maravilhoso aqui — Ruwee observou. — Na legislatura, com aquelas crianças, com música, e li os relatórios iniciais do projeto da alga-azul. É muito animador.

— Tenho muito orgulho delas — Padmé disse.

— Sabe — Ruwee continuou —, ninguém precisa ser incrível para sempre. É perfeitamente aceitável alguém salvar um ou outro planeta e depois se aposentar para levar uma vida normal.

Padmé tomou a lixa outra vez. Era mais fácil pensar nos termos de seu pai quando o ajudava com o trabalho que ele adorava tanto.

— É estranho ver minhas amigas seguindo em frente e fazendo coisas incríveis sem mim — Padmé disse. — E Sola também. Ryoo é maravilhosa e acho que fará parte do futuro de Naboo tanto quanto as algas-azuis de Eirtaé. Mas não sei o que eu faria, se voltasse agora. Quero uma família, mas não agora, e a única habilidade que realmente cultivei foi a política.

— Você é excelente fazendo trabalho humanitário — Ruwee apontou.

— E é isso que estou fazendo no Senado agora — Padmé disse. — Ou tentando fazer.

— Você sempre pode voltar — ele afirmou.

— Sim. — Padmé se sentiu estranhamente energizada. — Sei que não é a vida que você queria para mim e sei que não é a vida que eu quero para mim, ao menos não para sempre, mas ainda é uma coisa boa, e eu ainda preciso fazer.

— Você sempre terá nosso apoio — Ruwee disse quando Jobal apareceu com mais chá.

Padmé tomou uma xícara da bandeja e deixou o aroma trazer lembranças de milhares de xícaras que vieram antes daquela. E ela esperava que haveria mais mil xícaras em seu futuro. Eles continuaram trabalhando na estufa para que os jovens artistas de Naboo tivessem flores quando já não houvesse mais flores.

CAPÍTULO 20

PADMÉ PASSOU SUA ÚLTIMA noite em Naboo de volta ao palácio real. A rainha havia sido tão compreensiva com o tempo que Padmé precisava com sua família que, quando Réillata pediu que ela passasse os últimos dias de sua licença na capital para mais discussões, Padmé não pôde recusar. Agora o tempo para conversas havia acabado e ela estava pronta para encarar o Senado novamente. Tinha o apoio total de seu planeta, o suporte de sua rainha e quase toda a sua própria confiança.

Padmé estava arrumando as malas outra vez, mas agora tinha um propósito específico. Sabé estava com ela, junto com as outras, e juntas elas escolhiam uma nova coleção de vestidos que se encaixaria com a imagem que a Senadora Amidala estava tentando projetar. Ela havia banido a maior parte das cores vivas, infelizmente, com exceção de algumas peças que não conseguia abandonar, mas foi com certo alívio que enviou todos os maiores ornamentos de cabeça para o depósito, junto com os vestidos mais elaborados.

Com os olhos de Dormé para aparência e função, elas construíram um guarda-roupa baseado em tons mais escuros de azul, verde e castanho. Todos os vestidos ainda eram altamente bordados com temas de Naboo e muitos consistiam em múltiplas camadas, mas eram mais fáceis para sentar e caminhar. Padmé seria capaz de virar a cabeça e dobrar uma esquina sozinha. A praticidade dos designs de Dormé se estendia a roupas de baixo e calçados.

Cordé havia começado a esboçar novos estilos de cabelo para Amidala que dependiam menos de suportes estruturais e mais de presilhas discretas. As presilhas — projetadas e criadas pela irmã joalheira de Cordé — poderiam, em caso de emergência, servir como armas ou ferramentas, mas eram pequenas o suficiente para passar pela maioria dos escâneres de segurança. Versé e Sabé haviam trabalhado juntas em roupas para ainda mais mobilidade: macacões e outros trajes que poderiam ser combinados com capas dramáticas para lembrar a todos da condição de Amidala sem atrapalhar seus movimentos.

— Vai se mover melhor do que os vestidos de batalha — Padmé disse, segurando a calça branca na sua frente.

— E provavelmente facilita escalar mais do que o uniforme de guarda — acrescentou Sabé. Ela manteve o rosto neutro, mas seus olhos estavam brilhando. Typho havia jurado silêncio, mas todas dariam uma fortuna para ver Padmé descendo daquela árvore.

Sabé também estava cuidando das próprias roupas. Ela havia recebido um uniforme de guarda, além de dois conjuntos de túnicas para o caso de precisar atuar como dama de companhia. Também havia encomendado um novo par de botas — cuidadosamente arranhando-as para não parecerem tão novas — e um cinto de utilidades, além daquele que acompanhava seu uniforme. Suas roupas variavam desde conjuntos práticos de casaco e calça que mal tinham algum adorno até trajes de alta classe.

— Vocês têm certeza sobre os vestidos? — Sabé perguntou. — Não posso exatamente usá-los na minha vizinhança.

— Podemos precisar de você de repente — Padmé disse. — Sei que é improvável, mas temos espaço no compartimento de carga, e assim você estará preparada para todas as eventualidades.

— É justo — Sabé concordou.

Alguém bateu à porta e Mariek entrou. Padmé mal a encontrara durante sua estadia em Naboo e ficou contente pela capitã de sua guarda ter retornado.

— Vocês já estão prontas para enviar tudo isso para a nave? — ela perguntou.

— Sim, tia — Versé disse.

Cordé guardou as últimas peças frágeis e Dormé verificou o lacre nas caixas. Quando tudo estava seguro, as caixas foram colocadas sobre plataformas repulsoras e Mariek se retirou para supervisionar o embarque. Ela havia acabado de sair quando houve outra batida na porta e Saché entrou.

— Olá — Padmé disse calorosamente. Ela havia encontrado suas amigas durante a licença, em seus concertos, casas e exposições de arte, mas nunca era o bastante.

— Vim perguntar se você vai jantar com a rainha hoje — Saché disse.

— Hoje não — Padmé respondeu. — Ela tinha uma reunião com os ministros do comércio e eu não queria atrapalhar.

Além disso, Padmé já tinha jantado muito com os ministros do comércio.

— Bom, então tenho um convite para você, para todas vocês — Saché disse. — Estou organizando um jantar. Posso usar o salão sudoeste, com as janelas que você gosta. Seremos apenas nós, então vocês podem descer quando estiverem prontas.

— Isso soa maravilhoso — Padmé declarou. — Deixe-nos terminar aqui e daqui a pouco desceremos.

O salão sudoeste era o favorito de Padmé porque era pequeno e decorado com simplicidade. Sua glória era a parede forrada de janelas que iam do chão ao teto e deixavam entrar muita luz, além do terraço lá fora, onde toda a cidade de Theed e a paisagem ao redor eram visíveis. Como rainha, Padmé usava o terraço para ler e se encontrar com suas confidentes mais próximas. Parecia um lugar mais do que apropriado para um jantar de despedida e ela ficou contente por Saché ter se lembrado.

"Apenas nós" acabou se transformando em todas as damas de companhia, com exceção de Yané, que cancelara de última hora porque os gêmeos que ela vinha cuidando tinham adoecido e ela estava em casa com eles. Saché ficou visivelmente desapontada, mas fez seu melhor para não deixar transparecer.

— Eles são crianças ótimas, na maior parte do tempo — Saché observou. — E tenho muito orgulho dela por estar fazendo isso.

— Eu os conheci quando a visitei — Padmé disse. — Não foi uma visita longa, mas foi o bastante para conhecê-los um pouco e ver Yané outra vez. Não posso imaginar como é cuidar de gêmeos, mas ela é tão boa fazendo isso.

— Ela realmente é — Saché concordou.

Um novo vitral de uma janela chamou a atenção de Padmé. Ela havia encomendado vários depois da Batalha de Naboo, para substituírem aqueles danificados durante a Ocupação, mas aquele não era um dos seus. A janela mostrava uma procissão real onde uma pequena versão dela de vidro andava pelas ruas de Theed sob uma cobertura enquanto suas assistentes a cercavam. Rabé seguiu seu olhar e riu quando viu a janela.

— Quantas de nós eles acham que existem? — ela disse. Havia muitas figuras encapuzadas naquela cena.

— Uma delas está segurando a cobertura? — Saché perguntou, cerrando os olhos. — Acho que o artista não entende bem o que fazemos.

— Ótimo — Sabé disse, e todas riram. — É assim que tem que ser.

Rabé se apresentou para elas enquanto esperavam a hora do jantar e Eirtaé deu mais detalhes sobre seu tempo em Otoh Gunga do que dera para a assembleia legislativa. Ela também trouxera várias de suas obras para Padmé ver e Sabé insistiu em comprar uma delas, embora atualmente não tivesse onde colocar.

— Vou enviar para a casa dos seus pais — Eirtaé disse a ela.

Padmé saiu para o terraço depois do pôr do sol, com Sabé dando a ela um pouco de distância enquanto a seguia. Pela primeira vez, não havia nenhuma questão de segurança para se considerar. A viagem inteira transcorreu sem incidente algum e Padmé ficou profundamente contente por isso. Ela sabia que era o trabalho delas e sabia que era sua posição, mas odiava sempre que as pessoas se colocavam em risco por ela, principalmente quando eram suas amigas.

Havia uma quietude em Naboo de um jeito que Coruscant nunca poderia ter. A cidade-planeta tinha um constante zumbido: geradores, trânsito, o burburinho de milhões de conversas simultâneas. O som de Naboo era muito mais discreto, mas estava lá se você soubesse como ouvir. Padmé amou as cachoeiras de Theed desde a primeira vez que as viu, e ficar longe de seu planeta apenas fez seu carinho crescer ainda mais. Ela permaneceu parada, observando a cidade que seu coração mais amava, ouvindo o som distante da água corrente.

— Nós voltaremos aqui, você e eu — ela disse para Sabé. — Faremos o que precisamos fazer lá fora e depois voltaremos.

Sabé pousou a cabeça no ombro de Padmé — sentiu o rosto de Padmé pressionando de volta em seus cabelos — e nenhuma das duas duvidou daquilo nem por um momento.

PARTE V

A AMEAÇA DA PIRATARIA CRESCE SEM CONTROLE

O transporte de cargas pela Orla Média vem sofrendo ataques de piratas cruéis visando roubar qualquer coisa que não esteja soldada ao casco das naves. Milhões de créditos investidos somem quando naves voltam vazias para o Núcleo. Por quanto tempo mais o Senado vai ignorar a situação da Orla Média? Quanto dinheiro de investidores como a Federação de Comércio será forçado a correr esse risco? E será que o Chanceler Palpatine irá convencer o governo galáctico a interceder antes que seja tarde demais?

— TriNebulon News

CAPÍTULO 21

Coruscant era barulhenta e lotada, o ar tinha um cheiro terrível, mesmo à altura do terraço da residência senatorial de Padmé, mas ela descobriu que uma parte de si sentiu falta de tudo aquilo, apesar de seus melhores esforços. Ela admitiu que gostava dos desafios intelectuais que acompanhavam o mandato no Senado Galáctico, e discretamente lembrou a si mesma para não se deixar levar demais pelas teorias do poder a ponto de esquecer como suas ações — ou a falta delas — afetavam outros seres.

Eles haviam retornado um dia antes para se acomodarem no apartamento e arrumarem suas coisas, mas assim que as malas foram empilhadas no quarto, o comunicador oficial de Padmé emitiu um sinal, exigindo sua atenção. Ela foi ler a mensagem e depois se sentou quando percebeu o que estava para acontecer.

— Dormé! — ela chamou. A dama de companhia apareceu em questão de segundos. — Ache algo senatorial que não precisamos passar, o mais rápido que conseguir. Tenho de ir ao plenário do Senado imediatamente.

— O que aconteceu? — Dormé já estava se movendo. Ela sabia exatamente qual mala abrir e rapidamente juntou tudo que precisaria.

— Uma sessão de emergência foi anunciada — Padmé disse, começando a se despir de suas roupas de viagem. — Algo sobre os aquedutos planetários em Bromlarch. O informe não traz muitos detalhes, mas deve ser importante para convocar a todos um dia antes. Ainda bem que chegamos a tempo. O que você quer que eu faça com o cabelo?

— Deixe como está, por enquanto — Dormé respondeu. — E continue com essas roupas de baixo. Vão servir junto com isso.

Padmé deixou Dormé vesti-la com um dos novos trajes. O vestido marrom ficou por baixo de um vestido de pregas verde que não amassaria, e depois um manto marrom cobriu os dois, em vez de uma capa ou túnica. Dormé pegou as tranças que caíam sobre as costas de Padmé e as enrolou ao redor da cabeça de um jeito parecido com a coroa da Rainha Breha, embora o cabelo de Padmé ficasse preso no lugar apenas com presilhas.

— Isso vai ter de servir — Dormé disse criticamente.

— Obrigada — Padmé agradeceu. — Por favor, diga a Typho e Mariek que me encontrem na plataforma. O resto do pessoal pode ficar aqui e se recuperar da viagem.

Dormé se retirou e Padmé tomou um momento para se recompor. Milhares de cenários cruzaram sua mente e ela forçosamente se livrou de todos. Não havia razão para planejar qualquer coisa ou se preocupar demais antes de saber quais eram os problemas e como poderia melhor lidar com eles. Ela respirou fundo mais uma vez e seguiu para a plataforma, incorporando a Senadora Amidala da cabeça aos pés.

Typho pilotou o speeder ele próprio, pois não havia tempo para esperar pelo transporte senatorial. O escritório de Amidala tinha autorização para voar fora das vias principais da cidade, então não demorou muito para alcançarem o edifício do Senado. Typho deixou Mariek e Padmé desembarcarem e prometeu encontrá-las na cápsula.

Padmé não parou em sua sala, seguiu direto para o plenário e tomou seu lugar. Ela ligou o tradutor para o caso de ser necessário e se acomodou para escutar.

— ... o potencial para tragédia se avoluma — dizia o senador de Bromlarch, um humanoide magrelo chamado Caelor Gaans. — Não havia como prever que a atividade sísmica seria tão severa. Nosso sistema de aquedutos é capaz de aguentar pressão e estresse consideráveis, mas isso foi muito além de qualquer coisa que o planeta já tenha experimentado.

— E quanto a suas casas e centros populacionais? — Mon Mothma perguntou. Padmé ficou aliviada por ouvir sua voz.

— Elas se saíram um pouco melhor, senadora, obrigado — Gaans disse. — As casas são feitas com um material mais flexível e ficam mais perto do solo. Nós as construímos para serem substituíveis e achávamos que o aqueduto aguentaria.

— Parece que vocês fizeram todo o possível — Mon Mothma declarou.

— Não será suficiente — Gaans lamentou. — Sem o aqueduto, nosso sistema de agricultura será aniquilado. Só podemos levar água para dez por cento de nossos campos e o tremor secou muitos poços particulares. Não temos tempo de cavar novos poços enquanto pensamos em como reconstruir. Nós acabamos de terminar a estação de plantio. Se não conseguirmos levar água para as plantações, o planeta inteiro passará fome.

Após essa previsão terrível, Gaans retomou seu lugar. Parecia que suas pernas não aguentariam mais seu peso. Padmé sentiu o coração pesado por ele. Ela sabia como era ficar em Coruscant enquanto seu planeta sofria.

— Os cidadãos de Bromlarch não podem ser realocados? — perguntou o senador de Malastare.

— Existem milhões de nós — respondeu Gaans, levantando-se com dificuldade outra vez. — Não seria prático. E muitos não têm para onde ir.

— Senadores, senadores — o Chanceler Palpatine finalmente se fez ouvir. Silêncio, ou a coisa mais próxima disso, recaiu sobre a câmara do Senado. — Precisamos nos mover o mais rápido possível para aliviar o sofrimento em Bromlarch. A realocação apenas será considerada como absoluto último recurso. A presidência agora dá a palavra ao senador de Scipio.

Padmé se ajeitou na cadeira. Ela sentiu a pontada afiada e pouco familiar da inveja diante da ideia de que Rush Clovis faria um discurso solo antes dela, mas Padmé rapidamente matou esse sentimento ruim. E ela se perguntou o que ele poderia oferecer. Ela própria apenas conseguiu pensar em um auxílio alimentar básico — uma solução no máximo óbvia e de curto prazo.

— Senadores — Clovis disse —, proponho que uma equipe de auditoria seja enviada para Bromlarch. Eles poderão averiguar os danos e providenciar uma estimativa de custos para os reparos. Entendo que Bromlarch está sobrecarregada demais para conduzir esses estudos no momento, mas o Senado pode lidar com esse trabalho, e quando tivermos os relatórios, poderemos tomar outras decisões.

Créditos, é claro. Clovis queria saber quanto tudo custaria. Porém, não era um plano ruim. A única hesitação de Padmé era que ela sabia por experiência própria o quanto esse tipo de estudo podia demorar.

— Onderon apoia a moção — Mina Bonteri disse. Padmé ficou surpresa. Bonteri não havia falado muito ao fim da sessão anterior. Talvez o recesso a tivesse revitalizado.

Palpatine consultou seus conselheiros, que ainda incluíam Mas Amedda. Padmé não gostava do conselheiro Chagriano e desejava que Palpatine tivesse escolhido outra pessoa agora que estava mais estabelecido como chanceler. Ela não fora consultada, é claro, mas Palpatine sabia de sua antipatia. Assim como em muitos outros assuntos, ele dispensou a opinião dela no instante em que não se alinhava com as opiniões dele. Quando Mas chegou mais perto novamente para falar, Padmé sentiu o arrepio da história se repetindo.

— Muito bem — ele disse. — Nós enviaremos a equipe de auditoria. Pedirei a nossos amigos, os Jedi, que também enviem alguém. Eles são excelentes embaixadores durante crises humanitárias e muitas vezes oferecem um ponto de vista menos dominado pela política para as soluções propostas. Senador Clovis, Senadora Bonteri, vocês podem levar quaisquer colegas que desejarem.

O comunicador de Padmé emitiu um sinal e ela sabia que seria Organa antes mesmo de olhar. A mensagem continha apenas uma palavra:

"*Vá.*"

Padmé já estava de pé com Typho e Mariek vindo atrás quando o Chanceler Palpatine começou a declarar o fim da sessão. Ela andava com passos apressados em direção ao lugar onde a cápsula de Mina Bonteri atracaria. Com sorte, conseguiria convencer a senadora de Onderon a deixá-la participar da equipe, apesar de as duas terem se afastado desde que Padmé começara a se reunir com Mon Mothma. Em último caso, se estivesse desesperada, ela poderia abordar Clovis, mas Padmé preferia tentar com Bonteri primeiro.

— Senadora Amidala — Bonteri disse quando ganhou o corredor —, não estou nem um pouco surpresa por vê-la.

— Gostaria de acompanhá-la até Bromlarch, senadora — Padmé declarou. — Minha experiência com ajuda humanitária me...

— Sim, minha querida, eu sei — Bonteri disse. — É por isso que não estou surpresa por vê-la. Você me acompanha?

Padmé passou a andar a seu lado. Ao menos Bonteri não estava se movendo com lentidão. Elas atravessaram o corredor até uma alcova na parede onde um pequeno banco ficava fora do caminho do tráfego de pessoas. Bonteri se sentou e Padmé fez o mesmo.

— Você foi uma das primeiras pessoas que pensei, senadora — Bonteri disse. — Eu sabia que a primeira ação do Senado seria enviar uma equipe para observar os danos. Eles não confiam em repórteres, mesmo quando imagens são apresentadas. Eles precisam ver tudo com os próprios olhos.

— Eu me lembro. — Padmé sentiu a velha amargura surgir em seu estômago.

— Tenho certeza de que você vai assegurar que a viagem seja rápida — Bonteri continuou. — E eu serei capaz de dar às suas observações o peso que precisam para mobilizar o Senado. Mas devo alertar que, no fim, podemos não vencer. Mesmo depois das suas recomendações, o Senado ainda pode fazer algo que você não aprove, e já que o relatório será submetido por você, quase certamente você terá que votar a favor dele.

Padmé estava digerindo aquilo quando Clovis apareceu.

— Senadora Bonteri, Senadora Amidala — ele cumprimentou. Seus olhos se arregalaram e ele sorriu, apesar da severidade da situação. — Nós já temos nossa primeira voluntária?

— Parece que sim — Bonteri respondeu friamente. Aparentemente, ela gostava da atitude de Clovis tanto quanto Padmé.

— Excelente — Clovis disse. — Vou deixar minha nave e tripulação à nossa imediata disposição. Vocês vão levar mais alguém?

— Eu tenho um droide — Padmé informou. Mariek ficaria furiosa, mas como Clovis estava no comando, ela não poderia levar seus guardas.

— Minha secretária pode cuidar do restante dos registros — Bonteri ofereceu. — E teremos o Senador Gaans junto conosco, é claro. Acho que será o bastante.

Clovis podia ter proposto a auditoria, mas Bonteri estava deixando muito claro quem estava no comando e Padmé ficou agradecida por isso. Ela não estava ansiosa para uma semana ou duas fazendo qualquer coisa que Clovis achasse apropriado. Bonteri era uma líder muito melhor para a expedição e alguém com quem Padmé ficava muito mais confortável de trabalhar e receber ordens.

— Tudo bem, então. — Se Clovis ficou ofendido, ele não deixou transparecer. — Você estará pronta para partirmos hoje à noite? Digamos, daqui a quatro horas?

Isso daria tempo o bastante para Typho gritar com ela, para Dormé arrumar as malas outra vez e para Padmé ligar para Sabé com as atualizações.

— Sim, estarei — ela respondeu.

— Enviarei meu transporte para vocês duas — anunciou Clovis. — Agora, se me permitem, tenho minhas próprias preparações a fazer.

Ele se retirou e Bonteri suspirou profundamente antes de se levantar.

— Ele é um garoto estranho — ela observou. — Mas é honesto.

— Você acha? — Padmé disse. Essa não seria a primeira palavra que usaria para descrevê-lo.

— Quis dizer que ele não tem malícia. Você sabe exatamente o que esperar dele. — Bonteri olhou para ela astutamente. — Você é muito parecida, nesse sentido, embora a manifestação da sua honestidade seja diferente.

— Ainda bem — Padmé disse discretamente, mas alto o bastante para Bonteri ouvir. A mulher mais velha riu e Padmé sorriu. Talvez não tivessem se distanciado tanto, afinal de contas.

— Tenho que enviar algumas mensagens — Bonteri declarou. — E imagino que você também tenha. Vejo você em algumas horas, senadora.

Padmé se levantou.

— Obrigada por me incluir, senadora — ela agradeceu. — Causas como essa significam muito para mim.

— Eu sei — Bonteri disse. — Farei o meu melhor para não tirar vantagem disso.

Enquanto Padmé considerava a estranheza daquele comentário, Bonteri caminhou de volta para seu escritório. Eventualmente, Padmé se virou e voltou para onde havia deixado Typho e Mariek.

— Você vai com eles — Mariek não fez uma pergunta.

— Sim — Padmé disse. — Vamos. Temos que voltar para a residência para eu poder fazer minhas malas, e vai demorar um pouco até vocês se cansarem de gritar comigo.

— E por que vamos gritar com você? — Typho perguntou.

— Porque vocês não podem me acompanhar — confessou Padmé.

— Ei, espere um pouco — Typho começou a protestar.

— Na residência, sargento — Padmé disse. — Preciso mostrar união aqui, mas quando voltarmos para casa vocês podem gritar o quanto quiserem comigo.

No fim, Padmé demorou apenas uma hora para se trocar e arrumar as malas. Dormé havia organizado o guarda-roupa para que todo o seu vestuário de viagem estivesse junto, o que simplificou o processo. Padmé ligou para Sabé, mas ela estava fora, então Padmé foi forçada a deixar uma mensagem. Typho gastou seu vocabulário no curso de trinta minutos, enquanto Mariek precisou de mais quinze. A essa altura, Varbarós havia chegado para entregar R2-D2, e Padmé estava pronta para partir.

Quando embarcou no transporte de Clovis, ela sentiu uma excitação que a deixou um tanto envergonhada, dadas as circunstâncias. Aquilo seria o mais sozinha que ela esteve em muito, muito tempo.

CAPÍTULO 22

Da órbita, o sistema de aquedutos que sustentava a vida no planeta de Bromlarch parecia rios estranhamente retos se ramificando pela superfície do planeta. O piloto de Clovis havia posicionado a nave para que pudessem observar o planeta girando abaixo deles, e à medida que o lado noturno surgia, os rios desapareciam completamente. Apenas as luzes dos assentamentos eram visíveis. Pelo menos a rede de energia planetária havia sido parcialmente restaurada.

— Ainda deveria ser possível vê-los — o Senador Gaans disse com tristeza. Ele pousou a mão de longos dedos sobre a janela, cada um dos nove dígitos se abrindo sobre o transparaço como se ele pudesse apanhar os pedaços de seu mundo partido. — Suas luzes deveriam ser visíveis daqui. Sempre foi uma das minhas partes favoritas de voltar para casa.

— Quanto do sistema sofreu danos? — Padmé perguntou.

— Quase oitenta por cento no total — Gaans disse. — As áreas mais afetadas ficavam bem no epicentro do terremoto, mas os danos se irradiaram para fora, igual a água geralmente faz.

A Mestra Jedi Depa Billaba se juntou a Padmé diante da janela. Padmé a conhecia de vista, já que foi uma das Jedi que viajaram até Naboo para o funeral de Qui-Gon Jinn, mas as duas não conversaram muito durante a viagem. Padmé gostava dela, mas era estranho interagir com uma Jedi depois de tanto tempo. Padmé sabia que não deveria esperar que todos os indivíduos de uma cultura agissem igual, mas havia grandes diferenças entre a maneira como Qui-Gon se comportava e a postura de Billaba, e Padmé achou aquilo distintamente estranho de um jeito que não conseguia identificar ou explicar, exceto para dizer que Qui-Gon olhava para ela — às vezes fundo demais —, enquanto tinha a impressão de que Billaba olhava *através* dela.

— Sinto medo e dor em seu planeta, Senador Gaans — Billaba declarou. — Mas não em nenhuma concentração específica. O seu mundo está sofrendo, mas o sofrimento ainda não é crítico.

— Obrigado, mestra Jedi — Gaans agradeceu. — Não faz eu me sentir muito melhor, mas aprecio sua intenção.

Clovis entrou na sala onde estavam reunidos para assistirem ao pouso. O design de sua nave era muito diferente da nave prateada de Padmé, mas o povo de Naboo se orgulhava em fazer tudo parecer lindo e funcional ao mesmo tempo. A nave de Clovis era quadrada, seu exterior cinzento não deixava transparecer nenhum dos luxos absurdos de seu interior. Todos tinham seus próprios aposentos, o que explicava por que havia um limite para quem eles podiam levar juntos na expedição. R2-D2 havia acessado a planta da nave assim que embarcaram, e Padmé não precisava entender a linguagem binária para saber sua opinião negativa do layout. Era agradável não se apertar uma em cima da outra — mesmo a nave de Naboo às vezes parecia um aperto —, mas a nave se apresentava como um alvo para qualquer um que chegasse perto o bastante para realizar uma varredura.

— Vamos aterrissar assim que recebermos a liberação — Clovis informou. — Meu piloto está checando para ter certeza de que as coordenadas não mudaram por causa de algum envio de emergência ou algo assim. Estaremos em solo em breve, se vocês quiserem começar a se preparar.

Padmé foi buscar R2-D2, mas os outros permaneceram ali para assistirem à aterrissagem. O piloto de Clovis era quase tão bom quanto Varbarós, mas ninguém conseguia aterrissar tão suavemente quanto ela, e Padmé sentiu o tranco quando a nave tocou o solo. R2-D2 emitiu um som contrariado.

— Eu sei — Padmé disse. — Mas eles nos trouxeram aqui, então é melhor você ser educado com eles.

O conselho planetário estava esperando na plataforma quando eles desembarcaram. Todos pareciam absolutamente exaustos e Padmé não podia culpá-los. Recuperar-se de um desastre natural já era um trabalho difícil em si, sem considerar a preocupação com o aqueduto. Ela seguiu Bonteri e Gaans descendo a rampa. Clovis tentou acompanhá-la ao seu lado, mas com R2-D2 ali, ele não teve escolha a não ser andar sozinho. A Mestra Billaba seguiu atrás.

— Meu amigo — a conselheira chefe disse para o Senador Gaans, e os dois se abraçaram. Ela era um pouco mais alta do que o senador, com pele marrom-clara e um corte de cabelo curto que tinha um leve tom esverdeado. — É muito bom vê-lo. Só gostaria que fosse em melhores circunstâncias.

— E eu gostaria de ter estado aqui quando aconteceu — Gaans respondeu. — Embora não saiba o que eu poderia ter feito.

— Você estava onde precisava estar — a conselheira disse. — Por sua causa, a resposta do Senado foi rápida.

— Espero que sim — Gaans respondeu. — Permita-me apresentar a Mestra Jedi Depa Billaba, a Senadora Mina Bonteri de Onderon, o Senador Rush Clovis de Scipio e a Senadora Padmé Amidala de Naboo. Eles vieram avaliar os danos para que possamos especificar que tipo de auxílio pediremos ao Senado. Esta é a Conselheira Eema, a chefe de nosso governo planetário.

— Temo que não podemos realmente recebê-los com conforto — Eema disse.

— Por favor, não se preocupe conosco — Clovis tranquilizou-a, tomando a frente. — Vamos ficar na nave e podemos nos locomover para onde vocês precisarem. Além disso, sei que não é muito, mas eu adquiri o máximo de suprimentos de emergência que pude antes de deixar Coruscant. O compartimento de carga está cheio de barras de ração e suprimentos médicos. Não é muito, mas espero que possa ser útil.

Padmé pensou em todo espaço que ela tinha em seus aposentos e quantos suprimentos mais poderiam caber na nave se ela e Bonteri tivessem compartilhado o quarto, e ela cerrou os dentes pensando nisso. Clovis estava tentando, mas ela era boa nessas situações e poderia ter lhe dado conselhos se ele tivesse pedido. Ao menos, ele trouxe suprimentos úteis.

— Obrigada — Eema disse. — Podemos fornecer apenas uma assistente, mas agradecemos a sua ajuda.

Os conselheiros esperaram enquanto os caixotes de suprimentos eram descarregados, e depois seguiram de volta para a cidade levando os suprimentos em vários transportes que esperavam na plataforma de embarque. A assistente ficou para trás, esperando sem jeito enquanto observava o processo todo. Ela claramente nunca tinha visto uma Jedi antes e não sabia como agir perto de uma. Padmé se aproximou para ficar ao seu lado.

— Na primeira vez que vi um Jedi, eu estava correndo tentando salvar a minha vida — ela disse. — Fica mais fácil depois quando você se lembrar que eles ainda são seres sencientes, assim como nós. Só que de vez em quando eles falam umas coisas estranhas.

— Algum dia desses eu gostaria de ouvir essa história, senadora — a assistente afirmou. — Perdão, meu nome é Ninui.

— É uma pena nos conhecermos sob essas circunstâncias, Ninui — Padmé disse. — Agora, por onde você gostaria de começar? Seria mais fácil levarmos a nave de volta para a órbita para que vocês possam usar a plataforma de aterrissagem?

— Pode ser — Ninui respondeu. — Desculpe, estou pensando em um milhão de coisas ao mesmo tempo.

— Vamos embarcar novamente — Clovis disse. — Você terá um pouco de paz para pensar e podemos lhe oferecer alguma comida. Imagino que tem se deslocado muito.

Ninui olhou para Clovis e sorriu. Padmé ficou impressionada. Até agora, ele vinha se comportando com delicadeza. Eles então voltaram para a nave. R2-D2 ficou para trás para se apresentar ao computador de atracagem e Depa Billaba ficou observando a paisagem, mas Padmé não podia nem imaginar o que estava fazendo. Ela conduziu Ninui até uma sala de observação. Clovis lhe trouxe uma bandeja de comida e caf, e Bonteri e sua secretária se juntaram a eles após alguns momentos.

— Acho que quanto mais simples mantermos isso, melhor — Bonteri afirmou. — Será mais fácil para você, e certamente mais fácil para o Senado.

— Concordo — Padmé disse. — Ninui, você pode nos dizer o que seu povo precisa agora, o que precisará daqui a um mês e o que precisará daqui a um ano?

— Bom — Ninui tomou seu último gole de caf e Clovis encheu a xícara novamente. — No momento, precisamos de água. Em um mês, vamos precisar de comida, e em um ano, vamos voltar a precisar de água.

— E para conseguir a água, vocês precisam que o aqueduto seja consertado — Bonteri disse.

— É mais complicado do que isso — Ninui observou. — Está chovendo na Província de Dravabi. Sem o aqueduto para levar aquela água para outras partes do planeta, haverá uma enchente.

— Então, o que vocês precisam é do *controle* da água — Padmé disse.

— Isso ainda significa consertar o aqueduto — Clovis observou.

— Sim, mas acho que Padmé está certa em fazer essa distinção — Bonteri disse. — Transportar água é difícil, mas existe muita umidade no ar se precisarmos estabelecer fazendas de umidade temporárias. Só que isso não resolveria nada, porque o problema é onde a água está.

— O que vocês precisam para consertar o aqueduto? — Padmé perguntou. — Nós o vimos da órbita, mas havia poucos detalhes sobre sua construção.

— Precisamos de permacreto — Ninui respondeu. — Não temos as substâncias necessárias para fabricá-lo aqui, nem mesmo uma das imitações, então geralmente nós importamos. Mas agora precisamos de muito permacreto.

Padmé se recostou na cadeira.

— Um dos comitês de que faço parte lida com o transporte de permacreto e nós tornamos o processo de envio menos oneroso — ela declarou. — Eu ainda precisaria de um pouco de tempo, mas acho que posso ao menos conseguir reativar as linhas de abastecimento.

— Isso seria bom para nós — Ninui disse. — Nosso fornecedor não consegue nos enviar o suficiente.

— Você poderia pedir que alguém prepare uma ordem de reparo? — Bonteri perguntou. — Se houver enchentes, nós deveríamos consertar essas regiões primeiro e depois seguir pelo caminho.

— Na verdade, isso já faz parte do nosso planejamento contra desastres — disse confessou. — Mas ainda não chegamos ao ponto de implementá-lo.

— Excelente — Bonteri disse. — A propósito, não se preocupe em se lembrar de tudo isso. Minha secretária vai lhe enviar todas as anotações.

— Ah, ainda bem. — Ninui pousou a cabeça na mesa e Padmé tocou suas costas. — Nunca estive tão cansada. Tenho medo de parar e não conseguir me mover de novo.

Clovis estava olhando para ela com uma expressão estranha no rosto. Padmé sabia que a história pessoal dele não era livre de tragédias — perder os pais era um de seus medos mais profundos, e Clovis havia perdido ambos quando era muito jovem —, embora sua história tivesse um final feliz com seu pai adotivo. Talvez aquela fosse a primeira vez que ele testemunhava sofrimento em uma escala tão grande. Padmé ficou feliz por ele estar se conscientizando, mas frustrada que tenha sido necessária a quase completa destruição do sistema ecológico e econômico de um planeta para isso. Talvez fosse por isso que Naboo incentivava seus filhos a entrar no serviço público desde cedo: isso garantia que estivessem acordados para a realidade.

— Você pode passar ao nosso piloto as coordenadas de qualquer coisa que precisamos ver? — Clovis perguntou gentilmente. — A ponte tem assentos confortáveis, então você pode descansar lá um pouco enquanto continua trabalhando.

Ninui levantou a cabeça e estalou o pescoço.

— Sim — ela disse. — Posso fazer isso.

— Vou buscar R2 e ver se a Mestra Billaba quer vir junto — Padmé declarou.

Ela desceu a rampa e enviou R2-D2 de volta para dentro. Billaba não havia se movido do lugar onde eles a haviam deixado. Padmé se aproximou, fazendo o máximo de barulho possível enquanto andava. Billaba se virou quando ela estava a poucos passos de distância.

— Senadora? — ela chamou.

— Vamos fazer uma inspeção aérea — Padmé disse a ela. — Você gostaria de nos acompanhar? Eu agradeceria se você pudesse dar ao Conselho Jedi um relato em primeira mão.

— É claro — Billaba disse.

Elas deram apenas alguns passos antes de Billaba parar e, pela primeira vez, olhar diretamente *para* Padmé. Ela se esforçou para não estremecer. Foi mais do que um pouco desconcertante.

— Você não mudou muito desde a última vez em que a encontrei — Billaba observou. Padmé não sabia exatamente o que ela queria dizer com aquilo, e isso provavelmente apareceu em seu rosto, mas a mestra Jedi continuou. — Você cresceu, é claro. Está mais sábia. Mais equilibrada. Mas não mudou. Você ainda é a pessoa que enfrentou a Federação de Comércio e acho que sempre será.

Provavelmente foi o elogio mais estranho que Padmé já recebera, incluindo a vez em que um garotinho de um mundo desértico havia pensado que ela fosse um anjo, mas ficou lisonjeada mesmo assim. Ela vinha se questionando. Sobre o caminho em que seguiria. Os Jedi conseguiam enxergar coisas que ninguém mais enxergava e Padmé confiava na visão deles, o máximo que um não Jedi poderia confiar.

CAPÍTULO 23

A VIAGEM DE VOLTA a Coruscant parecia interminável. Tudo que Padmé queria era começar a trabalhar, mas teve de se contentar em anotar seus planos para ter certeza de que não se esqueceria de nada quando finalmente chegasse o momento de apresentar ao Senado. Ficou determinado que a Senadora Bonteri faria o relatório oficial, depois eles decidiriam os próximos passos baseados na reação. Padmé estava cautelosamente otimista.

Clovis veio vê-la um pouco antes de a nave sair do hiperespaço. A essa altura, ela já se sentia menos frustrada com ele, mas ainda não gostava de sua companhia do jeito que ele parecia gostar da dela.

— Senadora Amidala — Clovis começou —, posso entrar?

— Por favor — ela respondeu, e fez um gesto na direção das cadeiras vazias.

— Eu queria agradecê-la por se juntar a nós — Clovis disse. — Não sei o que eu estava esperando, mas sei que fiquei sobrecarregado. Eu não poderia ter feito nada sem você por perto para esclarecer tudo.

— Você foi muito bem com Ninui — Padmé disse. — Ela precisava de apoio e você conseguiu enxergar bem isso.

— É um pouco mais fácil quando é apenas uma pessoa — Clovis admitiu. — Você consegue olhar o planeta inteiro e não hesitar.

— Tenho uma certa prática — ela o lembrou.

— Mas não é apenas a parte de ter sido rainha, não é? — ele perguntou. — Tem algo mais.

Padmé respirou fundo. Era uma lembrança dolorosa, porque continha tantas coisas boas e ruins. Mas ela teria que continuar trabalhando com Clovis e contar a ele não custaria nada a ela.

— Meu pai fez muito trabalho humanitário quando eu era muito jovem — ela disse. — Antes de decidir apenas construir em Naboo, ele construía casas e tantas outras coisas em qualquer lugar que você consiga imaginar. Quando eu tinha idade suficiente, eu o acompanhei. Eu tinha sete anos, e o planeta que estávamos evacuando chamava-se Shadda-Bi-Boran. O sol estava morrendo e nós conseguimos realocar toda a população, mas não conseguimos replicar totalmente seu meio ambiente. Os nutrientes que eles tiravam de seu sol, eles não tiravam de mais nenhum lugar.

— E o que aconteceu? — Clovis perguntou.

— Eles morreram. Todos eles. Tenho algumas fotos, e eles construíram um monumento depois, mas isso é tudo que restou.

Clovis analisou seu rosto procurando por algo, mas Padmé não sabia exatamente o quê.

— Você faria tudo de novo — ele disse.

— É claro que sim — Padmé concordou. — Talvez na próxima vez, um dos nossos cientistas descobriria algum meio de salvá-los. Talvez na próxima vez, haveria sobreviventes. Eu tentaria mil vezes, Clovis, mesmo se conseguisse salvar apenas um ser. Eu tentaria dez mil vezes.

Ela percebeu que ele acreditou nela.

A nave saiu do hiperespaço e o piloto falou no comunicador para que todos se preparassem para a aterrissagem. Clovis não disse mais nada até chegarem ao solo.

— Sei que chegamos ao Senado por diferentes razões — ele disse, levantando-se. — Você tinha suas expectativas para cumprir e eu tinha as minhas. Mas acho que poderíamos nos sair bem juntos, se você quisesse.

— Vou manter isso em mente — ela declarou.

— Será um prazer, Amidala — ele disse.

— É Padmé — ela informou a ele. — Não me importo de você me chamar de Padmé quando ninguém estiver por perto.

Ela não sabia o que a fez dizer aquilo. Quase ninguém fora de sua família e círculo íntimo tinha permissão para usar aquele nome.

— Sempre gostei de Clovis — ele disse. — É o nome que compartilhei com meus pais.

— Em Naboo, nós chamamos as pessoas pelos nomes que elas querem ser chamadas — Padmé disse. — O antigo capitão da minha guarda era chamado de Panás, mas sua esposa escolheu ser chamada de Mariek para evitar confusão, embora ela ainda seja a Capitã Panás quando precisamos ser formais, ou se algum estranho está falando com ela.

— E se alguém quiser mudar de nome? — Clovis perguntou.

Padmé pegou sua mala e a puxou sobre o ombro.

— Então você os chama pelo seu novo nome — Padmé disse a ele.

Clovis assentiu e andou com ela até o topo da rampa, onde Padmé se despediu da Mestra Billaba. Bonteri esperava por ela no fim da rampa e Padmé se apressou para não a atrasar. Era vital que Bonteri entrasse na agenda dos oradores o mais rápido possível.

— Não estou esperando muita coisa — Bonteri admitiu quando o speeder partiu da plataforma de aterrissagem. — Sei que deixamos tudo o mais simples possível, mas não sei se o Senado irá aprovar.

— Sei que você fará tudo que puder para ajudar Bromlarch — Padmé disse. — E eu também farei isso.

— E Clovis também? — Bonteri perguntou.

— Sabe — Padmé comentou —, eu realmente acho que sim.

— Ao menos teremos isso — Bonteri disse.

O speeder deixou a Senadora Bonteri primeiro e depois levou Padmé de volta para seu apartamento. Ela deixou Dormé e Cordé vestirem-na em algo que não estava coberto com a poeira de um mundo em pedaços e depois pediu para quem estivesse livre que jantasse com ela. Todas as três damas de companhia, Varbarós, Typho e dois outros guardas estavam sentados à mesa quando ela chegou. Mariek estava de plantão, mas apareceu para ouvir os pontos gerais do resumo de Padmé.

— Eu gostaria de voluntariar nossa nave como parte de qualquer comboio que seja enviado — Padmé concluiu. — Mesmo se for apenas para transportar pessoas. Isso seria possível?

— A nave estará pronta quando você precisar — Varbarós informou.

— Eu gostaria de pedir duas naves de patrulha da República como escolta — Mariek disse. — Com nossos pilotos.

— Sabé e Tonra podem fazer isso — Padmé ordenou. — Typho pode me acompanhar de perto e Mariek pode organizar o resto do pessoal.

Ela fez uma pausa e pensou um pouco.

— Gostaria de pedir para a Mestra Billaba também nos acompanhar — ela continuou. — Ela pode pilotar sua própria nave saindo do Templo Jedi, ou uma nave que forneceremos a ela.

— Gosto dessa ideia, milady — Typho assentiu. — Se isso se tornar uma coisa regular, podemos chamar alguns N-1s de nosso planeta. Temos o espaço para eles atracarem, e acho que todos nós preferiríamos se os caças fossem pilotados, armazenados e mantidos por nosso próprio pessoal.

— Concordo — Padmé disse. — Vou assinar a petição depois de você escrevê-la.

— Ainda há pouca coisa sobre Bromlarch nas redes de notícias — Versé comunicou. — Mas imagino que isso vai mudar quando os debates no Senado começarem.

Padmé bocejou.

— Por favor, me desculpem, estou exausta — ela disse. — Foram dias muito corridos. Obrigada, Versé. Nós sabemos muito bem como as redes preferem escândalos, então não fico surpresa.

— Você quer dar a eles um escândalo? — Versé perguntou. — Já invadi o sistema deles o bastante, agora tenho certeza que consigo.

— Vamos tentar o Senado primeiro — Padmé disse. Ela mal podia acreditar que estava mesmo considerando a proposta de Versé. — Mas podemos sempre guardar um escândalo na manga. Isso é política, afinal de contas.

Na manhã seguinte, Padmé se vestiu para lutar. Era uma variação sutil do vestido de batalha que Sabé usara durante a Batalha de Naboo, mas sem o ornamento de cabeça e a pintura no rosto. O vestido de baixo era preto, com mangas largas. Por cima, um vestido amarelo com mangas mais curtas, que deixavam o tecido preto livre para Padmé teoricamente esconder coisas em suas mãos, se fosse preciso. Sobre isso vinha um manto preto, preso no lugar por um cinto largo que podia acomodar seu blaster, se estivesse carregando um. Dormé prendeu seu cabelo em uma coroa feita com as tranças outra vez, e então Padmé ficou pronta.

Ela chegou no edifício do Senado o mais cedo possível e foi direto para o escritório da Senadora Bonteri. A porta estava aberta e Padmé podia ouvi-la conversando com alguém, então hesitou antes de bater. Era uma voz pouco familiar — profunda e exigindo atenção — e Padmé não pôde deixar de ouvir.

— Faça o que for preciso — a voz misteriosa ordenou. — Mas se você não puder controlar a situação, eu vou intervir e controlar por você.

— Sim, milorde. — A Senadora Bonteri não parecia nada feliz com aquilo.

Padmé não ouviu mais nada e presumiu que a conversa havia acabado. Ela ficou curiosa sobre o que ouviu — tanto Bonteri quanto seu contato desconhecido pareciam profundamente sérios —, porém, mais do que curiosidade, um estranho medo tomou conta de seu estômago e ela queria muito afastar essa sensação. Ela contou até quinze antes de dar os últimos passos e bater na porta.

— Bom dia — Bonteri disse alegremente. Era um tom de voz completamente diferente.

— Olá — Padmé cumprimentou. — Vim perguntar se você precisa de alguma coisa.

— Não — Bonteri respondeu de um jeito um pouco brusco demais, apesar de sua expressão leve. — Consegui nos colocar na agenda do dia logo cedo. Acho que tudo vai dar certo.

— Excelente — Padmé disse. Ela decidiu não pensar mais naquilo e se concentrar no objetivo maior. — Estarei na galeria se acontecer alguma coisa.

Padmé caminhou até seu assento e esperou por Typho. A câmara do Senado era tão grande que ela não gostava de ficar sozinha na cápsula, mesmo tendo certeza de que aquele era um dos lugares mais seguros de toda a galáxia. Além disso, ela estava ansiosa demais para ficar parada e não queria que ninguém a visse naquele estado. Finalmente a hora chegou, e com Typho atrás dela, Padmé sentou-se em sua cadeira.

— O plenário concede a palavra à Senadora Mina Bonteri de Onderon — o Chanceler Palpatine disse. Ele parecia quase entediado.

— Meus amigos — Bonteri começou —, eu retornei de nossa expedição para avaliar os danos causados ao planeta de Bromlarch por recentes atividades sísmicas. Vocês devem ter recebido meu relatório em seu pacote de informações matutino, mas sei que ainda é cedo, então vou resumir para vocês agora.

Enquanto a Senadora Bonteri falava, Padmé observou a galeria. Não era fácil enxergar o rosto de ninguém, mas ela estava aprendendo a dizer muito sobre a postura de um senador observando como ele se sentava na cápsula. Olhando ao redor, viu menos seres se inclinando para a frente, ouvindo atentamente, do que esperava ver. Em vez disso, eles se recostavam ou conversavam com seus assistentes. Padmé engoliu uma pontada de ressentimento e se concentrou na Senadora Bonteri, que concluiu seu resumo dando detalhes do plano que o Conselho de Bromlarch havia encaminhado.

— Sempre é melhor confiar em quem está presente no local — Bonteri disse. — O plano apresentado pelos cidadãos de Bromlarch é direto e resultará em reparos mais rápidos e eficientes.

A cápsula de Bonteri flutuou de volta para seu lugar e o Chanceler Palpatine falou outra vez.

— O plenário dá a palavra ao senador da Federação de Comércio — Palpatine declarou.

Padmé enrijeceu. Isso não podia ser nada bom.

— O que a Senadora Bonteri e o Senador Gaans estão propondo é demais — Lott Dod começou a dizer. — Podemos pedir a cidadãos da República que contribuam com pequenas quantias de seus próprios créditos e materiais para a reconstrução, mas a ideia de uma reconstrução em escala planetária é ridícula. Se Bromlarch requer tanta ajuda, eles devem ser capazes de pagar de alguma forma.

— Senadores — o Senador Gaans bradou —, meu povo está fazendo o máximo que pode. Acho que vocês não estão entendendo a escala da destruição...

— Nós entendemos — Lott Dod interrompeu. Padmé olhou para baixo, mas Palpatine não deu nenhum sinal de que iria interferir. — Nós também entendemos a economia. A Federação de Comércio está disposta a entrar em um acordo privado com os cidadãos do seu planeta, se isso for algo que você estiver disposto a considerar, mas você não pode esperar uma intervenção galáctica para um problema interno.

Padmé sentiu uma raiva que há muito tempo não sentia. Ela não ficaria apenas assistindo enquanto a Federação de Comércio comprava um planeta inteiro sem a anuência de seus cidadãos.

— A votação será aberta agora — anunciou o Chanceler Palpatine.

A tela da votação apareceu no monitor de Padmé e ela rapidamente votou a favor da moção da Senadora Bonteri. Ela então prendeu a respiração.

— A moção não foi aprovada — o Chanceler Palpatine declarou.

Padmé desabou na cadeira. Ela viu a derrota nos ombros caídos de Bonteri. O Senador Gaans havia flutuado perto o bastante para ela enxergar o absoluto desespero em seu rosto. Lott Dod flutuou sua cápsula de volta para seu lugar e esperou.

Padmé já tinha esperado demais. Esperado para ser vista. Esperado para falar. Esperado para servir. Ela faria algo acontecer, mesmo se fosse a última coisa que faria como senadora da República Galáctica.

CAPÍTULO 24

PADMÉ ENVIOU TYPHO PARA chamar o Senador Gaans e trazê-lo para seu escritório, onde ela o acomodou, perturbado, em uma das cadeiras que ficavam de frente a ela do outro lado da mesa. Cordé serviu caf para ele e depois retornou para seu lugar atrás do ombro de Padmé. Ele não tomou a bebida.

— Senador, eu sei que é desesperador — Padmé disse. — Mas você não pode assinar esse tratado. E também não pode deixar que mais ninguém assine. Não podemos permitir que a Federação de Comércio compre o seu planeta e o seu povo. Você precisa resistir.

— Eu sei — ele concordou. — Mas como posso resistir quando a Federação de Comércio pode salvá-los?

— Salvá-los? — Padmé retrucou. — Senador, a Federação de Comércio já se ofereceu uma vez para salvar meu povo. Eles prenderam meu povo em campos de concentração e os deixaram passando fome, tentando forçar minha mão. Essa situação é diferente, entendo isso, mas você precisa evitar um resultado que vai favorecer apenas a eles.

— Ainda nem existe um tratado — Gaans disse a ela. — Eles precisam de dois dias para escrevê-lo, e eu terei um dia para ler e avaliar se é plausível ou não.

— Plausível? — Padmé pensou em quinze coisas diferentes para responder àquilo, mas acabou não dizendo nada.

A porta emitiu um sinal e o Senador Organa entrou. Padmé fez um gesto para a cadeira ao lado de Gaans.

— Desculpem, senadores — ele lamentou. — Nós tentamos.

— Precisamos tentar outra vez — Padmé afirmou. — Você me disse que, se a democracia falhasse, então caberia a nós restaurarmos a democracia. É isso que pretendo fazer.

— Eles vão protelar você — Organa disse. — Sei que é uma situação horrível, mas você não pode lutar contra cada mal na galáxia.

— Mal? — Padmé perguntou. — Lutei contra o mal e foi fácil: atirei nele. É a apatia que não consigo suportar.

— Você pode estar na profissão errada — Gaans disse sombriamente.

— Nós temos três dias — Padmé declarou. — Certamente existe algo que possamos fazer.

Clovis entrou de repente na sala e parou quando viu que Padmé já tinha convidados.

— Senadores — ele disse. Não havia cadeiras desocupadas perto da mesa, então ele permaneceu de pé.

— O que foi, Clovis? — Padmé perguntou.

— Mais cedo, quando falei que nós formávamos uma boa equipe? — Clovis disse. — Foi isso que eu quis dizer. Você conhece pessoas e eu conheço créditos, e ambos fomos treinados para negociar. Sei que posso ajudar. Por favor, me permita.

Padmé considerou e percebeu que não estava exatamente em posição de negar a ajuda de ninguém.

— Certo — ela disse. — Três dias, Clovis. E não podemos simplesmente apresentar a mesma moção. Temos que ser mais espertos que isso. O que você sugere?

— Precisamos nos concentrar nos votos — Clovis observou, andando de um lado a outro em frente à janela. — O conteúdo da moção ainda é importante, mas acho que precisamos prestar mais atenção em quem vamos tentar convencer.

— Não é assim que minha facção no Senado opera — Organa protestou, mas seu tom de voz era de resignação. Ele sabia tão bem quanto Padmé que sua idade e experiência davam a ele mais privilégios do que ela, e isso antes de levar em consideração seus planetas.

— Mas aqui estamos — Clovis pontuou. — Os aliados da Federação de Comércio acabaram de votar contra um projeto de lei que salvaria milhões de vidas porque Lott Dod os convenceu.

Organa claramente não gostou do argumento, mas não o refutou.

— Certo — Padmé disse. — Existem mais sistemas do Núcleo representados do que na Orla Média, e alguns dos Mundos do Núcleo votaram a favor de qualquer maneira. Precisamos convencer senadores da Orla Média a votarem com a gente em vez de seus aliados no Núcleo que os apoiam.

— Precisamos nos concentrar em certos sistemas — Clovis declarou. — Existem senadores que sempre votam em bloco. Precisamos convencer os líderes desses blocos, não seus membros.

— Malastare — Padmé disse. — Eles podem trazer mais de uma dúzia de sistemas, e tudo à custa do bloco de oposição.

— Você nunca conseguirá convencê-los a mudar de ideia — Gaans se inclinou para a frente e pousou a cabeça nas mãos.

— Não vou convencê-los a mudar de ideia — retrucou Padmé. — Eles farão isso eles mesmos porque querem aquilo que eu tenho.

— E o que você tem? — Clovis perguntou.

— Estou trabalhando nisso — Padmé disse. — Não podemos simplesmente reapresentar a moção como uma operação humanitária, mas e se a apresentarmos como algo mais geral? Se beneficiasse mais de um sistema, esses sistemas votariam a favor. Eles trariam seus aliados e a moção seria aprovada.

— Uma moção para a cooperação da Orla Média? — Organa questionou. Ele estava cético, mas Padmé percebeu que estava quase se convencendo. — Depois da recente onda de pirataria, você certamente teria a opinião pública ao seu lado, e isso faria bem à imagem do chanceler, então você também contaria com o apoio dele.

— Podemos chamar isso com outro nome — Padmé disse. — Mas, sim.

— O que Malastare quer? — Gaans perguntou.

— Eles querem poder político — Padmé respondeu. — O senador de Malastare não foi eleito chanceler quando Valorum perdeu o cargo, e eles estão perdendo influência desde então.

— Não podemos dar poder a eles — Organa disse.

— Não — Clovis concordou, e Padmé soube que ele a estava acompanhando. — Mas podemos dar créditos, o que é quase a mesma coisa.

— Você vai comprar suas reservas de combustível? — Gaans perguntou. — Para qual propósito?

— É a moção de Cooperação da Orla Média — Padmé disse. — Outra pessoa vai comprar o combustível. Só precisamos descobrir quem.

Padmé se levantou e foi até os assentos mais confortáveis no outro canto de seu escritório. Havia mesas baixas onde eles podiam trabalhar e a luz era boa. Clovis a seguiu e se sentou. Ele apanhou vários datapads em sua bolsa e uma caneta. Padmé olhou para Organa, que se levantou.

— Minha agenda está cheia hoje, então não posso ficar e ajudar — ele disse. — Mas levarei meu comunicador comigo, se vocês tiverem alguma pergunta. E tentarei voltar mais tarde.

Padmé sabia que havia outras crises na galáxia e tentou dizer a si mesma que ele não a estava abandonando porque pensava que aquela era uma causa perdida.

— Preciso ir falar com Eema e os outros conselheiros em meu planeta — o Senador Gaans disse. — Temos muito a discutir.

— Por favor, cuide-se — Padmé pediu. — Eles vão precisar de você, e nós também.

Ele ofereceu um sorriso fraco a ela, então Gaans e Organa deixaram a sala. Padmé se sentou perto de Clovis, pela primeira vez completamente interessada naquilo que ele tinha a dizer.

— Certo — ela disse. — Malastare para créditos e combustível. Para onde vamos daqui?

Os três dias seguintes foram exaustivos de um jeito que Padmé nunca havia experimentado. Ela pensava que conhecia a exaustão depois da Ocupação. Constantemente mudando de planetas com diferentes ciclos diurnos e enfrentando os desafios mentais de manter Sabé como sua dublê por aquele período enquanto lidava com o estresse da situação militar em Naboo foi uma das coisas mais difíceis que ela já fizera. Agora era mais como perseguir uma linha de costura em um quarto acarpetado com outras linhas, algumas das quais ela precisava, mas a maioria apenas a atrasaria. Isso requeria que prestasse atenção a detalhes e se movesse rapidamente, mas não rápido *demais*, ou corria o risco de desenrolar a coisa toda.

Padmé estava ciente de que Cordé, Dormé e Versé iam e vinham, trocando de lugar para assegurar que uma delas estivesse descansada enquanto Padmé seguia. Typho, Mariek e os outros guardas também se revezavam. Ela não sabia se a segurança de Clovis estava no corredor, mas se estava, eles nunca entravam na sala. A comida era trazida e Padmé não conseguia nem lembrar se havia comido — embora o fato de não ter desmaiado indicasse que provavelmente tinha. Eles dormiam sentados quando o cansaço tomava conta, geralmente sendo acordados quando alguém conseguia um avanço.

No fim, a moção da Cooperação da Orla Média envolvia mais de uma dúzia de sistemas, uma variedade de diferentes recursos e os chefes de todos os blocos que eles precisavam convencer para atraírem votos suficientes contra a Federação de Comércio. Padmé estava correndo para terminar seu discurso antes de o cronômetro zerar.

— Tudo que precisamos fazer agora é vender a ideia para eles — Clovis disse. — Acho que essa foi, na verdade, a parte mais fácil.

— Isso vai nos colocar na ordem do dia — Padmé observou. — Até hoje nunca pedi um único favor ao Chanceler Palpatine, mas isso vale a pena.

— Vou até meu escritório para me trocar. Vejo você lá fora?

— Sim — Padmé respondeu. — Obrigada, Clovis.

— Precisamos fazer isso de novo algum dia — Clovis disse antes de bocejar. — Só que mais tarde.

Quando ele saiu, Versé ajudou Padmé a se trocar e colocar um vestido limpo que Dormé havia entregado na tarde anterior. Então, ela chamou o escritório do chanceler para fazer o seu pedido de agendamento para a ordem do dia.

— Senadora Amidala — Palpatine começou —, sentimos sua falta na galeria nos últimos dias.

— Estive trabalhando em uma moção que eu acho que o Senado deveria ouvir imediatamente — Padmé contou a ele. — Beneficia Bromlarch, mas também dá vantagens a vários mundos da Orla Média, e também pode ajudar o Senado a lidar com a questão da pirataria, se conseguirmos alinhar tudo. Acho que tem uma boa chance de ser aprovada.

— Ótimo — o chanceler disse. — Mas devo alertá-la para segurar seu otimismo. Já vi todo tipo de moção falhar, mesmo quando pensei que eram sólidas.

— Eu sei — concordou Padmé. — Mas acho que essa moção vai conquistar apoio em várias facções. Ela poderia unir o Senado.

— Ou contorná-lo — Palpatine retrucou. Ele parecia pensativo e Padmé sabia que estava considerando todas as opções. Ele poderia enxergar algo que ela havia deixado passar, alguma oportunidade ou armadilha. Palpatine sorriu. — Mas tenho fé em você, senadora. As suas ações sempre são para o bem da República.

— Só preciso apresentá-la, chanceler. O mais breve possível.

— Agendarei você em primeiro lugar hoje. Você estará lá? — ele perguntou.

— Estarei, chanceler — Padmé respondeu. — E obrigada.

— É claro, minha querida, é claro — Palpatine disse, e então encerrou a ligação.

Padmé se levantou e se espreguiçou o máximo que podia, depois calçou os sapatos e se dirigiu ao plenário. Parou no centro da sala quando algo lhe ocorreu. No meio da pressa, ela mal notou qualquer coisa que não fosse o datapad na frente de seu rosto, mas ainda assim estava sempre ciente de quem esteve e quem não esteve na sala.

Mina Bonteri não aparecera para ajudar.

— Senadores da República Galáctica — Amidala começou —, da última vez que discursei aqui, foi para pedir auxílio ao meu planeta. Venho agora diante de vocês com um pedido semelhante, mas para sistemas que não são os meus. Nosso serviço aqui é feito em nome de nossos planetas natais, mas representamos todos os cidadãos da República, e é por virtude dessa coalizão que somos capazes de realizar feitos maiores do que seríamos sozinhos.

A cápsula da Senadora Amidala flutuou até o centro da assembleia e todos os olhos recaíram sobre ela. Dormé fizera sua maquiagem de um jeito novo, para que cada pincelada acentuasse os traços únicos de suas feições em vez de sobrecarregá-los. Demorou um pouco para aperfeiçoar — ela precisou praticar a técnica em qualquer pessoa que conseguisse pôr as mãos, já que Padmé estava ocupada, mas o efeito geral era inegável: Padmé Amidala se apresentava diante de seus colegas com seu próprio rosto, tão aberta e genuína quanto poderia ser.

Padmé também se vestiu de acordo. A roupa que Cordé havia criado tinha largas calças azuis, com um corte à moda de Coruscant, mas bordada com temas de Naboo. Sobre uma camisa branca, Padmé vestiu um casaco que descia até abaixo dos joelhos e era aberto na frente para mostrar os detalhes costurados no forro. Seus sapatos eram simples e confortáveis, para o caso de precisar continuar de pé e responder questões quando terminasse o discurso.

Versé havia costurado refratores-fabris de programação própria em partes cruciais do traje. Eles asseguravam que Padmé estaria sempre iluminada de um ângulo perfeito. Não haveria fotos sob sombras e pouco lisonjeiras nas redes de notícia quando a sessão terminasse. Cada parte de Naboo que Padmé trouxera consigo estava sendo exibida agora, mas transformada para que a República Galáctica a aceitasse como uma senadora, não uma rainha.

— Os planetas da Orla Média estão sitiados por piratas e não agimos contra eles — Padmé continuou. — Eu entendo sua hesitação, pois ela também é minha: estou relutante em armar a galáxia mais do que o necessário. Mas, meus amigos, nós temos alguma necessidade. Nossas cargas estão sendo roubadas e os piratas que as tomam estão apenas buscando segurança e comida suficiente para alimentar os seus. Precisamos agir rapidamente.

As câmeras zumbiram ao seu redor e Padmé soube que havia finalmente capturado a atenção de todos pelas razões que ela queria. Os outros senadores, mesmo seus aliados — que sabiam, mais ou menos, o que ela iria dizer —, estavam se voltando em sua direção, ouvindo cada palavra que ela dizia.

— Em suas telas agora está aparecendo a moção da Cooperação da Orla Média — Padmé continuou. — Vocês notarão que vários sistemas se beneficiariam das trocas e aquisições propostas.

Ela deu a eles um tempo para começarem a ler. Havia muitos detalhes, dado o número de planetas envolvidos, mas ela não queria deixar o momento esfriar.

— Não apenas podemos enviar recursos necessários para Bromlarch — sua voz soou através dos alto-falantes —, mas Bromlarch será capaz de pagar pelos suprimentos sem se endividar e toda a Orla Média se beneficiará.

Ela fez outra pausa. Agora havia um burburinho, não por falta de educação, mas porque os senadores e seus assessores discutiam os termos. Padmé respirou fundo e iniciou a última parte de seu discurso.

— Não podemos continuar enviando recursos tão valiosos para sistemas estelares sem proteção adequada — ela disse. — Já que isso é um exercício da República, é necessário que seja protegido por naves da República. Apenas assim podemos garantir a passagem segura dos trabalhadores Wookiees para Bromlarch. Apenas assim podemos garantir a troca segura de créditos por combustível entre Malastare e Sivad. Apenas assim podemos garantir que as naves transportando comida de Thiafeña e Naboo para Bromlarch chegarão intactas. E talvez, ao trabalharmos para manter essa segurança, nós possamos voltar aqueles que se tornaram piratas a melhores caminhos — ela concluiu. — Sei que fui chamada de idealista e ingênua, e vocês, meus amigos, concordaram com eles. Eu não os culpo, e também não peço desculpas por minha fé na democracia e naquilo que esta instituição pode realizar quando age unida. Vamos agir juntos agora. Por Bromlarch. Pela Orla Média. Para a contínua segurança da República Galáctica.

Lott Dod estava freneticamente tentando que o plenário lhe desse a palavra, mas suas tentativas não foram respondidas. Em vez disso, Palpatine concedeu a palavra a Malastare.

— Existe sabedoria nessa moção. — Aks Moe tinha uma voz esganiçada, mas o sistema de amplificação assegurava que todos podiam ouvir suas palavras. Padmé quase podia vê-los calculando quantos créditos Malastare lucraria como resultado das transações. — O Congresso de Malastare dá seu apoio.

Houve um som alto de grunhidos alguns níveis acima de onde a cápsula de Padmé flutuava quando os Wookiees, nunca afeitos a seguir os procedimentos, adicionaram um terceiro apoio à moção.

— Então, votaremos — ordenou Palpatine. Ele ainda não dera a palavra ao senador Neimoidiano, que estava furioso em seu assento.

Foi para os poderes divinos que protegeram Naboo e os Gungans — e quem mais estivesse ouvindo — que Padmé sussurrou um "por favor" quando votou a favor do plano. Demorou apenas alguns segundos para a contagem dos votos, mas para ela foi uma eternidade.

— A moção foi aprovada — Palpatine anunciou.

Aplausos e comemorações surgiram por toda a parte enquanto a cápsula de Padmé voltava para sua doca. Quando teve absoluta certeza de que as câmeras estavam distraídas, ela permitiu a si mesma um sorriso de satisfação. Palpatine continuou com a agenda do dia, mas ela estava contente demais para prestar atenção. Parecia que horas se passaram antes que a sessão terminasse e Padmé pudesse finalmente voltar para seu escritório. Clovis apareceu logo depois e comemorou assim que ela permitiu sua entrada.

— Você conseguiu! — ele exclamou.

— Nós conseguimos. — Padmé estava mais do que disposta a compartilhar os créditos. — Eu não teria conseguido terminar tudo tão rápido sem os seus conselhos.

— Eu poderia dormir por uma semana — ele disse. Clovis se aproximou cruzando a linha que Padmé consideraria uma distância segura, mas ela estava cansada e demorou um momento para registrar.

— Eu também — ela admitiu. — Mas precisamos continuar trabalhando para organizar tudo e enviar para...

Ele a beijou, e a exaustão dela sumiu imediatamente.

— Não — Padmé disse, empurrando-o.

— Eu pensei que... — As mãos dele acomodaram os cotovelos dela, como se fosse puxá-la para perto outra vez.

— Não — ela disse.

— Mas você... — Ele deu um passo para trás. Clovis parecia bravo, e a própria fúria dela também se mostrava.

Como ele ousava presumir a natureza de seu relacionamento sem antes pedir seu consentimento? Ela vinha se afeiçoando a ele, isso era verdade, e considerava que sua recém-descoberta amizade tinha potencial para se desenvolver além daquilo que construíram nos três dias anteriores, mas ele *não tinha o direito*.

— Não. — Ela disse aquilo na voz da rainha. — Nós somos colegas, Senador Clovis.

— Eu me despeço então — ele disse, e saiu da sala.

— O que foi aquilo? — Padmé perguntou quando Versé apareceu ao seu lado, batendo seu leque contra a palma da mão. Ela esteve presente durante o tempo todo, é claro, e a atenção de Clovis simplesmente a ignorou enquanto ele buscava seu objetivo.

— Não sei — Versé respondeu. — Mas ainda bem que ele obedeceu. Gosto deste leque e odiaria ter de quebrá-lo na cabeça dura dele.

— As coisas estavam começando a fazer sentido — Padmé disse.

— Elas farão mais sentido depois que você dormir — Versé disse a ela. — E já que nós duas sabemos que você não vai dormir antes de organizar a primeira remessa de suprimentos, vamos começar com isso.

Padmé acessou a primeira das listas propostas de suprimentos e fez seu melhor para se concentrar naquilo que estava diante de si.

CAPÍTULO 25

LEVOU QUASE UMA SEMANA transportando materiais ao redor da Orla Média, mas finalmente todos os créditos chegaram aos seus respectivos destinatários e Padmé preparou a primeira remessa de permacreto a ser enviada para Bromlarch. O permacreto foi comprado com créditos cedidos a Bromlarch por Joh'Cire, uma lua desértica com um próspero mercado de umidade e uma população crescente, em troca de tecnologia de irrigação. Se fosse simples assim, a moção da Cooperação da Orla Média não seria necessária e Naboo poderia simplesmente preencher a lacuna no suprimento de comida de Bromlarch privadamente. Mas não era tão simples. Eles precisavam dos votos. Malastare não se importava com Bromlarch, mas o Congresso havia votado a favor mesmo assim por causa daquilo que Padmé oferecera, e junto com os outros sistemas, eles asseguraram o apoio da República para todo o acordo.

O apoio da República significava a proteção da República, e apenas três dos comboios sofreram ataques. Toda a carga chegou aos seus destinos intacta, mas um piloto e caça Sivadianos foram perdidos. Os piratas quase desapareceram depois disso, talvez temendo uma represália em nível galáctico. O chanceler recebeu crédito por restaurar a paz e Padmé quase não se importou.

Padmé levaria o Senador Gaans e o Senador Yarua de Kashyyyk em sua nave, junto com o máximo de suprimentos de emergência que pudesse estocar em todo canto possível.

Mon Mothma se juntaria a eles depois da primeira remessa para relatar o progresso ao Senado, e o Senador Yarua supervisionaria o início da construção junto com o Senador Gaans. Os Wookiees foram contratados para fazer a maior parte da construção como parte do acordo, em troca dos direitos de exploração de uma espécie particular de madeira que Bromlarch produzia e interessava a Kashyyyk. A inclusão dos Wookiees foi um bônus, já que eles apoiaram o auxílio desde o início e Padmé ficou contente em passar mais tempo com eles.

Assim que o permacreto foi embarcado e todos estavam a bordo da nave real, Padmé, com Typho atrás dela, se dirigiu para as naves de patrulha que o Senado havia emprestado para a viagem. Sabé e Tonra estavam no meio de suas checagens finais e já vestiam seus capacetes, o que dificultou a conversa, já que Padmé não tinha um comunicador.

— Voem com segurança! — ela gritou, mexendo os dedos imitando o movimento de asas.

Sabé respondeu com um sinal que elas usavam para indicar uma situação calma que poderia piorar a qualquer momento, e Padmé fez uma careta. Eles estariam em alerta máximo. Tonra acenou e Padmé se virou para voltar para a rampa.

— Isso me deixa nervoso, senadora — Typho admitiu quando eles embarcaram.

— Você preparou um plano para o caso de os piratas tentarem roubar a carga e outro plano para se decidirem que reféns são mais valiosos — Padmé disse a ele. — Imagino que você também tem um plano para o que fazer se eles decidirem fazer as duas coisas, além de múltiplas respostas para cenários que eu nem imaginei ainda. Nós ficaremos bem.

— Estou contente por termos nossos próprios pilotos — Typho admitiu quando entrou na ponte.

— Senadora, estamos prontos para partir — declarou Varbarós do assento do piloto. — Vamos nos encontrar com o comboio na órbita alta e parar para nos juntar às outras naves nas coordenadas combinadas. Mais dois saltos e estaremos em Bromlarch.

— Aqui é o *Guardião Um*, pronto para decolar — a voz de Sabé soou no comunicador interno.

— *Guardião Dois*, pronto para decolar — Tonra relatou.

Padmé olhou através das janelas estreitas e viu as naves de patrulha se erguerem do chão antes do impulso pré-decolagem.

— *Guardião Três*, aguardando. — Era a Mestra Billaba, que havia decolado do templo separadamente e se juntaria a eles em órbita.

— Esquadrão Guardião, vocês têm autorização para decolar — Varbarós anunciou. — Nos vemos lá em cima, *Guardião Três*.

A mestra Jedi não respondeu.

Varbarós os levou através da atmosfera, suave como sempre, e as naves de patrulha tomaram suas posições ao lado das asas assim que ganharam o espaço, com a Mestra Billaba na retaguarda. Eles seguiram até onde o comboio estava se reunindo e assumiram seu lugar na frente da formação. Então colocaram alguma distância entre eles e Coruscant.

— Todas as naves, aqui fala a *Naboo Um* — Varbarós disse no canal geral. — Preparem-se para receber os cálculos navegacionais e saltarem para o hiperespaço sob meu comando.

Padmé se recostou no assento enquanto o navicomputador fazia seu trabalho. Ela gostava daquela parte da viagem, a tomada de ar antes de saltar na vastidão do espaço. Lembrava a ela quão grande a galáxia era e a sorte que tinha de viver nela.

— Saltar — disse Varbarós, e todos partiram.

Apesar de saber que deveria voltar para sentar-se com os outros senadores, Padmé ficou na ponte pela duração da viagem. Ela sentiu que aquela era a primeira vez em muito tempo em que estava em uma sala sem políticos — exceto ela mesma —, e embora isso fosse um exagero, gostou da quietude.

Essa quietude foi interrompida de repente quando o comboio saiu do hiperespaço no segundo ponto de encontro e se encontrou no meio de um tiroteio com piratas.

— Ativar escudos defletores! — Varbarós ordenou. — Tomando ação evasiva. Esquadrão Guardião, amplie a cobertura.

Padmé observou quando as duas naves de patrulha se afastaram e fizeram uma curva de volta para proteger todo o comboio em um ângulo mais amplo. Fazia um tempo desde que Sabé pilotara uma nave individual, mas Padmé sabia que sua amiga era muito melhor em manter suas horas de voo do que ela própria. Tonra também não era um piloto regular, mas o casal Panás era muito exigente e Padmé se sentiu apenas um pouco alarmada por estar em mais uma batalha. Ela não conseguiu encontrar a nave Jedi a princípio, mas logo enxergou o distinto formato triangular do caça estelar Delta-7 da Mestra Billaba.

— Podemos saltar de novo? — Typho perguntou. Ele se inclinou para a frente e Padmé percebeu o quanto estava ansioso para tomar o controle da situação. Ela entendia completamente.

— A outra metade do comboio está no meio da transferência de carga entre dois dos cargueiros — um técnico relatou. — Eles não podem saltar até que todos estejam de volta a bordo.

— Maldição — Typho reclamou.

— Varbarós, leve-nos para mais perto — Padmé pediu. — Podemos atrair os disparos e dar tempo aos cargueiros.

— Não faça isso — ordenou Typho, cuspindo cada palavra como se fossem torpedos de prótons.

— Sargento, nós temos escudos muito superiores — Padmé explicou. — Podemos levar alguns tiros. Leve-nos até lá, Varbarós.

— Uma passada! — Varbarós disse, claramente considerando aquilo um meio-termo. Ela não podia olhar nos olhos de nenhum dos dois de onde estava e provavelmente foi melhor assim, considerando tudo. — Lá vamos nós. Segurem-se em algo.

A nave rolou em direção à ação, e apesar de o gerador de gravidade mantê-los no lugar, Padmé sentiu um frio no estômago quando Varbarós completou a manobra. E funcionou. A nave real sofreu dois tiros na barriga da proa, mas o escudo aguentou firme.

— As armas deles não são fortes o bastante para penetrarem sem um bombardeio significativo — o técnico relatou, seus dedos voando enquanto acessava os sistemas e enviava ordens para as outras naves.

— Sargento — Padmé disse, despejando muito sentimento na palavra.

— Nos leve para mais uma passada — Typho ordenou, falando entre dentes cerrados. Ele definitivamente gritaria com ela depois, mas aquilo valia a pena.

Varbarós rolou novamente e mais três tiros balançaram a proa.

— *Naboo Um, Guardião Um*, nós travamos o alvo nos canhões do primeiro agressor — Sabé disse no comunicador. — Iniciando ataque agora.

— *Guardião Um*, permissão concedida — Varbarós respondeu. Ela tirou a nave real do caminho e, por um momento, a visão de Padmé da batalha foi substituída por um calmo e pacífico campo de estrelas.

Mas não eram estrelas: era um lastro que a Mestra Billaba havia lançado para desviar os disparos dos canhões. Mesmo no vácuo, as partículas fervilhavam no espaço, absorvendo a energia que deveria ter cortado o metal do casco. A mestra Jedi retornou para sua posição atrás da nave prateada, e Padmé então só conseguiu acompanhar seus movimentos pelos instrumentos.

Assistir a batalhas no espaço era profundamente perturbador devido ao silêncio em que eram conduzidas, mas uma vez de volta ao alcance visual, Padmé não tirou os olhos da nave pilotada por Sabé. Ela perdeu o ataque bem-sucedido de Tonra ao primeiro canhão, mas viu Sabé destruir o segundo.

— Os cargueiros estão prontos para seguir — o técnico relatou.

— Ativando navicomputador — Varbarós anunciou no canal geral. — Todas as naves, todas as naves, preparem-se para as coordenadas e saltem quando estiverem prontas.

— Nós vamos por último — Padmé declarou. — Quero ter certeza de que todos escaparam.

— Senadora — Typho pediu e Padmé ergueu as mãos, derrotada.

— Praticamente por último — ela corrigiu. — O Esquadrão Guardião pode nos seguir.

— Entendido — disseram três vozes diferentes no comunicador.

Lampejos de luz indicaram o momento em que cada nave do comboio saltou. Sabé e Tonra continuaram atacando as naves piratas, mirando as armas e os sistemas de propulsão para cobrir a fuga, enquanto Billaba soltou outra nuvem de lastro entre os agressores e a nave de Naboo.

— Agora é a nossa vez — Varbarós anunciou, e antes que Padmé pudesse olhar pela janela para confirmar que eles eram os últimos, a nave saltou.

Varbarós soltou o ar em triunfo depois de prender a respiração e Padmé tocou seu ombro.

— Parabéns — ela disse. — Você fez um excelente trabalho.

— Obrigada, senadora — Varbarós agradeceu.

Padmé relaxou no assento e olhou para Typho, que não parecia tão bravo quanto ela esperava.

— Você consegue pilotar um caça N-1, senadora? — ele perguntou após um momento.

— Sim — Padmé respondeu. — O Capitão Panás exigiu que aprendêssemos. Estou um pouco sem prática, mas acho que me lembraria de tudo.

— Ótimo — ele disse. — Acho que não vou conseguir convencê-la a não arriscar o pescoço no futuro, então é melhor me certificar de que vai arriscar o pescoço usando algo que tenha um canhão laser.

— Que seja, sargento — ela disse. — Desde que você voe junto comigo.

— Minha patente não... — ele começou a falar, mas ela riu.

— Talvez eu peça alguns favores. Tenho amigos poderosos — ela disse. — E você merece, sargento. Eu realmente acredito nisso.

Padmé se levantou e foi até os outros senadores para contar o que havia acontecido. O computador da nave os deixou ciente de tudo, mas era sempre bom ouvir um relato de uma pessoa. Ela encontrou

R2-D2 no caminho. Ela sabia que o droide frequentemente fazia varreduras quando não tinha nenhuma outra tarefa, e algo lhe ocorreu.

— R2, você conseguiu dar uma boa olhada nos piratas? — ela perguntou.

O pequeno droide emitiu bipes entusiasmados e rolou até um terminal. Padmé o seguiu, e quando ele se conectou, ela observou aparecer na tela uma série de informações da nave cujos canhões Sabé havia destruído.

— Alguma marca de identificação ou número de registro? — ela perguntou.

R2-D2 girou seu domo, indicando que não.

— Por favor, faça uma análise detalhada — Padmé pediu. — Vou ler seu relatório assim que as coisas se acalmarem.

O astromec voltou para a tela e imagens apareceram rápido demais para Padmé acompanhá-las, então ela o deixou trabalhando.

Os senadores estavam esperando por ela na sala que podia servir como sala do trono quando a rainha estivesse a bordo, mas atualmente estava decorada com várias cadeiras brancas e uma mesa.

— Não sofremos nenhum dano — Padmé informou ao entrar. Ela sentou-se perto do Senador Gaans. — Duas naves piratas estavam atacando nosso comboio secundário. Os cargueiros estavam transferindo a carga, então ficaram vulneráveis. Nossas naves de patrulha destruíram os canhões do inimigo e nos deram tempo suficiente para saltarmos para o hiperespaço.

— É preocupante que os piratas soubessem a localização do comboio secundário — Gaans analisou. — Embora o momento escolhido para atacar tenha sido infeliz para eles.

— Foi quase infeliz para nós — Padmé disse. — Não tínhamos um horário real agendado para deixar Coruscant. Os cargueiros já estavam esperando por nós por algumas horas quando chegamos. Se tivéssemos atrasado apenas uns dez minutos, a história seria muito diferente.

O Senador Yarua grunhiu uma pergunta. Uma tela ao lado do senador Wookiee forneceu uma tradução rápida, assim como fazia a tela de Padmé no Senado.

— Não sei — Padmé admitiu. — Posso pensar em meia dúzia de razões para alguém no Senado ter repassado essa informação, mas não tenho como confirmar minhas suspeitas.

— Vou perguntar para a Senadora Mon Mothma se posso investigar isso quando voltarmos para Coruscant — ela continuou. — Se alguém está tentando interferir em missões sancionadas pelo Senado, sem mencionar que é uma das ações mais apoiadas na memória recente, precisamos tentar descobrir quem e por quê.

— Concordo — Gaans disse.

Padmé não gostava do fato de que sempre era preciso perigo e dor para provocar uma resposta. Mon Mothma estava perfeitamente satisfeita em continuar lidando passivamente com os piratas até sua nave passar pelo espaço controlado por eles, e agora ela estava disposta a gastar um esforço adicional. Padmé desejava nunca ter de confrontar algo pessoalmente para acreditar, mesmo se isso significasse um aumento em seu desconforto moral.

— Um dos meus droides realizou varreduras durante o confronto — informou Padmé. — Eu lhes repassarei qualquer informação que aparecer na análise.

— Senadores, estamos nos aproximando de Bromlarch — a voz de Varbarós soou acima deles. — Vamos entrar em órbita síncrona sobre a região da capital e esperar por novas instruções.

— Senador Gaans — Padmé disse. — Vamos levar você para casa.

CAPÍTULO 26

Assim que Mon Mothma completou sua análise do aqueduto de Bromlarch e da inundação resultante dos danos, não havia mais necessidade para eles ficarem no planeta. Na verdade, Padmé suspeitou que estavam atrapalhando, já que nenhum deles sabia como fazer a construção em si. Ninui era uma guia graciosa, mas claramente estava sobrecarregada e Padmé ficou feliz em poder aliviar um pouco seu trabalho voltando para Coruscant o mais rápido possível. O Senador Gaans ficou por mais alguns dias, mas o restante deles embarcou de volta. A viagem foi feita em um único salto, com a nave de Naboo à frente da nave de Chandrila, e não houve nenhuma ocorrência durante o trajeto.

— Será um prazer trabalhar com você outra vez, Senadora Amidala — Mon Mothma disse quando elas estavam na plataforma de embarque esperando o transporte de Mon Mothma. — Você tem uma perspectiva única da galáxia, mas acho que não somos tão diferentes como nossos bate-bocas fariam outros acreditarem.

— Nós somos muito elegantes para bater boca — Padmé observou. — Mas concordo com seus outros pontos.

— Nem sempre será tão fácil unir o Senado — Mon Mothma disse. — Nós respondemos ao medo, é claro, mas qualquer coisa drástica o bastante para causar esse tipo de união irá apenas levar à ruína.

— Sei que isso foi uma exceção, em termos de procedimento — Padmé disse. Ela havia confrontado alguns de seus sentimentos na viagem de volta. O entusiasmo de trabalhar com Clovis sumiu rapidamente, por várias razões, e Padmé percebeu que o processo que eles usaram não era sustentável a longo prazo. Eventualmente, não haveria mais favores para trocar e as relações que eles construíram ao criar o projeto de lei não eram sólidas ou confiáveis o bastante para valerem a pena. Mas Bromlarch sobreviveria. — Espero que um dia o Senado possa responder rapidamente a problemas sem precisar de negociações-relâmpago. Isso me deixou desconfortável e não estou com pressa de repetir tudo aquilo, se houver outra maneira.

— Vamos conseguir isso juntas — Mon Mothma afirmou quando seu transporte aterrissou.

— Será um prazer — Padmé assentiu.

— Considere acrescentar um representante oficial à sua delegação no Senado. Nem todos fazem isso, mas me permite cobrir mais espaço com perspectivas diferentes.

— Vou pensar sobre o assunto — Padmé sorriu. — Na verdade, tenho o ser perfeito em mente.

A senadora de Chandrila e o assessor que a acompanhava embarcaram no speeder e partiram. Sabé desembarcou de sua nave patrulha.

— Bom, senadora — ela disse —, você vai ficar?

A pergunta era mais fácil de responder agora. Padmé sabia em todas as fibras de seu corpo. Mas custou algo para conseguir dizer as palavras em voz alta. Ela sabia que a política era uma arena difícil que requeria ceder constantemente. Mas esse era o *seu* lugar. Ela podia se perder ali, e talvez esse fosse o problema. Mas não havia ninguém melhor, então sua resposta continuava a mesma.

— Vou — Padmé afirmou. — Nem sempre me sinto confortável comigo mesma aqui, mas vou ficar.

— Você será Amidala — Sabé disse. — E também será Padmé.

— E você será Tsabin e Sabé? — Padmé perguntou, mesmo já sabendo a resposta.

— Até quando você precisar de mim — respondeu Sabé.

Ela e Tonra desceram no elevador até o nível público de pedestres, onde podiam tomar um transporte de volta para seu apartamento. Vestiam uniformes da República, mas isso dificilmente era uma visão estranha em Coruscant. Eles se encaixariam perfeitamente.

Padmé, R2-D2 e Typho embarcaram no speeder privado e seguiram para o edifício do Senado, pois Padmé queria escrever seu relatório antes de ir para casa. Ela estava cansada e sabia que, assim que parasse de se mover, levaria um bom tempo até querer se mover outra vez.

O Senado já estava se esvaziando quando ela chegou, a sessão tinha terminado e as reuniões dos comitês haviam se encerrado. Typho não teve problemas para encontrar uma plataforma de aterrissagem e eles caminharam até o escritório de Padmé por corredores silenciosos. Ela baixou os arquivos da memória de R2-D2 e passou alguns minutos olhando para as naves piratas antes de repassar as especificações para Typho.

— Você reconhece alguma coisa? — ela perguntou.

— Não — ele disse. — Mas não sou especialista nesse tipo de coisa. Você pode perguntar ao Capitão Panás. Ele conhece o design das naves melhor do que eu, e tem mais contatos.

— Vou pedir para Mariek acrescentar isso em uma de suas comunicações com ele — Padmé disse. Ela também pretendia perguntar por aí. — Você se importa se eu descer para ver se a Senadora Bonteri ainda está aqui? Sei que ela não esteve muito envolvida ultimamente, mas nos ajudou a começar com a situação em Bromlarch e eu gostaria de atualizá-la pessoalmente, se ela quiser saber.

— Eu e R2 ficaremos bem — Typho afirmou. — Só não demore muito. Nós dois precisamos voltar para casa.

Padmé concordava, então não perdeu tempo se dirigindo até o escritório de Bonteri. Não ficava longe, considerando o tamanho do prédio, e Padmé já estava familiarizada com o caminho. A falta de outros senadores e assessores ajudou a acelerar a caminhada. Ela não viu nenhum droide de limpeza ou manutenção. Tudo estava quase calmo demais. Padmé dobrou a última esquina e encontrou a Senadora Bonteri em frente a um console de comunicação no corredor, falando com alguém que Padmé não conseguia enxergar. A imagem estava escondida pela tela ao redor do holoemissor que, junto com o anonimato do console, deixava a conversa completamente privada. Padmé parou de andar quando Bonteri ergueu os olhos e a viu. Ela pensou ter visto um lampejo de medo passar pelos olhos da senadora, mas não conseguia imaginar do que sua amiga estaria com medo.

— Eu avisarei — a Senadora Bonteri declarou. Suas palavras foram apressadas, como se tivesse dito a primeira coisa que lhe passou pela cabeça.

— Faça isso, senadora — a figura disse.

A voz era inconfundível. Era o homem com quem Bonteri conversava no dia em que Padmé acidentalmente a ouviu no comunicador, e agora lá estava ele outra vez. Ele a fazia sentir um frio, mas não do jeito normal. Padmé não conseguia explicar. Não era de sua natureza não gostar de pessoas sem contexto, mas Padmé sentiu que não gostava nem um pouco dele. O brilho azul desapareceu do console e Padmé se sentiu aliviada.

— Então, você obteve sucesso — Bonteri disse. Pela primeira vez, ela não convidou Padmé para entrar em seu escritório, e ambas ficaram em pé no corredor.

— Sim — Padmé afirmou. — Bromlarch está salvo.

— Parabéns, Senadora Amidala. Você realizou o que poucos senadores antes de você já conseguiram.

— Eu não teria conseguido sem você — Padmé declarou.

— Não — Bonteri concordou. — Acho que não conseguiria. Mas a sua paciência com a República é admirável e você tem meus cumprimentos.

— Obrigada — Padmé agradeceu. — Posso lhe dar mais detalhes, se você quiser.

— Desculpe, senadora — Bonteri disse. — Tenho uma ligação agendada com meu filho. Vou ter de ouvir sobre isso no relatório da sessão.

— É claro — Padmé assentiu. — Por favor, sinta-se livre para fazer qualquer pergunta.

— Eu farei — Bonteri afirmou. Ela se virou, entrou em seu escritório e fechou a porta.

Padmé seguiu de volta para sua sala, perdida em pensamentos. Ela havia ganhado a confiança total de Mon Mothma apenas para perder a de Mina Bonteri. As duas mulheres não eram tão diferentes e Padmé esperava trabalhar com as duas, pois as admirava por razões semelhantes. Mas parecia que não seria assim. A aliança principal de Bonteri era um mistério e um quebra-cabeça que Padmé estava estranhamente com medo de solucionar.

Ela chegou em seu escritório ao mesmo tempo que o Chanceler Palpatine, acompanhado por dois guardas em vez de seus assessores.

— Senadora Amidala — ele disse —, estou contente por vê-la de volta e em segurança.

— Obrigada, chanceler — ela agradeceu. Ele veio até seu escritório, mas seu tom de voz indicava que não era apenas uma visita amigável. — Nós sofremos um ataque, mas com a ajuda das naves da República e da Mestra Jedi Billaba, não sofremos perdas.

— Ótimo, ótimo — Palpatine disse. Ele claramente estava a anos-luz de distância, seu alívio quanto à segurança dela era o mesmo de que se tivesse feito uma jogada particularmente arriscada no holoxadrez e seu peão tivesse sobrevivido.

— Em breve, terei um relatório completo para o Senado — ela observou, quase caindo na voz da rainha.

— Estou feliz por você ter encontrado uma arena mais adequada para utilizar seus talentos — declarou Palpatine. Ele fez um gesto ríspido para seus guardas e eles se retiraram.

Padmé ficou sozinha no corredor por vários momentos, pensando sobre o que ele havia falado. *Mais adequada*. Ele estava feliz por ela ter se afastado da política — "jurisdicional" — antiescravagista. Ela rangeu os dentes. Padmé não chegou ali para ser uma linha na programação. Ela podia fazer mais do que uma coisa ao mesmo tempo, mesmo se isso significasse ir contra os desejos implícitos do chanceler. Ela tinha, afinal de contas, apenas começado.

— Estou pronta para ir para casa, sargento — ela chamou Typho do corredor. Se voltasse para o escritório, encontraria mais cem coisas para fazer.

Typho saiu, com R2-D2 vindo atrás, e eles seguiram para o speeder.

— É bom estar de volta em casa — Padmé disse, afundando no sofá da sala de estar. Dormé, Cordé e Versé estavam com ela, e os guardas fingiam não estar ali, o que era sempre apreciado. Tudo parecia macio, acolhedor e sólido, um respiro bem-vindo depois das semanas anteriores de mesas duras, planos desesperados e cooperação interplanetária.

— Casa? — perguntou Mariek, que era sempre pior em fingir que não estava presente.

— Bom — Padmé respondeu —, não exatamente nossa casa. Mas estou feliz com esta almofada em particular.

Ela contou todos os detalhes da excursão, incluindo a batalha no espaço, embora tenha deixado de fora suas conversas com os colegas senadores. Padmé não gostava de esconder nada de suas damas de companhia, mas os limites eram diferentes agora e todas teriam de se adaptar. Ainda haveria ocasiões como aquela, quando todas estavam juntas, mas elas não habitariam mais a pele uma da outra, e provavelmente era melhor assim. Padmé nem precisaria contar a elas. Todas eram profissionais o bastante para perceber a mudança e aceitá-la.

Um movimento lhe chamou a atenção e Padmé viu um speeder se erguer da via de tráfego e se alinhar com seu terraço. Era Sabé, e ela acenava para que baixassem o vidro da janela que impedia que intrusos e o vento entrassem. Typho chegou correndo na sala quando os alarmes de proximidade dispararam.

— Está tudo bem — Padmé o tranquilizou. — É só a Sabé.

— Se ela está fazendo isso — Typho observou —, então não está tudo bem.

Ele desativou o escudo e Sabé saltou para dentro do terraço. Padmé tentou não pensar na distância entre o terraço e o chão. O speeder partiu e o alarme parou de tocar quando o vidro voltou para seu lugar. Sabé entrou correndo.

— Tem uma notícia — ela disse. — Ainda não é pública, mas minha fonte é uma holojornalista e ela estava na sala do tribunal quando aconteceu.

Um tribunal só podia significar uma coisa. A Ocupação de Naboo havia acabado, mas a perseguiria para sempre. Ela não podia se arrepender. Ela fizera aquilo que tinha de ser feito. Acontece que estava tão cansada.

Sabé se ajoelhou em frente a ela e tomou suas mãos. Padmé sabia que sua querida amiga enxergaria seu cansaço por mais que tentasse disfarçar, então nem tentou. Sabé a olhou diretamente no rosto, como sempre fazia, e a mensagem em seus olhos estava muito clara.

Nós somos corajosas, Vossa Alteza.

— Nute Gunray foi considerado inocente — Sabé informou. — Ele vai manter seus bens e título até entrarmos com outro recurso.

Nós somos corajosas, Vossa Alteza.

— Padmé, os rumores dizem que ele colocou a sua cabeça a prêmio — ela disse. — Um prêmio grande o bastante para atrair a atenção de pessoas muito desagradáveis.

Nós somos corajosas, Vossa Alteza.

— Certo — Padmé disse.

Naboo. Tatooine. Bromlarch. Comércio. Escravidão. Pirataria. Sempre haveria outro planeta que precisaria de ajuda e ela não deixaria que ninguém a impedisse de ajudar. Uma luz acendeu em seu console pessoal, um alerta que ela programara para as atualizações do projeto de lei jurisdicional do Chanceler Palpatine. Ela encontraria tempo para tudo. Padmé ergueu os olhos e sua equipe estava pronta para ela.

— Quais serão nossos próximos passos?

EPÍLOGO

PADMÉ ESTAVA COMPLETAMENTE IMÓVEL. Os cabelos castanhos se espalhavam ao seu redor, suavizados aqui e ali por flores brancas que voaram até pousarem entre seus cachos. A pele estava pálida e perfeita. O rosto estava em paz. Os olhos estavam fechados e as mãos cruzadas sobre a barriga como se ela flutuasse no ar. Naboo seguia sem ela.

Mesmo agora, em seu fim, ela estava sob os olhares de todos.

A capital Theed estava sóbria, com seus cidadãos em luto. Até mesmo os Gungans na procissão andavam lentamente, sem nenhum traço do molejo característico de seus passos. Por toda Naboo, as pessoas choravam por uma rainha, uma senadora. Ela servira bem. Havia crescido em sabedoria e experiência, ambos rapidamente. Ela enfrentara os desafios de sua posição sem pestanejar e sem medo. E agora, seu tempo havia chegado ao fim.

Após o funeral, Sabé foi para casa. Ela não tinha mais nenhum lugar para ir.

Era um pequeno lugar apertado em uma das menores ruas de Theed. Não havia favelas em Naboo, mas se houvesse, seria onde Sabé estaria vivendo. Ela não ficava ali por muito tempo, apenas quando estava no planeta e seus pais começavam a fazer perguntas demais. Era o único lugar em que podia ir agora onde ninguém perguntaria se estava bem.

Sabé se assustou quando alguém bateu à porta. Estava na metade da lista de sujeitos de má reputação que poderiam tê-la rastreado antes de perceber que era Tonra, um dos poucos que sabiam sobre aquele lugar. Ela o deixou entrar sem dizer nada e voltou para onde estava sentada.

Como de costume, Tonra estava satisfeito em esperar por ela dizer algo, e a paciência de Sabé acabou muito antes da paciência dele.

— Não faz nenhum sentido! — A raiva e a perplexidade de Sabé, controladas por pura força de vontade durante toda a resposta pública à tragédia, finalmente emergiram. — Ela não *morreria* simplesmente. E um império? Liderado por Sheev Palpatine? Nada disso faz sentido!

Sio Bibble havia finalmente se aposentado, e em vez de realizar uma nova eleição — na qual Saché era uma forte favorita —, o papel de governador foi substituído por uma nova posição. Por nomeação Imperial, Quarsh Panás, entre todas as pessoas, agora supervisionava as operações diárias em Naboo. Nem Mariek e nem Typho apareceram com ele quando fez seu primeiro discurso formal ao planeta. As mudanças vinham quase rápidas demais para ela lidar em sua dor. Ao menos, eles ainda tinham uma rainha, apesar de Sabé não ter certeza de como poderia ajudar a garota, mesmo se estivesse em posição para fazer isso. Ela precisava de um momento para *pensar*, e Tonra estava lhe dando isso.

— O que você fará? — Tonra perguntou.

Vinda de seus pais, a pergunta significaria "O que você fará sem ela?". Era uma pergunta que vinham fazendo a Sabé por vários anos e ela nunca tinha uma resposta, porque nunca considerou a vida sem a direção de Padmé. Vinda de Tonra, havia mais nuances. Ele sabia o que ela fizera sob o serviço de Padmé, afinal de contas. Ele não estava perguntando o que ela faria sem Padmé. Estava perguntando o que ela faria *por causa* de Padmé. Ele a conhecia bem o bastante para imaginar que Sabé não faria nada.

Ela caminhara com as damas de companhia sobreviventes na procissão funerária. Mal se falaram. Sua dor era profunda, mas difícil de explicar para aqueles fora de seu círculo íntimo. Naboo perdera uma senadora, uma heroína, uma rainha. Elas haviam perdido a amiga por quem — todas elas ao curso de anos — arriscaram suas vidas. Elas não assumiram esses riscos pela política ou por Naboo ou pela agora extinta República. Haviam assumido os riscos por Padmé, porque a amavam. E agora ela se fora.

— Vou descobrir o que aconteceu com minha amiga — Sabé disse. Ela se levantou e começou a andar de um lado a outro na pequena sala. Não podia mais ficar parada. Não podia ficar naquele mundo paradisíaco enquanto havia terríveis segredos para ela descobrir. Cordé estava morta. Versé estava morta. Obi-Wan estava morto. A Mestra Billaba estava morta. Anakin Skywalker estava morto.

Padmé Amidala Naberrie estava morta, seus sonhos junto com ela.

— Vou voltar a Coruscant — ela afirmou. — Serei Tsabin por mais um tempo. Um ou outro de nossos velhos contatos pode ainda estar lá. Eles podem saber de algo e esse seria um bom lugar para começar.

— Vou com você, se você permitir — Tonra ofereceu.

Ela sabia que a oferta era genuína. Eles passaram mais tempo separados do que juntos desde Bromlarch, e ela sabia que Tonra não havia passado todo esse tempo sozinho. E Sabé também não. Mas eles sempre se deram bem, mesmo estando raramente no mesmo planeta. Os dois trabalhavam bem juntos. E ela já não tinha mais ninguém. Sabé parou de andar e ficou de frente a ele.

— Eu gostaria disso — ela disse.

Tonra ouviu a ligeira hesitação em sua voz e a ignorou, preferindo beijar sua testa.

— Vamos precisar de identidades inteiramente novas — ela declarou. — Mesmo se voltarmos a Coruscant. Sabé, Tsabin, Tonra, todos precisam desaparecer. Precisamos ser pessoas que nunca fomos antes. E precisamos apagar tudo que indique que somos de Naboo.

Sabé segurou seu colar. Ela podia deixar aquilo para trás, se precisasse. Por Naboo, e por sua amiga. Havia muitos lugares para esconder algo tão pequeno e mantê-lo seguro até ela poder voltar para apanhá-lo.

— Diga o que precisa que eu faça — Tonra disse. — Posso conseguir uma nave para nós, eu acho. Ou, no mínimo, posso conseguir transporte para fora do planeta, depois podemos conseguir uma nave em outro lugar.

— Vamos precisar poupar nossos créditos para que durem o máximo possível — Sabé apontou. — Então, qualquer favor que você possa conseguir será uma boa ideia, desde que não possam ser rastreados.

— Vá e crie as identidades — ele disse. — Eu posso fazer as suas malas.

Era verdade. Ela não tinha muito mais coisas e seus itens essenciais eram quase os mesmos que os dele, exceto as botas dela, que eram menores.

Sabé seguiu para sua estação de trabalho e fechou os arquivos que vinha lendo. Eram os escritos de Padmé, o trabalho que ela esperava que fosse seu legado senatorial. Um apelo para reintroduzir os limites de mandato para o chanceler. Múltiplos projetos de lei defendendo a condição humana dos clones, tanto durante a guerra quanto hipoteticamente após seu término. Uma proposta para colocar todas as vias do hiperespaço sob a jurisdição da República, para evitar disputas e tributações territoriais. Anos e anos de esboços de projetos de lei contra a escravidão. Um legado que, em grande parte, não seria realizado, e Sabé ardia com a necessidade de descobrir por quê.

Ela criou duas identidades em branco. Eles usariam identidades básicas para deixar Naboo e depois trocariam para um disfarce de maior qualidade quando estivessem em outro lugar. Era mais seguro assim, embora significasse muito mais trabalho.

Sabé ouviu o comunicador emitindo um som e o ignorou. Ela realmente não queria falar com sua mãe agora e as damas de companhia entenderiam que queria ficar sozinha. Elas não precisavam falar para se comunicarem. Entendiam que Sabé conversaria quando houvesse necessidade. E entendiam que poderia ser perigoso saber antes disso. O comunicador soou outra vez.

Sabé ouviu um murmúrio vindo da outra sala quando Tonra atendeu a chamada e falou com quem ousava interromper sua paz. Um momento depois, ele apareceu na porta.

— Peça que deixem recado — ela ordenou. — Não quero falar com ninguém agora.

— Acho que você deveria, meu amor — ele sugeriu. Tonra passou a ela um holoemissor. Quem estava ligando queria falar frente a frente.

Sabé segurou o dispositivo na palma da mão e o ativou, visualizando uma figura familiar. Quando ela falou, foi com a voz de Amidala. Sabé não tinha intenção alguma de deixar nada escapar.

— Senador Organa, agora não é uma boa hora — ela disse. — O que você quer?

AGRADECIMENTOS

ESPEREI POR ESTE LIVRO por vinte anos e fiquei eternamente emocionada por ter sido escolhida para escrevê-lo, e isso não teria acontecido sem a generosa ajuda de várias pessoas:

Josh Adams, que me telefonou na Islândia perguntando se eu estava interessada e quem sempre me leva a sério quando digo que estou pronta para começar um novo projeto.

Jen Heddle, que me guiou da ideia até o livro. Emily Meehan, que sempre me apoiou. Patrice Caldwell, que me ajudou a deixar o mundo maior.

À Lucasfilm Story Group e à equipe de criação, que se certificaram de que tudo se encaixava.

Todos que criaram artes ou história para Naboo em Shattered Empire, Forces of Destiny e *Battlefront II*, e Tara Phillips, que fez essa linda capa.

Natalie Portman, Keira Knightley e Trisha Biggar, que me deram o melhor presente de quinze anos possível, e Cat Taber, que continuou a tradição.

Várias pessoas que responderam a muitas perguntas sem saberem do que estávamos falando, incluindo Emma Higinbotham, Rachel Williams, Bria LaVorgna e Angel Cruz. Manter segredos é difícil.

MaryAnn Zissimos, que é, ao mesmo tempo, a pessoa mais entusiasmada E calma que eu conheço.

E todas as garotas que um dia pediram por mais *Star Wars*. Vocês são minha fagulha.